次元书馆 ————

U0572128

OVERLORD ④
蜥蜴人勇者

（日）丸山黄金 著

晓峰 译

新 星 出 版 社　NEW STAR PRESS

目录

001 　Prologue

015 　第一章　启程

059 　第二章　集结的蜥蜴人

139 　第三章　死亡军团

245 　第四章　绝望的序幕

317 　第五章　冰冻的武神

377 　Epilogue

385 　角色介绍

390 　作者后记

"欢迎回来，安兹大人。"

暌违半个月后回到自己房间的安兹，因为对方接下来的那句话而浑身一软。

"您要吃饭吗？洗澡吗？还、是、要、我♥呢？"

安兹感觉自己好像看到雅儿贝德的背后有好几颗粉红色的爱心乱飞。

"你这是在做什么？"

"这是在玩新婚家家酒啊，安兹大人。人家听说，这是新婚妻子在带着宠物单身出差的丈夫回到家时，最佳的迎接方式。不知道您觉得如何呢？"

知道对方这次没有到地面迎接自己是因为这种理由，这名想要冷冷回答"谁管你啊"，而且别说结婚了，连女朋友都没交过的男子把话吞了回去。因为他人穷志不穷，内心涌现男人的傲气，想保住自己的形象。再说，会问"您觉得如何"的人，到底想要怎样的回答啊？

虽然他没什么自信，但还是摆出一切尽在我掌握之中的态度，做出一个不会有什么大碍的回答。

"这是很有魅力的迎接方式喔，雅儿贝德。"

雅儿贝德微笑着开心响应："那真是太好了呢，嘻嘻嘻。"

看到那娇媚笑容——安兹轻轻沉下腰，差点摆出备战态势。

他感到背脊有一股毒蛇蹿动般的感觉。

隐藏在雅儿贝德眼神底下——兽欲之类的某种欲望，大概就是蹿过背脊的那股感觉吧。而且那金黄眼瞳中没有半点玩笑之意。如果回答"我当然是要你啊"而被抓到话柄,就算只是开玩笑,也保证会遭到最强肉食兽的猛烈侵袭。脑中甚至浮现逆向强暴这个字眼。

虽然变得几乎没什么性欲,但遗留下来的人格残渣却像是在响应雅儿贝德散发出的氛围,告诉自己想要稍微看看后续发展。而尚未消失的好奇心还让这份心情变得更加剧烈。

(快停止,笨蛋。)

虽并非自制力所致,但安兹以类似的力量——若非不死者应该无法办到吧——令自己不理会对方的真正意图。

不过,安兹还是感受到内心一角涌上类似自我厌恶的情感。在传送到这个异世界之前,他曾开玩笑地将雅儿贝德的设定改写成"爱着自己",自己明明不断利用性格因此扭曲的她,却不和她有更进一步的关系。

(但已经消失了……教我又能怎么办呢。再说,男女关系不可能只凭着精神上的结合就能进展顺利吧……所以我才会害怕有更进一步的关系吗?)

不曾和女孩交往过的处男安兹如此思考。

此外还有另一个想法掠过他的脑海。过去同伴打造的NPC,换个角度来看也像是对方的小孩。怎么可以有玷污这些宝贝孩子的行为,还让她们的思想行为继续偏差下去?

(笨蛋,现在不是想这些事的时候吧。)

"啊！"

雅儿贝德突然发出的声音，让安兹眼窝中的火光更加明亮起来。

"怎、怎么了吗，雅儿贝德，发生什么事了？"

"真是失态。听、听说本来新婚妻子应该以最终决战装备（裸体围裙）来迎接丈夫才是正确的礼仪……"

说完，雅儿贝德望着自己身上的礼服，然后红着脸开口说：

"如果您下令，人家马上……"

声音不大，安兹却听得相当清楚。她不断偷瞄安兹，接着说："在安兹大人面前换……"

"啊……是……唔嗯！真是的……唉，雅儿贝德，玩笑就开到这里吧，接下来要开情报交流会议了喔。"

"是的，遵命。"

安兹有些遗憾地——不知道是关于哪方面的遗憾——努力不理会雅儿贝德的诱惑，一屁股坐到自己的椅子上。接着往桌上丢出三个皮囊，对从"性"致勃勃的新婚妻子转变成优秀秘书的雅儿贝德下达指示。

"我先把在耶·兰提尔赚到的钱交给你，拿去用在实验上吧。"

三个皮囊的大小各不相同，最大的那个已经快要胀破，里面放的是安兹以冒险者身份赚取的金币、银币和铜币。

"遵命，那么我就利用这些资金进行实验，看看是否可以用在纳萨力克防卫系统，以及召唤魔物等方面。"

"交给你了。另外也确认一下可否用来生产道具，例如制作卷轴之类的物品。"

安兹的目光从深深低头行礼的雅儿贝德身上移开，然后带着祈祷般的心情望向皮囊。

在YGGDRASIL这款游戏中获得的金币，除了可以用来购买道具之外，还可以当作公会根据地的维持费用，三十级以上的非自动重生魔物的召唤费用，部分魔法的发动媒介、制作道具的所需费用，以及死亡NPC的复活费用等各种用途上。

已经确认可以毫无障碍地使用YGGDRASIL的金币。不过还没确认这世界流通的一般货币是否也通用，尤其是银币和铜币——因为YGGDRASIL中只有金币。

这次的实验说是掌握着纳萨力克今后的命运也不夸张。若是在这个世界获得的金钱和YGGDRASIL的金币具有相同功用，今后的发展应该也会有巨大改变。因为赚钱的重要度会变得截然不同。

某些状况下还可能需要大幅提升赚钱的优先程度。反之，如果这里的货币无法使用，存放在宝物殿中的财宝就是救命财，必须减少无谓的支出。

"还有，关于克莱门汀——"

安兹说出尸体消失的女子名字，皱起了他不会动的脸。

因为安兹的失策而掌握了好几项情报的女子，不知道会不会已经复活，并已将这些情报泄露给其他人。安兹心中涌现出不安。

必须严加戒备的假想敌众多，却还没获得任何情报，而且自己还不小心泄露了情报。

（如果这些情报传到那些或许也身在此处的同伴耳中……还是不该期待会如此幸运吧。今后必须谨慎行事才是。总之，当务之急是该如何处理飞飞这个身份。）

如果被人盯上，那就是飞飞被盯上。不过，目前正在将他打造成垫脚石，现在放弃这个垫脚石的话太过可惜了。让大家知道安兹和飞飞是同一个人的时候还没到。

（只能随机应变了……）

安兹不管怎么想，思考都会陷入得不出答案的死胡同中，于是他决定暂时把问题搁下，不再思考。

"干脆命令潘多拉·亚克特将那女人的其中一把剑放到宝物殿的碎纸机里看看好了。"

"碎纸机吗？"

听到雅儿贝德感到困惑的声音，安兹才想起那项道具的正式名称。

"就是兑币箱，如果是由拥有商人系特殊技能的人使用兑币箱，可以获得更高的估价。命令潘多拉·亚克特变身成音改桑的模样使用特殊技能。"

安兹望着行礼表示了解的雅儿贝德，将拿来的羊皮纸铺在桌上。

"还有一件事，这是我在耶·兰提尔好不容易才得到的世界地图。"

"这就是……是吗？"

安兹很清楚雅儿贝德微微皱眉的理由，因为铺在桌上的地图内容实在太过笼统。

"我很清楚你的不满，而且这张地图还只是这一带——世界的一小部分而已。比例尺大概是随便写的，没记载的地形也很多，而且基本上以人类国家为主，亚人类的国家只记载着一个。虽然是很粗略的一张地图……但似乎很难找到更好的。"

例如，形成人马部族的草原、蝎人聚落所在的沙漠、矮人国所在的山脉等，这些安兹从交情渐深的耶·兰提尔魔法师工会长口中打听到的情报，都没有记载在地图上。这只是一份方便人类使用的地图罢了。

这种模糊的地图无法依靠，但必须花费大量金钱与时间，才能得到更加详尽的地图。

这是魔法师工会长提欧·拉克希尔亲口所说，而且他对安兹很有好感，所以这个情报应该不会有错。

再说，从对方反应就能稍微了解，要拿到这种程度的地图已经是相当勉强的要求了。

"知道了，那么我立刻让人复制这份地图，然后交给各个守护者。"

"就这么办吧。那么，在那之前，我先简单说明一下地图内容吧。"

安兹指向地图正中央，那是周围环境写得颇为详细的一个地方。

"这里是耶·兰提尔，而这一带是纳萨力克地下大坟墓。"

手指从中央移动到东北方的一座巨大森林附近。如果是纳萨力克的周围环境，他可以很有自信地从地形等方面断定是哪些地区。

"这里是里·耶斯提杰王国和巴哈斯帝国的国界——安杰利西亚山脉。从南端山麓到山脉周围的广大森林是都武大森林。这里还有一座巨大的湖泊。"

位于山脉南端和大森林之间的大湖由山脉间的河川汇流而成，呈颠倒的葫芦形状。安兹的手指在湖泊南端停了下来。

"这里是大湿地，也是蜥蜴人村落的所在地。"

看到雅儿贝德点头表示了解后，安兹继续说道：

"接下来是魔法师工会长告诉我的周边国家的简易说明。在王国西北方，有一个山脉纵横的山区，这一带是由数个亚人种建立的亚格兰德评议国。这个国家最需要提防的是担任该国评议员的龙，据传是五只，也有人说是七只。至于王国西南方，则是名为圣王国的国家。听说这个国家的国土四面围绕着高大城墙，在这份地图上也有笼统的标示，叫作万里长城。这个国家需要警戒的是此处的荒野，虽然地图上没有记载，但那里是许多亚人类终日激战的战场。"

"是迪米乌哥斯前往的地方呢。"

"没错，至于荒野另一头的这一带是斯连教国，是必须提防的对象。"

"这条线是国界线吗？"

雅儿贝德如白鱼般的手指，沿着周围的线绕了一圈。

"大概吧。老实说，参考这条国界线没什么用，因为这份地图的数据太过笼统。那么，来看看帝国这边吧。帝国的东北方，这一带有众多都市国家，这些国家结合成一个都市国家联盟，里面似乎也有亚人类的都市。接下来是帝国西南方，这里矗立着许多巨大的石英岩柱，有无数洞窟，似乎有应该是人类种族的人们在其中豢养着飞龙，在此形成部落。"

总结安兹听到的情报后，那里应该是一个类似张家界武陵源的地方，但详情尚不清楚。

"是飞龙骑士吗？"

在 YGGDRASIL 中，等级接近四十级且拥有骑兵系职业的人，可以召唤出飞龙这种骑乘魔兽。只不过，并没有任何证据可以佐证这个世界也一样。

"可能吧。按常理推断，对方应该是很强，但不管如何，对地下大坟墓纳萨力克来说还不是可怕的对手……不过，在这下方，这座巨大湖泊的东边——地图上并没有画完呢。"

安兹指向地图外面、放在桌上的数据表。

"听说这里有个龙王国。"

"龙吗？"

"对，这是由过去强大的龙所建立的国家，据说这国家的王族继承了那只龙的血脉……但传言是否属实还有待商榷……总之，关于地图的说明就到此为止。"

如果是在安兹以铃木悟这个名字生活的那个世界，这的确是一种夸大其词的传言，但在这个世界的话，却非常有可能为真。

"那么，安兹大人，必须提防的国家是斯连教国与评议国对吧？"

安兹双手环胸，发出"唔——"的声音。以国家来说的确如此，但也可以说是因为还处于情报收集得不够完整的状况，才会有这样的见解。看到安兹这种反应的雅儿贝德缓缓地低头道歉。

"失言了，以现况来说，每个国家都应该提防。"

"确实如此。即使那些国家的实力不怎么样，但当中或许会有一些拥有惊人技艺的人物。"

例如，对夏提雅使用世界级道具的那个人物。

即使这句话没说出口，雅儿贝德似乎也能够察觉他的意思。

安兹的手指依序指向位于地图外面东侧和南侧的两处区域。

"不过，东方有位于海上的都市，南边有八欲王建立的都市，这些大概才是最需要提防的吧，尤其是八欲王的都市……位于沙漠正中央的飘浮都市。"

"飘浮都市？"

"根据听来的消息，确切来说是一座飘浮城堡的下方有都市存在，听说有水会从城堡无穷尽地流到都市中，而且整座都市都被魔法结界笼罩，完全不像是位于沙漠之中。"

雅儿贝德的眼中露出一道冷光，稍微压低声音进言。

"要派人前去强行侦察吗？"

"没必要去踩老虎尾巴。就算使用世界级道具的人是来自那里，在确认对方战力之前，还是该和颜悦色地与之相处……夏提雅的情况如何了？"

"复活之后的肉体情况似乎没什么问题，不过……"

"别吞吞吐吐的，就算是我，也会很不安的啊。"

"啊！非常抱歉，其实，夏提雅的精神方面有些令人不安。"

"精神控制的影响还在吗？难道即使死而复生，依然无法完全消除世界级道具的影响吗？"

"不，不是那样……是她的心中似乎还存在着与安兹大人为敌，并因此一战的强烈罪恶感，让她无法原谅自己。"

安兹有些不解，但这种感觉瞬间即逝。

那是安兹的失误，夏提雅并没有错。这已经跟她讲过很多遍了。

"还请原谅我插嘴干涉安兹大人决定的无礼举动。"

安兹对表情严肃的雅儿贝德点了点头。

"我认为，还是应该给予她惩罚。"

安兹眼窝中的红色光芒稍微减弱，然后欲言又止地张开嘴巴又合上。这是因为眼前的女子好像有话想说。

"赏罚分明是世间常理。如果安兹大人给予惩罚，夏提雅心中的罪恶感应该也会消失。相对地，正因为没有受到惩罚，她心中的罪恶感才无法排解。"

安兹觉得她言之有理。的确，正因为有惩罚，奖赏也才得以成立。应该给予多少责骂，应该原谅到什么地步，只是区区上班族的安兹无法做出这部分的判断。若照常理判断，一定会全部便宜行事，轻易原谅夏提雅。

反过来想，虽然惩罚夏提雅对她有点不好意思，但或许是一次不错的练习。

"我知道了，就给予夏提雅　些惩罚吧。"

"我也认为这样比较好。还请原谅我的冒犯。"

"说的这是什么话，我就是希望能有这样的建议。我一直希望有人能够在我不知如何是好时，给我各种意见。雅儿贝德，你这个举动非常符合纳萨力克地下大坟墓的总管身份喔。"

"感谢您的称赞！"

双颊红晕、湿润着双眼的绝世美女高兴地向安兹低头道谢。对雅儿贝德这样直接的反应感到难为情的安兹，潇洒地挥了挥手，说：

"那么，我先回去处理事情，这里的事情就交给你了。"

"遵命！包在我身上！在安兹大人不在的期间，我会负起责任好好管理。"

中间好像听到很小声的"以妻子身份"的言语，但他决定假装没听到。因为对方还有话说。

"但是安兹大人，也请您多加留意。因为控制夏提雅的那个世界级道具拥有者，并不一定不会袭击我们。"

"哼！"

这是安兹回到这个房间后，第一次不悦地哼了一下。

"如果对方袭来……可能不容易对付。但放心吧，雅儿贝德，对方是底细完全不详的敌人，遇到的话我打算以撤退为优先，而且我也准备了一些肉盾。"

安兹缓缓抬头看向天花板，开始想象需要防范的假想敌。

应该是敌人的神秘世界级道具拥有者，还有至今依然不知道是否存在的玩家们，以及过去应该存在过的玩家身影。当然，完全把他们当成敌人看待太过轻率，但抱持这种想法行动比较不会被趁隙而入。要做好最坏的打算来行动。

"在尚未查出对方底细前，尽可能低调行事吧。不过，或许需要撒一些诱捕敌人的诱饵……那么，计划方面进行得如何了？"

雅儿贝德稍微低下目光，光从这个反应，安兹已经可以预测结果怎么样了。

"科塞特斯还没有传来任何报告，艾多玛的联络则表示计划皆未超出我们的预期。他们应该已经差不多要在目的地附近布阵，准备传达事前通知了吧。"

"这样啊……虽然不是我想要的结果，但重点在于能从中得到什么。"

"您能这么说，我也松了一口气。"

"好了，原本我是想在这里观察情况发展的，但很遗憾，我还有几件冒险者的工作需要处理，非得动身不可。但我想至少知道一下战斗状况，替我录下关于蜥蜴人与纳萨力克地下大坟墓军队的战斗情况吧。"

1章 启程

第一章｜启　程

1

坐落于巴哈斯帝国和里·耶斯提杰王国之间，作为两国界线的山脉——安杰利西亚山脉。位于其南端山麓的广大森林——都武大森林北边，有一座巨大的湖泊。

这座约有二十平方公里的巨大湖泊，形状像是一个颠倒的葫芦，分为上湖泊和下湖泊。上方大湖泊因为很深而成为大型生物的栖息地，下方小湖泊则有较小型的生物栖息。

下方湖泊的南端有一大片湖泊与湿地交杂的地方，在这一片广大区域的湿地中有着无数建筑物。房子地基位于湿地内，底下打了十根左右的木桩支撑着房子，与水上人家的那种房屋构造相同。

在众多如此构造的房子中，有一间房子的大门开启，房子主人在金色阳光的照射下展露身影。

他是被称为蜥蜴人的亚人类种族。

蜥蜴人是类似人类和爬虫类混合后的生物。如果想要形容得再正确一点，应该说蜥蜴人有着像人类一样发达的手脚，是一种两足步行的蜥蜴，而头部则几乎没有任何状似人类的特征。

和哥布林、食人魔一样被归类于亚人类种族的他们，因为没有人类那样进步的文明，再加上其生活方式，人们很容易以为他们相当野蛮。不过，虽然还说不上进步，但他们还是拥有自己的文明。

成年的雄性蜥蜴人平均身高约为一百九十厘米，体重随随便便就超过一百公斤。这并非身上的脂肪造成，而是因为他们全身肌肉隆起，身材魁梧。

他们的腰部长了一根爬虫类的长尾巴，用来保持身体平衡。

足部也为了方便在水中与湿地等地形中灵活移动，进化成有蹼的宽大双脚。因此他们有些不擅长在陆地上行动，但以基本生活圈来看，还不至于造成问题。

他们身上长着鳞片，有感觉略脏的绿色，或是灰色、黑色等不同颜色。那不是像蜥蜴那样的表皮，而是会令人联想到鳄鱼的那种角质化的坚硬外皮，比人类使用的低阶防具还来得坚硬。

手和人类一样有五根手指，前端有不是很长的尖爪。

他们拿来挥舞的武器都相当原始，因为基本上没什么机会取得矿石等制作武器的材料，因此最常使用以魔物利牙和尖爪等材料打造的枪，或是加装石块的钝器。

耀眼的太阳高挂在澄澈的湛蓝天空中，只有几片犹如刷子刷过的白色薄云，天气非常好，可以清楚看到远方的高耸山脉。

蜥蜴人的视野相当宽广，即使头没有动也能看见上空的耀眼太阳。他——萨留斯·夏夏，动着上下眼睑眯起眼睛后，以带着一定节奏的脚步走下房子楼梯。

萨留斯抓了抓长有黑色鳞片胸口上的那个烙印。

这个印记代表他在部族内的地位。

蜥蜴人部族是个具有严明纪律的阶级社会，身居最高位的掌权者是族长。这并非世袭，而是推选部族中的最强者为族长。他们每年会举行一次推选族长的仪式。

另外，还有一个辅佐族长的长老会，由推选出来的年长者组成。其下有战士级蜥蜴人、一般公蜥蜴人、一般母蜥蜴人、幼小蜥蜴人等阶级，并以此结构形成一个社会。

当然也有一些不属于这个阶级结构的蜥蜴人。

首先是身为森林祭司的祭司们，他们会利用预测天气来预知危险，或是使用治疗魔法等来帮助部族。

另外是组成狩猎班的游击兵，他们的第一要务是捕鱼，但一般蜥蜴人也会协助捕鱼，因此，他们最重要的工作是在森林之中活动。

蜥蜴人基本上属于杂食动物，主食是长达八十厘米的鱼类，不太吃蔬果。即使如此，狩猎班还是需要进入森林，主要目的大都是为了伐木。陆地对蜥蜴人来说并非安全的活动环境，因此光是前往森林伐木，就需要由这方面的专业人士出马。

虽然他们能够自行判断、随意行动，但还是隶属于族长之下，必须听从族长的命令。蜥蜴人社会就像这样，是一种权责相当分明的父系社会，然而也有完全不受族长指挥的例外存在。

那就是旅行者。

听到旅行者，或许有人会觉得他们应该是外国人，但这是不可能的事。因为蜥蜴人部族基本上属于封闭社会，几乎不会接受部族以外的人。

那么，旅行者又是什么样的人呢?

那是指希望探索世界的蜥蜴人。

基本上，除非面临生死交关——例如无法找到猎物——等紧急情况，否则蜥蜴人不会离开出生地。但还是有极低的概率，会出现一些渴望看看外面世界的蜥蜴人。

旅行者决定离开部族时，会在胸口烙上一个特别的印记。这代表离开部族——也就是跳脱权力的象征。

而到外面世界旅行的他们，几乎都不会回来。有时是客死异乡，有时是发现新世界后在该处定居，都不一定。但还是有极少数人会在饱览世界后回到家乡。

回到家乡的旅行者，会因为带回外界知识而受到高度肯定。虽然是跳脱权力的异类，但却会摇身一变成为备受瞩目的人物。

其实在村落中也有人对萨留斯敬而远之，但受到瞩目的程度还是远胜于此。这不只因为他是旅行者，受瞩目的理由还有——

从最后一阶楼梯走到湿地时，挂在他腰间的心爱武器碰到鳞片，发出咔啦的声音。

那武器有着苍白利刃，发出淡淡光芒。形状相当奇特，像是一把利刃与握柄一体化的三叉棍，但刀身从握柄部分开始越来越薄，到尖端时已经薄到像纸一样。

没有蜥蜴人不知道这件武器。这是被附近所有部族的蜥蜴人称为四大至宝的魔法道具之一——冻牙之痛。

拥有这把著名武器，就是萨留斯声名大噪的理由。

萨留斯迈开步伐。

目的地有两个地方。他身上也背着要拿去其中一处的礼物。

那是长达一米的大鱼。他背着四条作为蜥蜴人主食的大鱼大步前进，传至鼻子的腥臭味并没有让萨留斯感到厌恶，应该说这味道只会令他食指大动。

好想把这些鱼吃下肚——萨留斯数度哼出声音。将这样的欲望甩开，他就这样发出啪嗒啪嗒的溅水声走向"绿爪"族的村落。

身上绿色鳞片还很鲜艳的小孩子们，笑嘻嘻地从萨留斯身旁奔跑而过，但一发现他身上的大鱼后便立刻停止奔跑。在房子后面窥视眼前景象，且正值发育期、食欲旺盛的小孩子们，目光也都聚集到萨留斯——不对，聚集到鱼上。每个人应该都微微张开嘴巴，分泌出了不少口水吧。即使稍微远离他们，他们的目光还是紧紧地随之移动。那是小孩子们在央求零食的眼神。

为此露出苦笑的萨留斯假装没有发现，继续前进。因为他早已决定要将礼物送给谁，可惜的是，赠送的对象并非这些小孩。

小孩眼神中露出的光芒并非饥饿所致，让萨留斯觉得很幸福，因为这是数年前绝对无法看到的光景——

将依依不舍的目光抛在脑后，穿过散布在路上的几间房子，就看见了目的地的小屋。

这一带是村落近郊，继续往前的话就不再是湿地，而是像湖泊的地方，水也变得相当深。建造在这个微妙分界线上的小屋，结构比外观给人的感觉更来得坚固，甚至比萨留斯自己的家还大。

奇怪的是房子有点倾斜，因此有一半没入水中，但并非外力所致，而是原本就建成这样。

萨留斯边踩出巨大的溅水声，边接近小屋。

一接近小屋，小屋中就发出撒娇般的叫声，可能是闻到味道了吧。

一个蛇头从应该是窗口的地方冒出身影。有着一身深棕色鳞片和琥珀色眼睛的蛇，一看到萨留斯就伸出脖子，绕在他身上撒娇。

"好乖好乖。"

萨留斯以熟悉的动作抚摸蛇的身体。蛇像是觉得很舒服似的，把眼睛——有保护眼睛的膜和眼皮——眯了起来。萨留斯也觉得蛇鳞的触感很舒服。

这个生物正是萨留斯的宠物，名字叫罗罗罗。

因为罗罗罗是从小就被饲养，甚至让人觉得它真的会和主人对话。

"罗罗罗，我带饲料来了喔，慢慢吃别吵架喔。"

萨留斯隔着窗户将带来的鱼丢进去，小屋里面立刻传来可以用"咚嚓"或是"啪嚓"来形容的声音。

"我是很想陪你玩，但现在得去看看鱼的情况才行，先这样啦。"

不晓得蛇是不是知道主人在说什么，先是依依不舍地摩擦萨留斯的身体几次，才回到小屋。不久便听到屋里传来猛烈撕咬与咀嚼的声音。

活力十足的进食模样代表罗罗罗的身体相当健康，让萨留斯安心地离开了小屋。

离开小屋的萨留斯，这次前往的地方是距离村落稍远的湖畔。

萨留斯带着啪啪的脚步声，不发一语地走在森林中。其实潜入水中会比较快，但萨留斯习惯在移动时顺便确认陆地上有没有发生什么情况。不过，在这个视野遭到树林遮蔽的地方前进，即使是萨留斯也会耗损不少心力。

不久，就从树林缝隙中看见了目的地。什么事都没发生让萨留斯放心地吐了口气，就这样穿过树林，在剩下不远的距离中快步前进。

避开突出的树枝穿过树丛的萨留斯，在这时候吃惊地睁圆双眼。因为有个意想不到的背影出现在眼前。

那是一个和萨留斯非常相似的黑鳞蜥蜴人。

"哥哥——"

"是你啊。"

黑鳞蜥蜴人回过头，目光锐利地看向萨留斯。这位蜥蜴人正是"绿爪"族的族长，也是萨留斯的哥哥——夏斯留·夏夏。

在过去两次族长争夺战中获胜，而这次未经过战斗就保住族长地位的夏斯留，身材壮硕得令人咋舌。和萨留斯两人站在一起比较的话，连体格属于平均值的萨留斯看起来都小了一圈。

他身上的黑色鳞片有着一道白色旧伤，看起来像是划过乌云的闪电。

他背着巨剑，那是长度接近两米、朴实无华的厚重长剑。以钢铁打造的剑——也是族长的象征——上面施加着防锈与提升锐利度的魔法。

萨留斯来到湖畔，站在哥哥旁边。

"你来这种地方做什么？"

"这应该是我要说的吧，哥哥？身为族长，不用亲自来这种地方吧？"

"姆呜。"

无话反驳的夏斯留发出口头禅的沉吟声后，转头面向眼前的湖水。

探出湖面的结实木桩，将那个地方牢牢包围住。木桩与木桩之间架起网眼相当密集的网子。这些是用来做什么的，应该一目了然吧。

就是养殖的鱼塘。

"该不会……是想来偷吃吧？"

萨留斯这句话让夏斯留的尾巴弹了起来，往地面拍了几下，发出拍打声。

　　"姆呜。怎么可能，我只是来看看养殖的情况如何罢了。"

　　"哦……"

　　"我说弟弟啊，你怎么会以为你哥哥是那种人？"

　　以强势语气如此说完后，夏斯留顺势向前一步。宛如墙壁进逼过来的压迫感，甚至让身为旅行者且身经百战的萨留斯想要后退数步。

　　不过，萨留斯现在有完美的反驳方法。

　　"如果你只是来看看养殖情况，那就是不想要的意思喽。真可惜呢，哥哥。如果养得不错，我还想送一些给你呢。"

　　"姆呜。"

　　拍打的声音消失，尾巴无精打采地垂了下来。

　　"很好吃喔，因为我可是喂了很多营养饲料，把它们养得很肥呢，比外面捕到的还要肥美。"

　　"是喔。"

　　"咬下去就会冒出鲜美肉汁，咬一口下来吃进嘴里，就会像在口中融化一样呢。"

　　"姆呜呜呜。"

　　现场再次发出尾巴不断拍打地面的声音，而且比刚才还要猛烈。

　　萨留斯傻眼地看着哥哥的尾巴，带着半戏弄的语气说道：

"大嫂说过，哥哥你的尾巴太老实了。"

"什么？那个臭女人，竟然这样取笑丈夫。再说，到底哪里老实了？"

自己的哥哥看着现在一动也不动的尾巴如此反问，让萨留斯不知道该如何反应才好，好不容易才敷衍地响应一声："也是。"

"哼，那个臭女人……如果你上过床，应该就会知道我现在的心情吧。"

"我结不了婚啦。"

"哼，说什么蠢话，因为那个印记吗？干吗理会那些长老的话。再说，在这个村落中，应该没有半个母蜥蜴人会讨厌被你追求吧……即使是尾巴出色到不行的母蜥蜴人，应该也会接受你吧。"

蜥蜴人的尾巴会储存养分。因此，拥有粗壮的尾巴就是对异性的致命吸引力。若是年轻时，萨留斯或许会选尾巴较粗大的母蜥蜴人，但现在的他已经大幅成长，也见识过世界，反倒尽可能不想那样选择。

"在现今的村落，我不太喜欢拥有粗大尾巴的母蜥蜴人呢。只以尾巴来挑选的话，我反而会选择细小的尾巴。个人倒是觉得像大嫂那样的也无所谓。"

"以你的性格来说，或许会这么想……但还是不要和那样的母蜥蜴人上床。无意义的割伤意外我可是敬谢不敏。哎，你也该了解一下结婚的辛酸，就只有我要受这种苦，未免太不公平了吧。"

"喂喂喂，哥哥，小心我跟大嫂说喔。"

"姆呜……你看，这就是结婚的辛酸之一。随便就可以威胁身为族长又是哥哥的我。"

宁静湖畔出现一阵短暂的愉快笑声。

夏斯留止住笑声后，再次直视眼前的鱼塘，百感交集地感叹道：

"不过，还真出色呢，你的……"

这时弟弟对不知该怎么说的哥哥伸出援手。

"养殖鱼塘吗？"

"没错，就是那个。过去在我们的部族中，不曾有人做过这样的养殖鱼塘，而且已经有很多人知道养殖鱼塘很成功。照这样下去，应该会有很多人羡慕你的鱼塘而去模仿吧。"

"这全拜哥哥所赐，我知道你向大家宣传了不少喔。"

"弟弟啊，就算把事实告诉很多人，那又能怎么样？那些只不过是闲话家常罢了。你的努力让这个养殖鱼塘养出了美味的鱼，这才是真正有意义的事情啊。"

理所当然地，养殖鱼塘一开始经历了数次失败。毕竟只是在旅行中听说这个做法后，根据想象打造出来罢了。甚至在建围篱时都不断失败，经过一整年的持续试验才终于打造出养殖鱼塘，但事情并非就此结束。

还必须照顾鱼群，也需要拿饲料过来喂食。

为了调查哪种饲料比较好，他也投入过各种饲料，还因此好几次害死养殖鱼塘中的鱼群，甚至还发生过围篱网子被魔物破坏，让一切回归原点的情况。

把捕获的食用鱼当作玩具看待这件事，也曾被人在背后指指点点，甚至被骂是笨蛋。但这些努力，如今都已在眼前展现了成果。

湖面下有庞大的鱼群在悠游。和捕来的鱼相比，这些鱼的尺寸也算是相当大了。若说这是从幼鱼开始养的，应该没有任何蜥蜴人会相信吧。没错，除了萨留斯的哥哥和大嫂之外。

"你很厉害喔，弟弟。"

萨留斯的哥哥和他望着相同景色，低声道出这句称赞，当中掺杂着许许多多的情感。

"这也是多亏了哥哥。"

弟弟回答的口气中，也带有和哥哥同等的情感。

"姆呜，我哪有什么功劳？"

的确，哥哥——夏斯留什么事也没有帮，但这是指表面上没有帮忙。

只要鱼儿的身体一有状况，祭司就会突然出现在这里；收集围篱材料时，也有好几个人过来帮忙；而族人捕鱼回来分发时，都会分到活蹦乱跳的鱼儿；还有狩猎班送来当作饲料的果实。

这些来帮忙的人完全不肯表明是受谁之托，不过就算再怎么笨，也能知道在后面委托的人是谁，也知道对方不想暴露自己的身份。

因为一名族长帮助脱离部族阶级的人，是很不恰当的行为。

"哥哥，等鱼长得再肥大一点之后，我会第一个拿去送你的。"

"哦，那还真是令人期待呢。"

夏斯留转身迈开步伐，然后低声道歉：

"抱歉啊。"

"你说什么啊，哥哥……哥哥你一点错也没有啊。"

不知道夏斯留有没有听到这句话。夏斯留不发一语地沿着湖畔离去，而萨留斯只是默默望着他远去的背影。

确认养殖鱼塘状况后回到村落的萨留斯，突然感到有些异样而望向天空。天空并没有什么奇怪的景象，一望无际的蓝天中只有北方有一座被薄云缭绕的山脉。

一如往常的风景。

没有任何异样，正当觉得可能是自己的错觉时，他突然发现天空有一朵奇怪的云。

同一时间，村落中央突然浮现遮蔽阳光的乌云——而且还是很厚的一层乌云，让村落整个暗了下来。

每个人都大吃一惊，抬头望向天空。

祭司们说过，今天一整天都会是晴天。祭司们的天气预测是建立在魔法和经年累月的经验结合而成的知识之下，相当准确，所以每个人都对于天气预测失准感到惊讶。

但奇怪的是，除了村落上面之外，其他地方并没有半点乌云，简直像是有人召唤只会出现在村落上面的乌云一样。

怪异的景象继续出现。

乌云以村落为中心开始旋转，而且旋转的范围变得越来越大，就好像天空遭到不明乌云侵蚀般，速度相当猛烈。

这是异常状况。

战士级蜥蜴人急忙进入备战状态，小孩子们迅速逃进家里。萨留斯则压低身子观察四周，伸手握住"冻牙之痛"。

乌云完全覆盖天空，但往远方望去，还是可以看到蓝天。乌云笼罩的区域真的只有村落。这时村落中央传出嘈杂的声音，那是蜥蜴人利用声带发出的尖锐呼啸声，随着风从村落中央传来。

那是——警示声，而且还是代表有强敌入侵，有时还必须紧急撤离的那种警示。

听到警示声的萨留斯，踩着以蜥蜴人来说算快的步伐在湿地中奔驰。

奔跑，奔跑，再奔跑。

即使湿地中难以奔跑，萨留斯还是利用扭动尾巴取得平衡。他以人类不可能达到的速度——虽然蜥蜴人的脚比较适合在这样的地形行进——来到应该是警示声发出的地点。

夏斯留以及战士们在那里围成一圈，瞪着村落中央。萨留斯顺着众人的目光望去后,也跟着一起瞪视。

无数目光所瞪视的地方——有一团飘忽不定、像是黑雾的魔物。

那团黑雾中冒出无数骇人脸孔,然后立刻变形。虽然浮现的是各个种族的脸,但有一个唯一的共通点,那就是每个脸都露出痛苦至极的表情。

啜泣声、怨叹声、痛苦惨叫声、临终前的喘息声,这些声音乘着风轮流传来。这些几乎要让背脊冻结的怨念不断进逼过来,让萨留斯不禁害怕得颤抖。

(不妙……应该让其他人逃走,只留下我和哥哥来对付,不过,那样的话……)

萨留斯在周遭的蜥蜴人部族中也算顶尖战士,这是让他都感到畏惧的强大不死者。

这种时候还能够和对方周旋的人,大概只有萨留斯和他的哥哥吧。而且最重要的是,萨留斯还知道那个不死者具有的特殊能力。

他稍微向四周瞄了一眼后发现,即使在场的蜥蜴人全都是战士阶级,但几乎每个人都紧张得呼吸急促,简直像是感到害怕的小孩一样。

占据村落中央的魔物完全没有离开原地一步。

不知道已经过了多长时间。剑拔弩张的气氛,可能代表着稍有风吹草动,便会立刻发生惊天动地的战斗。慢慢拉近彼此距离的战士们就是最好的证明。他们拼命甩开强大的精神压力，动了起来。

萨留斯看见视野一角的夏斯留拔出剑来，随即也以不逊于他的速度静静架起剑。万一必须战斗，他们打算身先士卒，比任何人都更快地进行突击。

（如果能够让大家知道对方的特殊能力，应该就不算是强出头的举动……）

沉积在空气中的紧张感变得更加浓烈——怨叹声突然停了下来。

魔物发出的数种声音混在一起，变成一个声音，这道声音和刚才那种不明所以的诅咒声不同，带有明确的意义。

"听好了，我是伟大至尊的部下，事先前来下达通知。"

现场一阵鼓噪，大家面面相觑。只有萨留斯和夏斯留的目光不为所动。

"在此宣布你们的死期，伟大至尊已派军前来消灭你们。不过，心胸宽大的伟大至尊打算赐予你们一些垂死——但只是无谓挣扎的时间。从今天算起的八日后，我们会让你们成为这座湖的蜥蜴人部族中，第二个死亡祭品。"

萨留斯的脸狰狞起来，露出锐利牙齿，发出吓人的低吼声。

"垂死挣扎吧，让伟大至尊能够心满意足地开心嘲笑吧。"

有如烟雾无时无刻地在变形般，那魔物不断扭曲变化形状，飘向空中。

"别忘了，八日后——"

魔物就这样飘往一片晴朗的空中，往森林方向飞行而去。在众多目送魔物的蜥蜴人之中，萨留斯和夏斯留只是默默地望着遥远的天空。

2

村落中最大的小屋——当作集会场所的这间小屋，平常几乎不会使用。因为村落中有掌握绝对权力的族长存在，所以几乎没有召开集会的必要，小屋等同虚设。不过，当天小屋中弥漫着异常的热气。

现场挤满许多蜥蜴人，让原本应该相当宽敞的室内显得非常拥挤。除了战士级蜥蜴人之外，还有祭司群、狩猎班、长老会和旅行者萨留斯。大家盘腿坐在地上，面向夏斯留。

身为族长的夏斯留宣告会议开始后，首先开口的人是祭司长。

那是一位年长的母蜥蜴人，身体有以白色染料画上的诡异图腾，听说这些图腾具有许多意义，但萨留斯并不是很清楚。

"大家还记得笼罩天空的乌云吧？那是魔法。就我所知，能够操控天候的魔法有两种，一个是称为'天候操控'的第六位阶魔法，能够使用第六位阶魔法的魔法吟唱者，已经属于传说的境界，因此不可能是这个魔法造成的。至于另一个则是第四位阶魔法'云操控'，这个魔法同样只有强大的魔法吟唱者才能使用，只有愚者才会和这种人作对。"

排在祭司长后面、有着同样打扮的祭司们也都点头表示同意。

萨留斯知道厉害程度，但即使说明了是第四位阶，还是有很多人无法理解那种魔法有多厉害，因此室内响起了许多疑问的低吟声。

不知该如何解释的祭司长露出困惑神色，伸手指向其中一位蜥蜴人。被指到的蜥蜴人也露出困惑表情，指向自己。

"没错，就是你。和我较量的话，你能够打赢我吗？"

被指到的蜥蜴人连忙摇了摇头。

限制只能用武器的话，或许有打赢祭司长的自信，但如果考虑到也可使用魔法，那胜算就很低。不对，何止胜算低，区区战士根本等于毫无胜算。

"不过即使是我，顶多也只能使用第二位阶魔法。"

"也就是说，那人有祭司长的两倍强啰？"

祭司长对于这个不知道是谁发出的疑问叹了一口气，悲叹地摇了摇头。

"不是两倍这么简单。如果能够使用第四位阶魔法，大概连我们的族长都会被轻易地杀掉吧。"

祭司长最后补上"也不能说是'绝对会'，不过需要加上'恐怕会'这种推测性的词语"这句话后，便闭口不语了。

终于知道第四位阶魔法有多强大之后，室内变得鸦雀无声。

这时室内再次响起夏斯留的声音。

"也就是说，祭司长的意思是——"

"我认为逃走比较好，即使挺身奋战也毫无胜算。"

"你说的这是什么话！"

一个魁梧的蜥蜴人带着一道低沉的咆哮声猛然站起。这个身材与夏斯留并驾齐驱的蜥蜴人，正是部族的战士长。

"你叫我们不战而逃吗！再说，光是这样的威胁就要逃亡，成何体统！"

"你没有长脑袋吗！我的意思是进入战斗就为时已晚了！"

祭司长也站起来和战士长怒目相视，两人都激动起来，下意识地发出威吓的低吼声。正当每个人的脑中都闪过一触即发这个词时，一道冷冽的声音响起。

"你们都给我冷静点。"

战士长和祭司长带着晴天霹雳般的表情，把脸转向夏斯留。两人都出声道歉，之后便坐了下来。

"狩猎长，让我听听你的意见。"

"我可以理解战士长和祭司长的意见，也同意他们的说法。"

一位身材消瘦的蜥蜴人开口回答夏斯留的征询。说他瘦其实也不尽然，这位蜥蜴人并非没有肌肉，只是身上的肌肉无比结实到看起来纤细而已。

"所以，既然现在还有一点时间，是不是可以静观其变？对方说会派军队前来，照理说应该会搭营设阵，有许多的前置作业需要进行，等观察对方的动向后，再来决定下一步也不晚吧？”

在缺乏信息的情况下，即使你一言我一语地提出各种意见也无济于事吧——可以听到有些人出言表达同意。

“长老。”

“我实在没办法判断，感觉每个意见都很正确。接下来应该要交由族长做主了吧。”

“姆呜……”

夏斯留移动目光，萨留斯感觉彼此的眼神在几个蜥蜴人之间的缝隙交会。哥哥以眼神向他点点头，于是萨留斯便带着宛如背部被温柔地轻推一把的感觉——虽然那或许会把他推入绝境——举手陈述自己的意见。

“族长，我有意见想说。”

在场的所有蜥蜴人全都将注意力集中到萨留斯身上，大部分的人都带着期望。然而，也有一些怒目相向的蜥蜴人。

“还轮不到旅行者开口！光是让你待在这里就该心怀感激了！”

长老会的其中一位长老出声呵斥。

“你给我退——”

一条尾巴砰的一声，往地上猛烈一拍，这个声响像利刃般斩断长老的发言。

“吵死了。”

夏斯留的语气中充满骇人情绪，可以听到他声音中的每个音节都掺杂着蜥蜴人情绪激动时发出的低吼声。没人敢在这种情况下插嘴，小屋中的紧张气氛急速飙升，使至今一直存在着的热气瞬间冷却。

这时候，一位长老开口了。不过他却没有察觉到，有许多要他别节外生枝的指责眼神集中在他的身上。

"可是族长，虽然他是你弟弟，但你也不能对他有特别待遇，旅行者可是——"

"我刚才说吵死了，你没听到吗？"

"咕呜……"

"我让所有学识渊博的人都参与这场会议，不听听旅行者的意见不是很奇怪吗？"

"旅行者可是——"

"族长说不要紧。还是说，你们不想听从我的命令？"

夏斯留将目光从住嘴的长老身上移开，望向其他首长。

"祭司长、战士长、狩猎长，你们也认为他的意见不值得听吗？"

"萨留斯的意见有听的价值。"战士长最先回应。"只要是战士，不会有人不愿听冻牙之痛拥有者的意见。"

"我也这么认为，非常值得一听啊。"

狩猎长口气轻浮地如此回应。最后只剩下祭司长，她也耸了耸肩，说：

"当然要听，只有愚者才会不想听有识之士的建言。"

遭到强烈讽刺，长老会当中数人蹙起眉头。夏斯留点头同意三位首长的意见，然后顶了顶下巴示意萨留斯发表意见。萨留斯保持坐姿，开始表示意见。

"如果从逃亡和战斗两者来选择，我会选择后者。"

"哦……理由为何？"

"因为只有这条路可选。"

本来的话，只要族长询问理由，就必须仔细解释清楚，但萨留斯却没有继续解释，显露出言尽于此的态度。

夏斯留手握拳抵住嘴角，露出沉思的模样。

（你该不会连我在想哪种事都看破了吧，哥哥。）

萨留斯努力不让自己的内心想法透露在脸上时，祭司长不知不觉间面露难色开口发问：

"可是，能够获胜吗？"

"当然可以！"

战士长带着几乎能将众人的不安全都冲散的气势叫了出来，但祭司长只是稍微眯起双眼。

"不，就现况来说，我们的胜算很低吧。"

萨留斯代为回答，直接否定战士长的意见。

"这话是什么意思？"

"战士长，对方应该掌握了我们的情报——也就是我们的实力。若非如此，不可能会说出那种瞧不起我们的言论。那样的话，以我们现今的实力应战，即使足以和他们对抗，也不可能获胜。"

那么该如何是好？正当每个人都想如此询问的瞬间，萨留斯隐藏了自己的真正想法，先发制人地开口回答：

"那么就必须打乱对方的盘算……各位还记得过去那场战役吗？"

"当然。"

有人开口回答。

在场所有人都没有糊涂到这么快就忘记数年前发生的那件事。不对，即使糊涂了，也不可能忘记那场战斗。

过去，这片湿地上有七个部族。分别是"绿爪""小牙""利尾""龙牙""黄斑""锐剑"和"朱瞳"。

不过，这七个部族目前只剩下五个。

因为过去曾发生过夺走许多性命，甚至消灭了两个部族的战役。

战争的导火线在于一直无法捕获足够食用的鱼类，结果导致为了捕鱼，狩猎班带头过界捕捞，范围遍及湖泊多处。当然，其他部族也一样。

不久，彼此的狩猎班终于在捕鱼的地方遭遇。这可是关系到彼此部族生存的大事，他们当然都不能退让。

从口角变成打架，打架又发展成互相残杀，这个过程并没有耗费多少时间。

没过多久，彼此的战士也都开始动员协助狩猎班，为了争夺粮食展开了激战。

将周围七个部族当中的五个牵扯进来的战役，演变成三对二——"绿爪""小牙""利尾"对"黄斑"和"锐剑"之战，发展成除了战士级之外，甚至连公蜥蜴人和母蜥蜴人都出动的部族总动员之战。

经过数次倾巢之战后，包含"绿爪"族在内的三部族这方获得胜利，两部族这方则是资源消耗到无法维持部族，最后各奔东西。但这些流离失所的蜥蜴人，之后就被没有参加战争的"龙牙"族吸收。

讽刺的是，造成战争的粮食问题，也因为在湿地生活的蜥蜴人总数锐减而得以解决，每个人都能获得足够的鱼作为主食。

"那场战争和现在这件事有什么关系？"

"回想一下对方说过的话。那家伙说这个村落是'第二个'。以此推断，对方应该也派了使者去其他村落吧？"

"哦哦……"

现场响起理解萨留斯意见的声音。

"也就是说，你打算再次缔结同盟，是吧！"

"不会吧。"

"没错，我们应该缔结同盟。"

"像过去的战役一样啊……"

"这样说不定能赢？"

坐在一起的蜥蜴人彼此交头接耳，不久讨论的声音越来越大。小屋里的所有人都开始研究起萨留斯的想法是否可行，只有夏斯留默默不语，没打算开口。萨留斯无法承受那看穿心底想法的视线，不敢把脸面向哥哥。

经过一段足以让大家细细讨论的时间后，萨留斯再次开口：

"希望你们不要会错意，我的意思是要和所有部族结盟。"

"你说什么？"

场中第二个察觉话中之意的狩猎长发出惊呼。萨留斯直直注视着夏斯留，位于视线路径上的蜥蜴人不禁让出一条路来。

"我提议也和'龙牙''朱瞳'缔结同盟，族长。"

现场出现一阵骚动，说是宛如投下震撼弹般的骚动也不为过。

自己的部族和在之前战役中没有参战的"龙牙""朱瞳"这两个部族毫无往来，而且"龙牙"族还收留了"黄斑"和"锐剑"的流亡者，照理说应该是一支埋有巨大祸根的部族才对。

和这两支部族结为同盟——五族联盟。

如果能够成功，或许有一线生机。正当大家浮现一点淡淡的期待时，夏斯留突然开口，简短问道：

"谁要当使者？"

"让我去吧。"

萨留斯毫不犹豫的回答并没有让夏斯留感到吃惊，深知弟弟的哥哥，或许早预料到这个答案了吧。周遭的蜥蜴人发出感叹的声音，觉得没有比他更好的人选，只有一人对此意见表示不满。

"派旅行者去？"

是夏斯留。他如寒冰般的眼神直直贯穿萨留斯。

"没错，族长。现在是紧急状态，如果对方因为我是旅行者就不愿意接见，那也不值得结盟。"

萨留斯轻松逼回冰柱般的眼神，彼此注视了一会儿后，夏斯留落寞一笑。不知道那笑容代表的意义是放弃，还是自己的话无法阻止弟弟的无奈，或是对自己心中早已认为他是适任者的自我嘲笑。那是毫无阴霾的一个笑容。

"把我的族长之印带去吧。"

这个信物具有族长代理人的意义，绝对不是可以让旅行者持有的东西。长老会的几名长老似乎有什么话想说，躁动了起来，但他们在开口之前看到夏斯留的锐利目光，只好把话吞回去。

"非常感谢。"

萨留斯低头道谢。接受道谢后，夏斯留继续开口：

"派往其他部族的使者由我挑选。首先——"

夜晚降临时，村落会吹起阵阵凉风。因为属于湿地地形，湿度也相当高，再加上热气会令人觉得闷热，可一进入夜晚，闷热的感觉会渐渐缓和。相反，风一吹甚至还会感到些许凉意。当然，对于拥有厚实皮肤的蜥蜴人来说，这种程度的变化根本不算什么。

萨留斯踩着啪嗒啪嗒的脚步声走在湿地上，目的地是宠物罗罗罗的小屋。

虽然还有时间，但也说不定会有意外状况发生，而且不知道敌人会不会遵守约定，也可能会阻碍萨留斯的出使行动。如此通盘考虑后，他还是认为骑罗罗罗在湿地上行进是最适合计划的举措。

萨留斯啪嗒啪嗒的走路声渐渐变慢，最后停下脚步。他身上背着塞满各种物品的皮囊，里面的东西随之剧烈震荡。让萨留斯停下脚步的原因，是因为他在月光下看到一道熟悉的蜥蜴人身影从罗罗罗的小屋走出来。

彼此的目光交会，黑鳞蜥蜴人对感到困惑并停下脚步的萨留斯歪起头，然后拉近彼此的距离。

"我一直觉得你应该担任族长。"

这是缩短和自己的距离到两米左右的哥哥夏斯留，开口的第一句话。

"你说的这是什么话啊，哥哥。"

"你还记得过去那场战役吗？"

"当然。"

在会议中提出这件事的人是萨留斯，他怎么可能不记得。接着，他才察觉夏斯留当时大概也想提这件事。

"你在那场战役后成为旅行者，你知道当时我有多后悔在你胸口烙上印记吗？我还想就算揍你一顿也要阻止你。"

萨留斯用力摇头。哥哥当时的表情，现在依然像一根刺，深深刺在他的心里。

"都是因为哥哥你的允许，我才能学会鱼的养殖法再回到故乡。"

"你就算只待在这个村落，大概也能找出养殖鱼的方法吧。像你这样聪明的男人，才应该带领整个村落。"

"哥哥……"

过去发生的事情绝对无法重来。而且，现在说什么如果——也没有任何意义，因为那已是前尘往事。不过，即使时过境迁还是会有如此想法，是因为他们两人很懦弱吗？

不对，并非如此吧。

"我不以族长立场，而是以哥哥的身份跟你说。'你一个人没问题吧？'这种话我不会说，但一定要平安回来，不要勉强啊。"

萨留斯带着高傲的笑容回复这句话。

"当然，我会完美完成任务回来。由我负责的话，应该是轻而易举的事吧。"

夏斯留"姆呜"一声，自然地露出苦笑说，"那么失败的话，我会把你养殖鱼塘中最肥美的鱼吃掉喔。"

"哥哥，这点小事完全无关痛痒。而且这时候讲这种话，实在很没魄力啊。"

"姆呜。"

接着，两人彼此轻轻一笑。

不久，两人不分先后地露出严肃表情注视彼此。

"那么，你真正的目的只是结盟吗？"

"你在说什么？你想说什么？"

萨留斯的眼睛稍微眯起——然后心道一声糟糕。而且以哥哥的观察力来说，刚才的反应也很不妙。

"你在小屋中的说话方式好像有所保留，像是在引导大家的想法一样。"

夏斯留继续对无话可说的萨留斯说下去：

"过去那场战役会发生，单纯是因为部族间的小纷争消失，而蜥蜴人数量增加，应该也是原因之一吧。"

"哥哥……别再说了。"

萨留斯如钢铁般的强硬口吻，有如肯定了夏斯留的说法。

"果然……是那样啊。"

"为了不让过去的战役再次发生，也只能这么做吧。"

萨留斯带着无奈的语气吐出这句话。这是萨留斯自己觉得很不正当又龌龊的阴险计策。可以的话，他不想让哥哥知道。

"那么，如果其他部族拒绝结盟，你打算怎么做？光靠我们这些因为选拔而变少的人和一开始就想逃的人，根本无法和敌人对抗。"

"那时候，只能先……消灭他们了吧。"

"你是说要先消灭同族的人吗？"

"哥哥……"

听到萨留斯带有说服意味的语调，夏斯留像是觉得没什么大不了一样笑了笑。

"我明白，你的想法没错，我也同意你的想法。身为部族的领导者当然要思考部族的存亡，所以弟弟，你别在意。"

"谢谢。那么，我去带领其他部族前来我们村落，可以吧？"

"不，如果那些家伙的话属实，我们村落就是第二个对象，那么主战场预估应该会是在第一个村落。本来，应该是先聚集到较后遭到攻击的村落，或是防御力较佳的村落最好，但我们的村落若是被烧毁，战后情况将会很严峻。所以我们在最先遭到攻击的村落防御会比较好吧。关于我们和你的情报交换……我会拜托祭司长使用魔法和你进行沟通，所以你可以带领其他部族直接到那边去吗？"

"了解了。"

利用哥哥所说的魔法传送大量内容是相当困难的一件事，而且离太远的话就无法传送，是一个效果不尽如人意的魔法。不过萨留斯觉得在这次的情况下，应该不会有什么问题。

"另外关于粮食方面，我会拿你鱼塘中的鱼喔。"

"当然没问题。不过我希望能留下幼鱼，因为养殖鱼塘好不容易才上轨道。即使需要放弃村落，养殖鱼塘对将来还是会有帮助。"

"我答应你。那么，那些鱼可以提供多少食粮？"

"包含鱼干在内的话，大概足以供千人食用吧。"

“这样啊……那么，粮食部分暂且没问题了。”

“嗯，麻烦你了。那么哥哥，我要出发了……罗罗罗。”

一个蛇头响应萨留斯的呼叫，从窗口露出身影。身上的鳞片映着苍蓝月光，带着湿润的光泽。一枚枚的鳞片不断改变角度，发出淡淡光芒，看起来甚至有种如梦似幻的美感。

“我们出门吧。可以过来我这边吗？”

罗罗罗稍微望了萨留斯和夏斯留一会儿后，立刻把头缩了回去。接着便传出重物动起来的水声，还有噗噜噗噜的声音。

“那么哥哥，有件事想先问一下。你应该已经有答案了吧，你打算带多少人避难？根据状况，我可能会以这些人数来当作交涉的工具。”

被问到这个问题的夏斯留，只稍微语塞了一会儿，就立刻回答：

“十个战士级、二十个猎人、三个祭司、七十个公蜥蜴人、一百个母蜥蜴人……还有部分小孩吧。”

“这样啊，了解了。”

萨留斯看到夏斯留发出疲惫的苦笑，沉默了。在沉重的无言的气氛中，传来激起水花的啪嗒声。两人往声音方向望去，有些怀念地相视一笑。

“姆呜……它也长大了呢。刚才我进小屋时，着实吓了一大跳啊。”

“嗯，哥哥，我也是。没想到罗罗罗会长这么大，毕竟捡到它时，身体还非常小。"

"那还真是令人难以置信呢。因为在你带它回村时，身体就已经相当大了。"

正当两人回忆起罗罗罗小时候的模样时，四个蛇头从距离小屋不远处的水面蹿出，以同样的动作在水面上移动，朝着萨留斯他们靠近。

这时蛇头突然大大抬起，巨大的身影自水面探出。类似爬虫类的四个头有着长长的脖子，与巨大的四脚躯体相连。

魔兽——多头水蛇。

这是罗罗罗的种族名。

它绝非单纯的蛇，证据就是萨留斯丢鱼喂食的时候，它发出了咀嚼的声音。

罗罗罗身长达五米，行动却意外敏捷，快速来到萨留斯身边。

萨留斯仿佛猴子爬树般，身手矫健地爬到罗罗罗的身上。

"你一定要平安回来。不要想太多，像以前一样激动大叫'我不会让任何人牺牲'才是你的作风。"

"看来我也已经是大人了。"

听到萨留斯这句话的夏斯留哼笑一声。

"小鬼头已经变成独当一面的大人了……算了，总之要保重。要是你没有回来，第一个要进攻的对象是谁就不用问了。"

"我会平安回来的。等我吧，哥哥。"

接着，两兄弟百感交集地注视着彼此一会儿——然后，不发一语的两人就这样渐行渐远。

3

纳萨力克地下大坟墓第九层，这个楼层有各种房间。除了有公会成员的房间和 NPC 的房间之外，还有大澡堂、餐厅等设施，以及类似美容院、服饰店、杂货店、护肤店、指甲美容这些商店的房间，类型可说是五花八门，应有尽有。

打造这些在游戏中绝对没有什么意义的设施，应该是因为有很多人相当讲究这部分，或者是对纳萨力克地下大坟墓抱持着一种完美都市的印象，又或许是因为自己在现实世界中的劳动环境太差，心生向往所致也说不定。

其中一个房间的管理者是纳萨力克地下大坟墓的副主厨，平常他都会在餐厅展露厨艺，但在某些日子和时间，他会来到这个房间准备餐点，让人可以随时前来享用。

这个房间以常客稀少的那种小酒吧为设计理念，室内笼罩着淡淡的柔和灯光。

这里有一个放酒的架子和柜台，椅子有八张。虽然装潢如此简单，但他相当确定"这是一间足以安静品酒的房间"，觉得被赋予的这个空间像是自己的城堡，感觉相当充实与满足。

不过，在迎接首次造访的客人数分钟之后，他才察觉，能够获得那种感觉也和造访客人的风度有关。

咕嘟咕嘟，啊呼——

如果以声音来形容，那位客人就是以这种方式一口气把酒喝干的。

副主厨一边擦拭着酒杯，一边心不在焉地想着：若是想要那样喝酒，应该还有比这里更适合的地方吧。

实际上在这个第九层当中，也有交谊厅和酒馆等各种设施，应该没必要在这间酒吧那样喝酒。

叩的一声，调酒杯——以大小来说是啤酒杯——往柜台上敲了一下。副主厨拼命忍住想要板起脸的怒气。

"再一杯！"

副主厨回应请求，往杯子里倒入饮料。倒满精馏伏特加生命之水后，再倒入蓝色一号色素。

接着，温柔地将调好的酒递出去。

"这杯叫'淑女的眼泪'。"

随便取个名字告诉眼前这个面露狐疑神色的女子后，似乎没有看到调酒过程的女子，表情立刻变成充满感激。

"哦，扩散开来的蓝色代表眼泪的意思，是吧？"

"是的，你说得没错。"

他毫不心虚地如此说谎。

女子抓起酒杯后立刻一饮而尽，气势猛烈得像是在澡堂洗完澡后，一口气喝光咖啡牛奶那样。

她和刚才一样，将喝光的酒杯往柜台用力一放。

"呼，有点醉了呢。"

"你喝太快了，这也是在所难免。今天你就先回去休息如何？"

"不要，我不想回去。"

"这样啊……"

副主厨再次拿起杯子擦拭，对女子投来的目光感到厌烦。

（有话想说就直接说嘛，女人就是这样才麻烦。适合来这家店的客人是高雅的绅士，才不是麻烦的女人。不能禁止女人进出吗……应该不行。这样对无上至尊们太过失礼了，不过，我还真是搞砸了。）

邀请女子来这里的人不是别人，就是他自己。他在第九层遇到女子时，觉得她的背影看起来好像很落寞，便担心地和她攀谈，结果就变成这个下场。真的是悔不当初。但既然都让她进来当客人了，就必须以酒吧主人的身份做出适当的应对。

（即使我已经端出随便做的饮料招待她了，也要好好应对！）

做好心理准备的他开口发问：

"你怎么了，夏提雅大人？"

这个瞬间，女子——夏提雅张开嘴巴，看起来像是等这句话等很久了，而这个推测应该并非全然的瞎猜吧。

"对不起，我不想说。"

开什么玩笑——他的脸不禁皱了起来。不过，夏提雅看不懂菇类生物的表情变化，并没有特别说些什么，只是以手指玩弄着摆在柜台的酒杯。

"稍微醉了呢。"

"是嘛。"

（怎么可能啊。）

虽然夏提雅好像真的觉得自己已经醉了，但他有十足把握可以说，绝对没那回事。

醉酒和中毒这类的效果属于相同类型，因此对毒有完全抗性的人不会醉酒，身为不死者的夏提雅当然完全不怕毒，所以不可能会醉。基本上，来他店里的人都会卸下毒无效的道具，或者知道自己不会醉，单纯来享受气氛。

不过，夏提雅认为自己醉了，也是事实吧。她是因气氛而醉。

正当副主厨思考着该如何是好时，响起了一道简直可说天助我也的福音。他转头一看后，微微低下头敬礼。

"欢迎光临。"

"嗨，皮奇。"

因为他的外形和某种香菇很像，所以被人取了这个外号。叫了一声这个外号后进入店内的人是常客之一——管家助手艾库莱尔，还有把艾库莱尔抱在腰际的男用人。

一如往常，艾库莱尔被轻轻放到椅子上，因为身高只有一百厘米左右的艾库莱尔，很难独自坐到柜台的长脚椅子上。

皮奇对于就坐在隔壁，却没有相互打招呼的两人感到疑惑，然后转头望向夏提雅，发现她正低着头，似乎在嘀嘀咕咕地说着什么。隐约可以听到，她好像是在说些对无上至尊（安兹·乌尔·恭）谢罪的话。

艾库莱尔有些装腔作势地向他点了杯酒。

"给我那个。"

"知道了。"

说到那个，他脑中浮现的只有一种选项。

那就是使用了十种利口酒的十色鸡尾酒——纳萨力克。

那种酒的外观非常漂亮，其味道让人只要喝一杯就足以感到满足。常客对这杯酒的评价很高，认为很符合纳萨力克这个名字，但这绝对不是会推荐给他人喝的一款酒。

为了调出好味道，他不断试验再试验，但还不晓得什么时候才会完成。

他以熟练动作调出十色的鸡尾酒，放到艾库莱尔面前。

"那边的女士，这杯酒请你喝。"

下一刻，传来的是咻、啪嗒、锵的声音。

艾库莱尔可能是想直接在柜台上把酒杯推给她吧，但这种动作只会出现在漫画中，或是技巧绝佳的人才办得到，这不是一只企鹅能办得到的事。

皮奇拿起翻倒的酒杯，确认没有破损后，安心地吐了一口气。他接着拿起抹布擦拭洒在柜台上的酒，然后带着不悦的眼神缓缓说道：

"可以请你不要用鳍状肢乱挥吗？如果你坚持要这么做的话，我可是会把你放进大盆子里推出去的。"

"真的非常抱歉。"

夏提雅似乎因为这个双人相声而注意到艾库莱尔的存在，抬起头来打招呼。

"哎呀，这不是艾库莱尔吗？好久不见。"

"好久不……感觉好像你来第九层时，我都见过你呢……"

"是吗？"

"是啊，不过……你会来这里还真难得。我一直以为会来这里的守护者只有迪米乌哥斯而已呢。之前他还跟科塞特斯一起来这里默默喝酒。"

"哦，是喔？"

听到同僚的事情后，夏提雅睁大了双眼。

"不过，到底怎么了，你怎么会这样？"

"只不过是犯了一个大……不对，是犯了一个天大的错误而已。所以才会像个落魄守护者一样，来借酒浇愁啊。"

艾库莱尔露出一个颇为复杂的表情，以眼神向皮奇询问：这个女孩到底怎么了？不过皮奇也不知所以然，只能摇头回应。

不过，他还是希望大家来这里时能够快乐喝酒。如此心想的皮奇，提出一个令两人吃惊的问题。

"那么，要不要转换个心情，来喝杯苹果汁？"

听见这句话的两人同时愣住。

"是用在第六层摘取的苹果打成的果汁。"

这句话似乎激起两人的兴趣，两人同时点点头。这种坦率的反应让皮奇获得强烈的满足感。

不久，桌上便出现了两杯没什么特别之处的苹果汁。虽然皮奇也有以眼神询问男用人需不需要，但他一如往常地默默拒绝。

因为艾库莱尔是鸟嘴，他当然没忘记插吸管。

"很爽口的味道呢。"

"虽然味道不错，但似乎少了一点震撼感……不够甜应该是主因吧？"

一口气喝干的两人发出如此感想。

"哎，这也是在所难免的吧。因为那儿的苹果我有吃过，蜜比保存在纳萨力克的苹果还要少。"

"第六层有苹果树吗？感觉没什么印象呢。"

而夏提雅大概是听过这回事吧，她在皮奇回答前先说出正确答案。

"那个该不会是安兹大人拿回来的苹果吧？我从雅儿贝德那里听说过消耗品的补充计划，说想要把外面的种子拿到纳萨力克里面种看看是否能够结出果实。"

皮奇也这么听说过。

他还接过一个命令，要他尝试用外面的各种食材做菜，确认是否能够做出可以提升能力的料理。

"是啊，我曾听说过。如果顺利的话，还要尝试打造果园。

不过，甜味还是远远不足就是了。"

"不，还不到不能喝的地步。想要来点清爽的甜味时，或许很适合喝这种果汁。"

"不过，到底是谁在种植？亚乌菈和马雷都外出了……是交给魔兽去做吗？"

"不是不是，是安兹大人从外面带回来的树精。"

艾库莱尔脸上浮现像是在说"谁"的表情，而夏提雅的表情则像是在说"啊"，两人形成对比。

"原来如此，这就是所谓人尽其才呢。难道说，安兹大人在那时候就已经如此打算了？"

"怎么回事，有新人来到纳萨力克吗？"

夏提雅回答艾库莱尔的疑问。他虽然也看过树精，但不晓得来龙去脉，因此竖起耳朵仔细聆听。

那个树精，竟是在那场确认所有守护者合作情况的战斗中带回来的。听说树精订下一些约定，然后就这样来到纳萨力克，而现在成了苹果果农。

"也就是纳萨力克不断进化，变得更加强大了，对吧。"

皮奇和夏提雅都同意艾库莱尔的这句话。

皮奇是副主厨，所以并不清楚这件事的详情和纳萨力克地下大坟墓今后的计划。但他现在已经充分了解，留在这个地方的最后一位无上至尊，也就是安兹·乌尔·恭，正在储存这个世界的力量，试图变得更加强大。

"原来如此。这么说来，今后纳萨力克或许会出现很多像那位树精一样的新人……是这样吧。"

夏提雅鼓起脸颊对艾库莱尔的这句话表示不满。

"我可不希望那样。怎么可以让那些低贱的家伙，大摇大摆地走在无上至尊们打造出来的这个地方！"

皮奇也有同感。光是想象无上至尊身处的这个地方被外人玷污，就不禁皱起眉头。不过，有一件事比他们的这些想法都要重要。

"我们应该忍耐吧，因为这是安兹大人的决定。"

无上至尊安兹·乌尔·恭的决定是绝对的，即使是白色被说成黑色，结果也一定会变成黑色。

"我、我也不打算违背安兹大人的决定呀！"

两人点头同意慌张大叫的夏提雅。

"那么，我们今后就有必要对安兹大人更加忠心，以成为众人典范呢。当然，我也觉得除了你之外，不会有人反叛安兹大人的。"

"没错。对了，夏提雅，你觉得如何？现在的话，我可以保证你会有崇高地位——"

艾库莱尔准备开始他那每次都会发出——但绝对不会成功的招揽，却被一道奇怪的叫声掩盖。

"呀啊啊啊——"

两人眼前的夏提雅抱起头大叫。

口中还夹杂着"忠心忠心"的呻吟声。

"到底发生什么事了？口气也和平常不同。"

面对艾库莱尔感到疑惑的发问，皮奇只是摇摇头，耸耸肩说：

"谁知道？"

2章　集结的蜥蜴人

第二章 | 集结的蜥蜴人

1

骑乘罗罗罗在湿地旅行了半日，太阳已经高挂天空，萨留斯并没有遇到他担心的敌人，平安到达目的地。

湿地中，有几间和"绿爪"族的房子结构相同的住宅，四周围着尖端向外的锐利木桩。木桩的空隙虽然不小，但应该足以阻挡罗罗罗这类大型魔物的入侵。房子数目比"绿爪"少，但体积倒是比"绿爪"大。

因此，并没有办法确定到底是哪一方人数较多。

每一栋住居都插有一根随风飘扬的旗子，上面画有代表"朱瞳"的蜥蜴人标记。

没错，这里就是萨留斯最先选择的目的地——"朱瞳"族的聚落。

环顾四周一圈后，萨留斯放心地吐了一口气。

因为非常幸运，他们的居住地仍和他过去取得的情报一致，是在同一片湿地。他原以为，他们可能因为之前的那场战役而搬迁，搞不好需要从寻找他们的部族开始进行。

萨留斯回头看向自己过来的方向，视线的彼端是自己的村落。现在，村里应该也正如火如荼地进行各种准备吧。虽然一离开村落，心里就涌现了不安，但应该可以断定村子几乎不会有遭受攻击的可能。

萨留斯能够平安到达这里就是最好的铁证。

无法确定是那个伟大至尊的百密一疏，还是自己的行动也在对方预测之内，但对方目前并不打算食言，也不打算阻止我方进行备战。

当然，即使那个叫什么伟大至尊的敌人出手阻止，萨留斯也只能贯彻自己的信念。

萨留斯从罗罗罗身上一跃而下，伸了个懒腰。

虽然骑着罗罗罗长途跋涉，导致肌肉有些僵硬，但伸个懒腰稍加缓和后，反倒涌现舒服的感觉。

接着，萨留斯指示罗罗罗留在原地等待，然后从背袋上取出鱼干给罗罗罗，当作早餐兼午餐。

原本想要指示族人把自己的粮食送到这里，但有可能会破坏到"朱瞳"族的狩猎场，所以他没办法下令。

萨留斯摸了罗罗罗所有的头数次后，独自迈出步伐。

如果把罗罗罗带在身边，对方可能会对多头水蛇有所戒备而不愿出来。萨留斯是前来结盟的使者，不希望给对方太大压力。

他踩着啪嗒啪嗒的溅水声前进。

萨留斯看到视野一角内有几名"朱瞳"族战士在栅栏内并肩走着。他们身上的武装和"绿爪"族一模一样，没有穿任何铠甲，手上拿着一把长枪，是在木棍前端绑着磨尖的骨头制成。还有几个人拿着投石器的绳子，但从没有放上石头这点看来，他们应该没有立刻攻击的意愿。

萨留斯也不想刺激对方，所以慢慢靠近，就这样来到正门前。接着转身面向提防着自己的蜥蜴人，拉开嗓门喊：

　　"我是'绿爪'族的萨留斯·夏夏。有事想求见你们族长！"

　　经过一段说短不短、说长也绝对不长的时间后，一位拿着扭曲拐杖的老蜥蜴人现身，后面还跟着五名体格壮硕的族人。老蜥蜴人全身上下都有以白色涂料画上的图腾。

　　（是祭司长吗？）

　　萨留斯威风凛凛地站着。

　　目前是平等的立场，绝对不能有示弱的表现。即使祭司在观察萨留斯胸口的印记，他也依然保持不动。

　　"'绿爪'族的萨留斯·夏夏，有事前来拜见。"

　　"不想说欢迎你，但领导我们的人愿意见你，跟我来吧。"

　　这种奇怪的迂回说法让萨留斯稍感困惑。

　　他感到疑惑的，是对方为何不称领导者为族长，而且他们没有要求自己出示能够证明身份的东西。不过要是随便乱说话而引起对方不悦，那就麻烦了。虽然觉得不对劲，萨留斯依然默默跟在一行人后面前进。

　　萨留斯被带到一间相当气派的小屋。

　　以萨留斯的部族来说，那小屋比哥哥的房子还大了一圈。小屋的墙壁以罕见的涂料画着图腾，代表居住者的身份崇高。

　　令人好奇的是小屋并无窗户，只有位于各处的通风口。萨留斯他们这些蜥蜴人，即使在黑暗中也能看得很清楚。不过，这并不代表他们喜欢在黑暗中生活。

那么，他们为何会在这样阴暗的小屋中生活呢？

萨留斯浮现如此疑问，但没有人会回答这个问题。

往后一看，带路的祭司和一起过来的战士都已经不在此处。

听到带路人叫所有人离开时，一开始还觉得对方太不谨慎，差点儿就想询问对方这么做的理由。

不过，当萨留斯听到要所有人离开是领导者——族长代理人——的要求后，他就更加佩服在这间小屋中等待的那个人了。

虽然萨留斯对哥哥说过他会平安回去，但他没有要自己不受半点伤的意思，以武装战士包围这样的他并施加压力也没有任何好处。他反倒会觉得他们只有这点程度，而感到失望吧。

不过，若对方早已看穿他的想法，还故意表演这一出气度非凡的戏码——

（那么，对方或许是个擅长交涉的棘手人物……）

萨留斯刻意无视在远处观察自己的人们，走向门前，高声大喊：

"我是'绿爪'族的萨留斯·夏夏。听说领导贵族的人在此处，可否拜见！"

一道细细的声音传来，那是沙哑的母蜥蜴人的声音，表示允许进入。

萨留斯毫不迟疑地随意推开房门。

不出所料，室内果然相当昏暗。

虽然具有夜视能力，但光线的剧烈变化让萨留斯也不禁眨了眨眼睛。

　　室内空气带着刺鼻的味道，不晓得是不是汤药造成的。萨留斯原以为会是一名年老的母蜥蜴人，但传来的声音轻松颠覆了他的想象。

　　"欢迎大驾光临。"

　　阴暗的室内传来招呼声，刚刚隔着一道门，所以误认为是个老人，但这时就能发现她的声音带有年轻的力道。

　　萨留斯终于适应了光线变化，他的视野里有一道蜥蜴人的身影。

　　雪白。

　　这是萨留斯的第一印象。

　　如雪一般的白色鳞片没有半点暗沉之色，相当洁白无瑕。

　　浑圆的眼睛呈鲜红色，散发出宛如红宝石的光芒。她修长的体形并非雄性，而是雌性的身体。

　　她全身画着红黑图腾，那图腾代表的意思是成人、熟练掌握多种魔法，以及——未婚。

　　各位有被枪刺过的经验吗？

　　萨留斯有过那种经验。那会让身体瞬间感受到如被人用火烫物品大力碰触的高温，剧痛还会随着心跳节奏传至全身。而萨留斯现在正产生了那种感觉。

　　并不疼痛，不——

萨留斯只是默默地伫立着。

不知道对方是如何看待萨留斯的沉默，她浮现出讽刺的笑容说道：

"看来，连四大至宝之一的冻牙之痛拥有者，都把我当作异形呢。"

在自然界中，白化症相当罕见。这也是因为相当显目，很难存活下来的缘故。

即使是拥有文明的蜥蜴人也有相似的地方，因为他们的文明社会还没有发达到能够让害怕日光、视力也差的蜥蜴人存活下去的程度。因此，很少能够活到成人的白化蜥蜴人，有些甚至会在出生后被立刻杀死。

在一般蜥蜴人的眼中，白化蜥蜴人被认为是碍眼的存在还算好的，严重的时候甚至会被当成魔物。她的笑容就带着那种讽刺。

不过，这些都和萨留斯没有关系。

"你这是怎么了？"

里面的母蜥蜴人不解地出声询问站在门前发呆的萨留斯。

没有回答问题的萨留斯拉开嗓门，发出一道拉高尾音的声音，中间还带着抖音。

听见这道声音的母蜥蜴人睁大双眼，嘴巴微张。那是包含了吃惊、困惑，还有害羞的表情。

这个叫声被称为——求爱的叫声。

回过神来的萨留斯察觉自己无意中做了什么样的蠢事，尾巴不断摆动，表现出类似人类面红耳赤的反应，动作激烈到几乎快把小屋拆了。

"呃，啊，不是。不，并非不是。我不是那个意思，那个——"

萨留斯惊慌失措的举动反让母蜥蜴人冷静下来，她的牙齿互相碰撞，发出咯咯咯的笑声，然后她便带着伤脑筋的口吻开口安抚。

"请冷静点，你太失控的话，我会很困扰。"

"啊，抱歉！"

萨留斯点头道歉后进入屋内。这时候，母蜥蜴人的尾巴已经垂下，看起来总算回复了平静。但她的尾巴前端还是不断震动，可以得知她似乎还没完全冷静下来。

"这边请。"

"谢谢。"

进入屋内后，母蜥蜴人请萨留斯坐到地板上一张以某种植物编织的座垫上，萨留斯坐下后，她也在对面跟着坐下。

"初次见面，在下是'绿爪'族旅行者，萨留斯·夏夏。"

"谢谢你的郑重介绍，我是'朱瞳'族族长代理人，蔻儿修·露露。"

彼此自我介绍完毕后，两人像是在鉴定般互相打量对方。

短暂的沉默笼罩整个小屋，但总不能一直这样下去。萨留斯现在是客人，那么，率先开口的应该是身为主人的蔻儿修。

"那么使者阁下，大家说话就不要太拘谨了，我希望能够敞开心胸地畅所欲言，所以放轻松点没关系喔。"

听到对方希望彼此敞开心胸之后，萨留斯点头响应。

"那还真是感谢了，因为我也不习惯过于正式的说话方式。"

"那么，请问你这次所为何来？"

蔻儿修虽然如此询问，但其实她大致上已经可以猜到理由。

神秘不死者突然现身村落中心，而且，似乎还有人使用了可操控云的第四位阶魔法——"云操控"。而造访的人又是其他部族中的英雄公蜥蜴人。

那么，答案就只有一个。正当蔻儿修思考着该如何响应萨留斯时——出现的答案却完全出乎意料。

"跟我结婚吧。"

"啊——"

蔻儿修瞬间怀疑自己的耳朵是不是听错了。

"的确，这不是我此行的目的。我也非常清楚，原本应该先谈完正事再来说这件事，但我无法违背自己的心意。你就取笑我是个愚蠢的男人吧。"

"呜，呃，嗯，哦……"

听到这句她这辈子从来没听过，也绝对和自己无缘的话，让她的思绪被名为混乱的暴风吹得四分五裂，完全无法集中。

萨留斯对这样的蔻儿修露出苦笑，继续说道：

"抱歉，真的非常对不起，竟然在这种紧急状况中如此失态。刚才那个问题的答案，等之后再告诉我也没关系。"

"唔，呃……嗯。"

蔻儿修好不容易重整思绪，或者说重新启动后，回复了冷静。但萨留斯刚才的话又立刻重现脑海，脑袋差点烧了起来。

蔻儿修以不让对方察觉的方式偷瞄眼前的公蜥蝪人，打量着那张非常沉着的脸。

（明明对我说出那种话，还这么冷静……难道他经常求爱？还是很习惯被求爱……的确，他是很帅……啊！我到底在胡思乱想什么啊！这肯定是他的阴谋，没错，一定是。他只是想要戏弄我罢了。再说，怎么可能会有人向我这种人求、求爱！）

她至今不曾被当成母蜥蝪人看待，这个体验让她方寸大乱，没有多余精神可以察觉萨留斯的尾巴前端也正不断像痉挛一样微微抖动。眼前的公蜥蝪人也一样在使尽全力压抑，不让自己内心真实的一面显露出来。

所以现场才会产生一段空白时间。要让一头热的两人冷静下来，需要一段沉默笼罩的安静时间。

经过一段足够令他们冷静下来的时间之后，蔻儿修才终于觉得，应该先暂时回到原来的话题。

蔻儿修想要再次询问萨留斯来这个村落的目的时，又想起对方刚才说过的话。

怎么问得出口啊！

蔻儿修的尾巴砰的一声，在地上拍了一下。眼前的公蜥蜴人身体一颤，仿佛自己被打到一样。

蔻儿修慌张起来，觉得自己的行为实在太过失礼。

即使对方是旅行者，好歹也是代表部族前来此地的使者——而且还不是一般的蜥蜴人，是持有冻牙之痛的英雄。这绝对不是对如此人物应该有的态度。

（可是，都怪你不好啊！话说回来，你倒是快点说说话嘛！）

萨留斯是对自己轻率的举动感到难为情，才会选择沉默，但正在努力盖住心中活火山的蔻儿修不可能察觉这件事。

沉默不断持续着。觉得这样下去也不是办法而下定决心的蔻儿修，终于想到要改变话题。

"你竟然不害怕我的模样，该说你真有胆识吗？"

听到蔻儿修这句自嘲的话，萨留斯立刻面露像在说"你在说什么傻话"的表情予以迎击。

蔻儿修的脑中也浮现"这个人到底在想什么"的疑问。

"我是说，你不怕我的白色身体吗？"

"宛如覆盖在那山脉上的雪呢。"

"咦？"

"颜色好美。"

当然，自出生以来从来没人对她讲过这种话。

（这、这个公蜥蜴人到底在说什么啊！）

盖子无法承受内部的压力，瞬间弹开，消失得无影无踪。

面对手足无措的蔻儿修，萨留斯随意地伸出手，摸了一把蔻儿修身上的鳞片。萨留斯的手在那充满光泽、有如打磨过的美丽且带一丝凉意的鳞片上轻轻滑过。

"吓！"蔻儿修口中发出这个表面上如同恫吓声的短促呼吸声。

这道声音让两人的脑袋都稍微冷静了下来。

两人都知道被做了什么，又不禁做了什么，使得慌乱情绪充满了全身上下。为什么会忍不住那么做？又为什么会被那么做——这个疑问造成焦虑，而焦虑又形成混乱。

结果，两条尾巴不断啪啪啪地拍打房子，力道大得感觉整间房子都在摇晃。

不久后，两人四目相交，发现彼此的尾巴状况，接着两人的尾巴就仿佛时间暂停般急速静止。

不知道该以沉重来形容，还是以充满紧张感来形容才好，沉默再次降临在两人身上，两人只是偷偷打量着彼此。之后，终于整理好情绪的蔻儿修，带着绝对不会看漏任何谎言的冷冽眼神发问：

"你突然这么做……是为什么？"

虽然蔻儿修无法将想讲的话清楚表达，但萨留斯似乎理解了她的意思，毫不迟疑地坦率回答。

"就是所谓一见钟情。而且，我们或许会在这次的战斗中阵亡，所以我不想留下任何遗憾。"

这句毫不隐藏心中想法的直接告白，让蔻儿修一下子不知该如何回应。不过，在这句话之中有个令她无法认同的地方。

"连冻牙之痛这把宝剑的持有者，都抱着阵亡的觉悟？"

"对方是底细不明的敌人，不能掉以轻心……你有看到那个传话的魔物吗？来到我们村落的那个魔物长这样……"

蔻儿修收下萨留斯递过来的魔物画像，看了一眼后便点点头。

"嗯，是相同的魔物呢。"

"你知道对方是什么魔物吗？"

"不知道，包括我在内，部族里的人都不知道。"

"这样啊……其实我见过那个魔物……"萨留斯说到这里暂时停住，然后观察着蔻儿修的反应继续说，"我逃了出来。"

"咦？"

"我没有打赢，不对，说好听点是半生不死吧。"

蔻儿修了解到那魔物原来是那么可怕的不死者，也松了一口气，觉得当时制止了战士们是正确的决定。

"那家伙会发出扰乱精神的叫声，而且属于非实体的魔物，没有施加魔法的武器攻击几乎对他无效，所以没办法以人数优势取胜。"

"我们森林祭司的魔法中，有种魔法能够暂时把魔法赋予到剑上……"

"你们能够防御精神攻击吗？"

"是能够强化那方面的抵抗力，但要保护所有人的精神，力量还是稍嫌不足。"

"这样啊……所有祭司都会那种魔法吗？"

"如果是强化抵抗力，几乎所有祭司都可以。但如果是要防御内心混乱，在这个部族中只有我可以。"

蔻儿修发现萨留斯的呼吸有些紊乱。看来他似乎已经察觉，蔻儿修的地位绝对不是虚有其表。

没错，蔻儿修·露露这个蜥蜴人是一名拥有熟练技能的森林祭司，她的能力恐怕在蜥蜴人的所有祭司长之上。

"'朱瞳'族是第几个会遭到攻击的部族？"

"对方是说第四。"

"这样啊……那么，你们有什么打算？"

时间流逝。

蔻儿修在思考，说了之后是否有好处。"绿爪"族绝对是选择战斗，萨留斯此行的目的大概是前来结盟，要求一起战斗吧。那么，该怎么做，才能对"朱瞳"有利呢？

"朱瞳"族原本就不想结盟，他们的见解是选择避难。和能够使用第四位阶魔法的人战斗，根本是愚蠢至极。况且，知道对方派出的不死者具有如此恐怖的能力，更不可能有其他结论出现。

不过，将这些话老实说出来，真的好吗？

面对陷入思考旋涡的蔻儿修，萨留斯眯起眼睛，像是自说自话般开口：

"我就告诉你真心话吧。"

不知道萨留斯会说什么的蔻儿修，目不转睛地注视着对方。

"我这次担忧的，是避难之后的事情。"

面对无法理解这句话是什么意思的蔻儿修，萨留斯只是淡淡地解释。

"你觉得，搬离已经住惯的熟悉环境后，还能够过和现在一样的生活吗？"

"没办法……不对，很难吧。"

离开这里建立新的生活圈，这代表到了新环境后，必须要在赌上生死存亡的斗争——生存竞争中获胜才行。其实蜥蜴人并非这座湖的霸者，且这片湿地也是经过长年累月的奋斗才争取到的。这样的种族，不可能在其他陌生环境中轻松建立起生活圈。

"你的意思是，很有可能连求个温饱都有困难，对吧？"

"没错。"

无法理解眼前这位公蜥蜴人想表达什么的蔻儿修，带着尖锐的狐疑声调回应。

"那么，如果附近的五个部族同时避难，你觉得会演变成什么情况？"

"这——！"

蔻儿修哑口无言，因为她已经听出萨留斯话中的真正含意。

虽然湖泊的面积相当辽阔，但是当一个部族会选某处当作避难区，那个区域应该也是其他部族想要争取的地方。那么，光是迁移到新天地就可能爆发新的生存战了，附近又有争夺鱼类主食的对手，这么一来，会演变成什么样的情况？最后难保不会有可怕的结果出现，就像过去的那场战役一样。

"该不会……即使没有把握也要一战的理由是……"

"没错。不光自己的部族，我也考虑到要减少其他部族的人口。"

"竟然为了这种理由！"

所以才要组成军队应战，即使会战败也是一样，只是为了减少蜥蜴人的人口。

除了能够参与生存战的战士、狩猎班、祭司外，其他人都可以牺牲的想法非常极端，但也可以理解。不对，站在长远的角度来看，也许让其他人牺牲才是明智之举。

只要人口减少，就不需要大量的粮食。这么一来，或许各部族便能和平共存。

蔻儿修努力寻找可以否定此想法的意见。

"你的意思是指，都还不知道新天地会有多危险，就要在人口减少的状态下展开新生活吗？"

"那么我问你，如果在生存竞争中轻易获胜的话该怎么办？如果主食的鱼类变少，又要变成五族互相残杀吗？"

"说不定，鱼类不会那么难以捕获啊！"

"如果难以捕获呢？"

蔻儿修不知道该如何回答萨留斯的冷冽反问。

萨留斯是以近乎最坏的情况为前提行动的，而蔻儿修的想法主要是一种积极推测。如果照她的想法行动，情况恶劣的时候大概会演变成悲剧吧。不过，如果按照萨留斯的想法行动，就不至于演变成那种状况。

而且，即使成年的蜥蜴人数量因为战败而减少，那也是光荣战死。

"如果遭到拒绝，我们就有必要先对这个部族出兵。"

这道低沉的声音让蔻儿修打了一股冷战。

他这是不让"朱瞳"族在人口没有减少的状态下，迁移到其他地区的宣言。

可说合情合理，也是非常恰当的判断。

因为人口减少的部族在移居的地方遭遇战力不减的"朱瞳"族时，就有被消灭的危险，要避免这个危险发生，当然只能选择不结盟就出兵攻掠的办法。对身系部族安危的领袖来说，这是理所当然的想法，如果自己处于同样立场，应该也会采取相同的行动吧。

"我认为，如果我们结盟，即使战败，部族与部族在新天地发生互相残杀的可能性也会极低。"

蔻儿修无法理解话中含意，老实地露出不解的神情。这时候，萨留斯以浅显易懂的方式解释自己的这番话。

"因为结盟应该会建立起民族意识，彼此都会改观，认为大家是一起浴血奋战过的同伴，已非不同的部族。"

原来如此。

恍然大悟的蔻儿修小声说道。

也就是说，如果是一起浴血奋战过的部族，即使遇到粮食欠缺，也可能不会立刻发展成互相残杀的情况。不过，以蔻儿修的想法以及过去经验来看，能否达到这种理想的状况实在令人存疑。

正当蔻儿修微微低着头，开始默默沉浸在自己的思绪当中时，萨留斯以有些疑惑的语气发问：

"话说回来，你们部族是如何度过那段时期的？"

仿佛被针刺到一样，蔻儿修反射性地迅速抬起头，笔直望向萨留斯，可以看到萨留斯露出吃惊的表情。

（也就是说，他真的是在不知道的情况下发问的。）

虽然相处时间不长，但已经大致掌握萨留斯这个公蜥蜴人性格的蔻儿修，直觉认为这个问题并没有隐含对自己部族的威胁。

蔻儿修眯起眼睛，凝视萨留斯，那目光锐利得仿佛要将人刺穿。蔻儿修知道，萨留斯正因不明白为什么会受到那种眼神洗礼而困惑，即使如此，蔻儿修还是忍不住那么做。

"我有说的必要吗？"

那是相当不屑的口气，充满厌恶的情绪，那变化甚至让人有种说话者好像换了一个人的错觉。

但是，萨留斯也不能就此退缩。因为这或许是令所有人得以获救的一线生机。

"希望你能告诉我。是靠祭司的力量，还是有其他方法？说不定，其中就有能够得救的——"

萨留斯还没把话说完，就语塞了。

如果真有解救的方法，蔻儿修不会表现出那么难过的模样。

蔻儿修可能看穿了萨留斯的内心想法吧。她露出仿佛在嘲笑自己与所有一切的笑容，哼了一声。

"答对了。根本没有什么得救的方法。"她说到这里停了下来，露出疲惫的笑容说，"我们的方法是吃同族——就是吃死掉的同伴喔。"

一股强烈的冲击让萨留斯哑口无言。杀死弱者——减少人口并非禁忌，但吃同族是污秽的行为，是禁忌中的禁忌。

（为什么她要告诉我这件事？为什么要将这件应该隐瞒一生的事实，告诉我这个部族外的来访者？难道不打算让我活着回去……不对，感觉不像是那样。）

连蔻儿修自己都觉得不可思议，为什么会把这件事告诉对方。

她非常明白这件事会令其他部族的人有多瞧不起自己的部族。但又为什么——

她像是只有嘴巴不受控制般，娓娓道来。

"那时候——其他部族刚引爆战争时，我们的部族也因为粮食不足而陷入绝境。不过，我们部族没有参与战争，是因为祭司人数较多、战士人数偏少的这个'朱瞳'族的成员结构的缘故。祭司人数多，也能利用魔法制造出较多的粮食。"

蔻儿修仿佛受到其他意识控制般，滔滔不绝地继续说下去。

"不过，祭司以魔法制造出的粮食，对整个部族来说根本是杯水车薪，使得我们只能慢慢走向灭亡。但是，有一天族长突然带了粮食回来，那是鲜艳的红肉。"

（或许，我是希望他能听我诉说……自己的罪孽。）

现场响起蔻儿修咬牙切齿的声音。

眼前的公蜥蜴人只是静静听着，即使感到厌恶，也没有表现出来。

这样的态度让蔻儿修心存感激。

"大家都已经隐约猜到那是什么肉了。当时定有严格的戒律，违反戒律的家族将会遭到放逐，而族长都是在有家族遭到放逐之后才带肉回来，但为了活下去，大家还是睁一只眼闭一只眼地吃下那些肉。不过，这种事情不可能一直持续下去。有一天，大家累积的不满情绪终于一口气爆发，演变成一场大暴动。"

蔻儿修闭上眼睛，回忆起族长。

"吃那些肉的我们……即使知道那是什么肉还是吃下肚的我们，明明也和族长同罪。现在回想起来，真的是觉得很可笑。"

结束默祷的蔻儿修，正眼注视着萨留斯。看到对方的平静双眸中没有出现厌恶之色，蔻儿修心中窃喜，并对涌现喜悦之情的自己感到吃惊。

为什么会觉得喜悦？

蔻儿修也隐约开始察觉了这个问题的答案。

"请看看我，我们'朱瞳'部族，有时候会出现像我这样的人。这些人成长过后都会拥有某些特殊才能——我是拥有祭司的才能。因此，我才会拥有仅次于族长的权力……这样的我揭竿起义，挺身反抗族长。这场战役虽然让村落一分为二，但我们因为兵力较多，最后赢得了胜利。"

"而结果是因为人口减少，粮食也变充足了？"

"没错……就结果而言，我们的部族存活下来了。面对叛变，族长到最后一刻都没有投降，身受无数的伤死去。而族长在受到致命一击的临终之际，对我露出了笑容。"

蔻儿修悲痛地娓娓道来。

这是从她杀死族长之后，就在心里不断积累的恶脓。

在相信蔻儿修，并且与她一起反叛族长的部族人们面前绝对说不出口的这些恶脓，如今终于能够在萨留斯这个人面前一吐为快。所以，她才会滔滔不绝地吐露着往事。

"一个人在面对杀死自己的人时，不会露出那种笑容。那笑容没有任何怨恨、嫉妒、敌意或诅咒，真的是非常美的一个笑容！我一直在想，其实族长是在看清事实的情况下行动，而我们……我们只是凭着理想和敌意在行动。真正正确的人应该是族长才对！因为族长去世——也就是被视为诸恶根源的人物消失，我们部族再次团结了起来。而且，还附赠了一个因为人口减少使得粮食问题得以解决的大礼！"

此时的她已经到极限了。

身为族长代理人又背负罪孽的人，在长期的拼命忍耐下，崩溃时的力量也会相当惊人。蔻儿修把即将爆发的浊流全部吞下。如果思绪混乱，根本连话都无法清楚表达。

　　一阵咕咕的轻微啜泣声响起。虽然因为生物构造的缘故，不会流出很多泪水，但就精神面来说，她已经哭到崩溃了。

　　相当娇小的一个身躯。

　　只要生存在自然界，弱小就等于罪恶。虽然小孩还是属于受保护的一群，但公母蜥蜴人没有太大差别，全都相当重视坚强的一面。如果从这点来看，眼前的母蜥蜴人应该是会被瞧不起的对象吧。身为领导部族的领袖，怎么可以在其他部族的人——不怎么熟的人面前示弱呢？

　　不过，萨留斯心中涌现的想法却完全不同。

　　或许因为对方是一位美丽的母蜥蜴人，但眼前的她更是一位战士。是一位即使受伤、喘息、苦恼，也依然不放弃前进的战士。萨留斯觉得那样的表现，只是她稍微透露出怯懦的一面而已。

　　如果想要站起来前进，那就不是弱者。

　　萨留斯靠过去温柔地抱紧蔻儿修的肩膀。

　　"我们并非全知全能，只能根据不同场合做出不同决定。如果换成是我，或许也会那么做。但我不想说什么安慰的话，因为这世上哪有什么标准答案。不过，我们只能选择前进，我认为即使后悔、苦恼，脚底伤痕累累，你也只有前进一途。"

两人相互感受到彼此的体温，小小的心跳声透过身体传来。两颗脉动的心脏配合彼此的节奏跳动，甚至令人出现慢慢合而为一的错觉。

真是不可思议的感觉。

萨留斯感受到在自己的蜥蜴人生命中，不曾感受到的温暖。这并不是因为抱住蜥蜴人的缘故。

（难道是因为抱住的是这名母蜥蜴人——蔻儿修·露露的缘故吗？）

不久，蔻儿修离开萨留斯的胸口。

远去的体温让萨留斯感到可惜，但这话实在太过难为情，他无法说出口。

"让你看笑话了……瞧不起我了吗？"

"哪里有什么笑话？我怎么可能会认为即使烦恼自己的前途、受了伤也要前进的人是一种笑话，我看起来像那种公蜥蜴人吗……你看起来非常美。"

"你——"

白色尾巴扭动起来，不断拍打地面。

"糟糕。"

萨留斯没有询问蔻儿修小声说出的这句话是什么意思，问了其他问题。

"对了，你们'朱瞳'族养鱼吗？"

"养殖？"

"对，就是自己养一些拿来当主食的鱼。"

"我们不做那种事，因为鱼是大自然的恩惠。"

就萨留斯所知，没有任何一个蜥蜴人部族拥有养殖技术。因为大家都觉得，自己亲手扩增食物这种想法本身就是一种邪门歪道。

"那似乎是祭司——森林祭司的想法，能够说服他们改观，让他们接受通过养鱼来填饱肚子的想法吗？我们部族的祭司们都接受了这种想法喔。"

蔻儿修点头同意。

"那么，我就教你养鱼的方法吧。重点在于喂鱼的饲料，要使用森林祭司们以魔法制成的果实当作饲料。喂鱼吃那些果实的话，鱼就会长得又肥又大。"

"你把养鱼的技术告诉我，真的不要紧吗？"

"当然，私藏也没什么好处，利用这个技术帮助更多部族，才比较重要。"

蔻儿修深深低下头，翘起尾巴，向萨留斯道谢。

"非常感谢。"

"你……不用感谢我，但作为代价，我想再问你一次。"

蔻儿修表情里的情感消失，这个态度也让萨留斯的内心冷静下来。

这是绝不能回避的问题。萨留斯屏住呼吸，同一时间，蔻儿修也吸了一口气。

然后，萨留斯开口问道：

"你们'朱瞳'族，打算采取什么对策应付即将到来的这场战争？"

"经过昨天讨论的结果，目前是决定避难。"

"那么，族长代理人蔻儿修·露露，我再问你一次，你现在的想法还是一样吗？"

蔻儿修无法回答。

因为这个回答将会决定"朱瞳"族的命运，犹豫不决也是理所当然。

不过，萨留斯对于这个反应也是束手无策，只能露出为难的笑容。

"这件事情必须由你决定，之前的族长会在临终之际对你露出笑容，大概是因为他将部族的未来交给你了吧，那么，现在正是你实践那使命的时候。我想说的都说了，接下来就看你怎么决定了。"

蔻儿修的双眼滴溜溜地环顾整个室内，这个动作并非意味着逃避，也非想要寻求帮助，而是正在心中寻找正确答案。

不管结论为何，萨留斯要做的就只有接受她的答案而已。

"我以族长代理人的身份请教一下，你们打算带多少人避难呢？"

"预定让各部族的十名战士、二十名猎人、三名祭司、七十名公蜥蜴人、百名母蜥蜴人和一些小孩避难。"

"除此之外的人呢？"

"视情况，可能会让他们一死了之。"

蔻儿修默默仰望什么都没有的地方，接着低喃一声：

"这样啊。"

"那么，请告诉我你的结论吧，'朱瞳'的族长代理人蔻儿修·露露。"

蔻儿修思考着各种计划。

杀死萨留斯当然也是选项之一。她本身并不希望杀死他，不过，以族长代理人的身份来说就另当别论了。杀死他之后带全村人逃亡如何？蔻儿修放弃了这个想法，因为这是对未来相当危险的一个赌注。再说，也无法证明他真的是单枪匹马前来。

那么，先答应他之后再带大家逃亡呢？

这大概也会有问题吧。如果弄巧成拙，让对方和"朱瞳"族掀起一场大战——也就是变更战争的对象，很有可能会把事情倒向实施人口减少的境地。对方的真正意图是减少人口，为了达成此目的，减少的对象是谁都一样吧。

到头来，他若得到不想结盟的答案，应该就会回村率兵前来消灭"朱瞳"族吧。

不过，不晓得萨留斯是不是没有发现这其中有一个漏洞。到头来，粮食问题自始至终都存在着。

蔻儿修恍然大悟地笑了笑。打从一开始就没有退路了。从萨留斯对她提出结盟的时候开始，从"绿爪"族为结盟采取行动的阶段开始——

"朱瞳"族的生路就只剩一条,那就是与其结盟,一起参战。萨留斯应该同样明白这个道理。

即使如此,他还是要等蔻儿修亲口回答。他大概是想要辨别蔻儿修这位指挥部族的蜥蜴人,是否有资格成为结盟的同伴。

再来只剩下是否要说出她的决定了。

只是,说出那个决定之后,一定会让许多人失去生命。不过——

"先让我说清楚一件事,我们并非为了牺牲而战,是为了胜利而战。我或许说了许多让你感到不安的话,然而只要能够战胜敌人,最后就可将一切尽付笑谈中。只有这点希望你不要误会。"

蔻儿修点头表示了解。

这名公蜥蜴人真的很温柔。带着如此想法的蔻儿修说出自己的决定。

"我们'朱瞳'就和你们合作吧,因为我不希望族长的笑容变得毫无意义,也为了让'朱瞳'族人尽可能活下来。"

蔻儿修深深低头,笔直地竖起她的尾巴。

"非常感谢你。"

萨留斯轻轻点头,那竖起尾巴的模样中所蕴含的千思万绪,比他的话语更加强烈。

清晨。

萨留斯站在罗罗罗面前，望着"朱瞳"族的大门。

他忍不住张开嘴巴，打了一个哈欠。他昨晚以客座观察员的身份参加"朱瞳"族的会议到很晚，所以现在有点困。但时间已经所剩不多，他今天之内必须再去拜访一个部族。

萨留斯拼命和睡魔搏斗，但终究败下阵来，又再次打了一个哈欠，而且比刚才打的呵欠还大。

虽然坐在罗罗罗身上的平稳度不够，但感觉现在即使坐在上面也睡得着。

萨留斯望了一眼才刚升起，看起来也像是黄色的太阳后，又把目光移向大门，然后感到有些混乱。因为有个奇怪的东西走出了大门。

那是一团草。

缝着许多布条和线的衣服上面长满杂草，如果躺在湿地上，远远看去应该会觉得那只是一团杂草吧。

啊，好像在哪里看过类似的魔物——

萨留斯回想起旅行者时代在旅途中见过的光景，后面的罗罗罗发出警戒的低吼。

萨留斯当然明白那团杂草到底是谁，绝对不会有错。因为她的白色尾巴稍微露出了一点踪影。

在他呆呆望着那条轻快摇摆的尾巴，同时安抚罗罗罗的情绪时，那团杂草已经来到萨留斯身边。

"早安。"

"嗯，早安……看来你顺利整合了部族呢。"

他将视线移向"朱瞳"族的住居，聚落里一大早就杀气腾腾，许多蜥蜴人都行色匆匆地四处奔忙。蔻儿修也站在一旁望向相同方向，开口回答：

"嗯，没有出现任何问题。今天应该就能到达'利尾'族的村落，还有避难的人也都打点好了。"

村里的祭司利用魔法传来的情报显示，"利尾"族是被宣告将会第一个遭到消灭的部族。第一个会被消灭的部族并非"龙牙"族，就时间上来说刚好比较有利。

"那么，蔻儿修你为什么要来我们这边？"

"答案很简单啊，萨留斯，不过在我回答问题之前，先告诉我一件事。你接下来有什么打算？"

经过从昨天傍晚开到凌晨的会议后，即使互称彼此的名字，两人也不觉得突兀。大概是因为变熟了的缘故，连说话方式都出现了改变。

"接下来，我打算拜访另一个部族——'龙牙'族。"

"他们是实力代表一切的部族对吧？听说他们拥有的武力是所有部族中最为强大的。"

"嗯，没错。既然对方是和我们没有交流的部族，我们就需要做好心理准备。"

　　对方的一切信息都蒙着一层神秘的面纱，所以光是前往对方根据地，就是一件非常危险的事。而且，他们还吸收了在上次战役中被消灭的两部族的生还者，这个事实让危险的程度更加提升。

　　在那次战役中大大活跃的萨留斯，对两部族的遗族来说，绝对是恨之入骨的仇人。

　　即使如此，在这次的战争中，还是最需要该部族的一臂之力。

　　"这样啊……那么，还是让我同行比较好。"

　　"什么？"

　　"很奇怪吗？"

　　杂草堆动了动，发出窸窸窣窣的声音。因为看不到她的脸，所以不知道她说出这句话的意图何在。

　　"也不是说很奇怪……很危险喔。"

　　"现在还有不危险的地方吗？"

　　萨留斯无言以对。冷静想想，带蔻儿修前往的好处很多。不过身为一个公蜥蜴人，还是不想带着心仪的母蜥蜴人前往明知危险的地方。

　　"我真是不够冷静呢。"

　　虽然蔻儿修躲在草里，看不见她的表情，但她似乎轻笑了一下。

　　"那么，我再问你另一个问题，你这副模样是怎么回事？"

"不好看吗？"

不是好不好看的问题，是很奇怪。不过，还是称赞一下会比较好吧。萨留斯不知该如何回答，经过一番深思熟虑后，打量着对方看不见的神色，开口反问：

"我应该说很好看……吗？"

"怎么能叫好看！"

蔻儿修斩钉截铁地否定。萨留斯会感到无力，应该也是在所难免吧。

"单纯只是因为我怕阳光，所以我外出时，大多都是这种装扮。"

"原来如此……"

"啊，你还没告诉我答案呢，答应让我一起前往吗？"

就算和她多说什么，应该也是徒劳无功吧。如果从结盟的这个目标来看，带她一起前往应该会有利于达成目的。她也是这么认为，才会如此提议吧。那就没有理由拒绝了。

"我知道了，请助我一臂之力吧，蔻儿修。"

蔻儿修一副真的是打从心底感到开心似的模样开口回答：

"明白了，萨留斯，交给我吧。"

"你已经准备好出发了吗？"

"当然，我的背包已经装满各种所需物品了。"

萨留斯听完稍微打量了一下她的背部附近，发现草上面稍微凸了一块。那个地方传来新鲜的青草味道，而且还有些浓郁的香味。既然是森林祭司，就应该具有药草之类的技能，所以里面大概装着相关物品吧。

"萨留斯，你好像很困呢。"

"呃，嗯，是有点困，这两天东忙西忙的，没怎么睡。"

这时候，一只长着白麟的手从杂草装底下伸了出来。

"给你，这是利奇利可的果实喔，你连皮一起咬看看。"

伸出的手上有一个咖啡色果实，萨留斯毫不迟疑地拿进嘴边，咬了下去。

他的嘴里立刻充满一阵涩味，稍微赶走了一点睡意。虽然以提神来说，这效果有点不尽如人意，不过继续咀嚼数次后，突然有一股味道在舌头上爆发出来。不仅如此，连吐出的气息都有那个香味。

"姆呜！这种穿越鼻腔的清凉感是怎么回事？"

萨留斯下意识地发出哥哥的口头禅。看见他这副模样的蔻儿修不禁咯咯娇笑。

"感觉睡意渐渐消失了对吧？但实际上并非真的消失，千万别过度相信这种感觉，还是找个地方休息一下比较好。"

因吸入口中及吐出的气息而充满全身的清凉感，令萨留斯神清气爽，感到满足的他点头回应：

"那么，我就找时间在罗罗罗身上小睡一会儿啰。"

如此说完，萨留斯立刻爬上罗罗罗的背，接着，蔻儿修也跟着爬上去。杂草堆爬上身体的诡异感觉让罗罗罗不满地瞪向萨留斯，但萨留斯最后还是想办法把它安抚下来。

"那么上路吧，因为不是很稳，就抓着我吧。"

"知道了。"

蔻儿修的手环抱住萨留斯的腰——杂草刺刺的感觉让萨留斯觉得有点痒。

总觉得和想象中不同的这个触感，让萨留斯不禁弯起嘴角。

"怎么了？"

"不，没什么。出发吧，罗罗罗，麻烦你了。"

是什么事让她这么开心？蔻儿修非常愉快的笑声从背后传来，让萨留斯不禁在摇晃的罗罗罗背上露出满脸笑容。

2

在新统治者的压制下，都武大森林一片死寂。因为所有生物都畏惧王者的目光，潜形匿迹。

不过，只有那个地方不同。

砍伐、搬运树木的声音响彻四周。

会让人联想到重机械的哥雷姆——重铁动像，将木头运送到一座建造中的巨大木造建筑物旁。

这座建筑物似乎还要很久才能完工，占地面积虽然相当广大，但有盖出一点样子的地方却少得惊人。

在这里工作的是一群不死者和哥雷姆。

这群不死者中，最多的是身穿耀眼鲜红色长袍的死者大魔法师。

他们每个人的盾上都停着身高约三十厘米的恶魔——有着蝙蝠翅膀，一身赤铜色肌肤，被称为小恶魔的魔物。为了不妨碍到死者大魔法师，小恶魔们滴着剧毒的尖尾都被提了起来。

一名努力工作的死者大魔法师摊开手上的设计图，向工作中的哥雷姆下达一些命令。

听从指示停下手边工作的哥雷姆，比对建造中的地方和设计图，思考起来。不久，便向停在肩膀上的小恶魔说话。

小恶魔听完并表示了解后，就展翅飞向天空。

以不怎么优雅的动作飞向天空的小恶魔，睁大眼睛从天空环视附近一带。没多久，小恶魔发现了目标人物，立刻俯冲而下。

那人是纳萨力克地下大坟墓第六楼层守护者——亚乌菈·贝拉·菲欧拉。也是这座森林新霸主的其中一人。

这名黑暗精灵少女把纸卷起来当作扩音器使用，将声音传到远方。小恶魔降落到她面前深深行礼后，她便以熟悉的语气开口询问道：

"好，这次来的是哪一组的人呢？"

"亚乌菈大人，是 U 组的三号。"

"U 组吗，好的好的，了解了。还有什么问题吗？"

在这里工作的人以五十音的"A"到"O"进行分组，将各组分配在不同地方做不同的工作。在亚乌菈的记忆中，"U"组的工作地点是储藏用的仓库。是在所有预定建设中，建筑进度第二快的地方。

"建造用的树木宽度出现了差错，能否请您多给一些时——"

小恶魔突然住嘴，这是因为亚乌菈戴在手腕上的铁片传出声音。

"休息时间到了！"

亚乌菈听到这个带点慵懒又开朗的女子声音，脸色为之一变，耳朵下垂，变成一副很松懈的害羞表情。

"是，了解了，泡泡茶壶大人！"

她充满活力地对着戴在手上的护带回答。

"所以呢，吃饭时间到了，早上的工作就先暂时告一段落。"

在这个工地工作的魔物，几乎都不需要进食。事实上，亚乌菈自己也戴着营养戒指，不需要饮食或睡眠，但既然自己的主人都体恤大家的辛劳叮咛"一定要好好休息"了，那当然是恭敬不如从命。

"虽然对你有点不好意思，不过要休息了，所以你一个小时后再来吧。"

"遵命，那么属下先行告退。"

小恶魔行礼后立刻飞走，发出嘈杂的振翅声。

看一眼往储藏用仓库方向飞去的小恶魔后，亚乌菈稍微转动几下肩膀，再次望向手腕上的护带。

然后露出满脸笑容。

这是主人因为自己工作努力而赏赐的奖励。当然，对于出生目的是替主人及无上至尊们工作的守护者来说，努力工作本来就是件天经地义的事，不该收取报酬，牺牲奉献才是理所当然。

不过，她唯独无法拒绝主人送的这条护带。

"呵呵呵呵，我好想再多听一下泡泡茶壶大人的声音啊。"

亚乌菈温柔抚摸戴在手上的护带。她这时的动作，或许比抚摸自己控制的魔兽身体时还要温柔。

用在这件道具上的所有声音，全都来自创造亚乌菈的无上至尊。

即使那声音只是单纯告知时间，却会让亚乌菈充满喜悦。

她之前听到弟弟马雷得到安兹·乌尔·恭之戒时，还觉得有点嫉妒，但老实说，她现在觉得自己得到的道具比较好。

"呵呵呵呵呵。"

亚乌菈垂下耳朵，害羞地轻抚护带。她看着在日光下闪闪发亮的护带，满意地点点头。但不久后，她却疑惑地歪起头来。

"为什么安兹大人要限制某些时候不能使用呢？"

安兹大人命令七点二十一分和十九点十九分等几个时间点不要设定呼叫。

"嗯……干脆问问那家伙吧。啊，糟糕！"

亚乌菈发现浮现在护带上的数字后，急忙冲了出去。

她前往的地方有一位女仆。

在纳萨力克地下大坟墓服务的四十一位女仆，是属于异形种族的炼金生命体，外表都是美女的模样，但只有她例外。

她的头部是狗，脸中央有一道线——类似伤痕，上面也有缝合的痕迹。那仿佛像是将裂成两半的脸，勉强缝合在一起的感觉。

她的名字是佩丝特妮·S.汪可。

是纳萨力克地下大坟墓的女仆长，属于高阶神官。

"我遵照亚乌菈大人您的期望，带了汉堡过来。配菜有两根腌菜和带皮薯条，饮料是可乐……汪。"

她隔了一会儿才发出"汪"的声音，让亚乌菈直觉认为她是忘了在语尾加上叫声，但亚乌菈对此并没有多说什么，因为更令她在意的，是一股正刺激着她的胃、令人垂涎欲滴的味道。虽然戴着戒指便不需进食，但并非不能用餐，而且吃东西是一件幸福的事，尤其是吃这种令人食指大动的美味食物。

"关于综合饮食效果方面——"

"啊，不用，不用。我不是想要提升能力效果才拜托你准备。"

"了解了，汪。"

亚乌菈走向位于佩丝特妮身旁，散发出阵阵香气的女仆餐车。

"吃饭啦，吃饭啦！"

佩丝特妮听着亚乌菈作词作曲的吃饭歌，掀开餐车上的银色托盘盖子。

"哦哦——"

亚乌菈目不转睛地注视着现身的食物，同时说出突然想到的事。

"A7等级的牛绞肉也不错啦，但我比较喜欢牛猪混合的肉馅呢。真希望能用那种肉馅做个三片肉饼耶。"

"那么，属下就照您说的吩咐主厨，汪。"

"嗯，麻烦你了！"

亚乌菈连着托盘一起拿起后，笑嘻嘻地迈出步伐。

3

萨留斯观察着眼前的"龙牙"族村落，此时突然有一团植物从他的脸旁冒出来。不用说，那团植物正是蔻儿修。她伸手拨开脸上的草，露出萨留斯觉得漂亮的脸庞。

"你真的要直接闯进去？你想和他们正面交锋吗？"

"不对，正好相反。'龙牙'族是一支重视实力的部族，要是随随便便离开罗罗罗进去，可能会产生还没遇到族长之前就被人找碴儿等许多麻烦吧。骑着罗罗罗前往可以预防那种情况发生。"

骑着罗罗罗前进一段距离后，村里各处的几名战士大概是看到他们了吧，个个都拿着武器，带着锐利眼神目不转睛地看着萨留斯他们。

感受到敌意的罗罗罗发出低吼。萨留斯听着罗罗罗的警戒吼声，示意它继续前进。

继续前进的话会引发战斗。一直前进到战斗一触即发的时候，萨留斯终于让罗罗罗停下，从上面跳下。蔻儿修也跟着一跃而下。

好几名战士的锐利目光射向两人，那眼神仿佛带有实体压力，已经不是单纯的敌意那么简单，已经到达了杀气的程度。

蔻儿修稍微被他们的视线给震慑住，停下了脚步。这是因为，虽然她在森林祭司中属于拥有强大能力的人，但以战士身份亲临火线的情况还是不多。

相对地，萨留斯往前跨出一步。他用半个身体挡住蔻儿修，大声叫道：

"我是代表'绿爪'前来拜访的萨留斯·夏夏，有事想拜见贵族族长！"

他强而有力的声音几乎要把杀意全都震飞，"龙牙"族的战士们似乎反被他给震慑住。

接着，蔻儿修也扬起声音，自报姓名。

"我是'朱瞳'的族长代理人蔻儿修·露露，同样是来拜见族长。"

声音虽然不大，但其中隐含着领导部族者的自负与自觉。刚才像小女孩般畏缩的蜥蜴人被充满自信的雄性声音所激励，胆怯已经消失得无影无踪。

"再说一遍！我们是来见族长的！他在哪里？"

在此瞬间——现场的气氛掀起一道波澜，简直就像情绪化为实际力量袭击而来。

罗罗罗的四个头瞬间翻腾，张开大颚，向四周发出恫吓的吼声，摆动头部怒目瞪视。巨大多头水蛇的尖锐吼声响起，现场气氛也像是感到害怕似的，有一瞬间紧缩了起来。

"这点程度的小事，你不用保护我也没关系。"

"我没有保护你的意思，因为你是自己决定要跟来的。不过，让他们部族消灭的起因在我，原本就应该由我承受这些目光。"

战士们开始聚集到村落入口处，全都是一些精壮魁梧的蜥蜴人，鳞片上还有着淡淡伤疤，应该都是身经百战的战士吧。但萨留斯看出族长并不在其中。

每个蜥蜴人都只是战士而已，其中并没有看到带有自己哥哥那种威严，或是蔻儿修那种异常面貌等充满族长气势的人物。

在这个只有罗罗罗恫吓声的空间中，每位蜥蜴人都保持着高度警戒，这时候——

"唔！"

蔻儿修倒吸一口气，发出一道微弱的声音。不过，已预测到将有一名蜥蜴人登场的萨留斯却无动于衷，因为他在对方现身前就已经有感觉，感觉到一种拥有强大力量的生物正慢慢接近。

但还是不由得对出现在眼前的蜥蜴人瞠目结舌。

如要简单形容那个蜥蜴人，那就是异形。

对方是一个体形超过两百三十厘米的巨大蜥蜴人，光是这样或许还不足以称为异形，会这么形容有其他原因。

首先——他的右臂相当粗大，外观怪异，就像招潮蟹只有单边是巨螯一样。不对，他的左臂并没有很细，和萨留斯的手臂差不多粗，单纯只是右臂异常粗大而已，而且还不是因为生病或先天畸形，那是肌肉。

他左臂的无名指和小指整根不见。

而他的嘴巴一直咧到后方，可能是被砍伤的吧。尾巴仿佛被压扁般相当扁平，不像蜥蜴人的尾巴，反倒像鳄鱼的尾巴。

不过，比起这一切的外观，最引人注目的还是——烙在他胸口的那个印记。虽然和萨留斯胸口上的图案不同，但意义相同，证明这个蜥蜴人也是"旅行者"。

这个蜥蜴人不断打量萨留斯一行人——

仿佛干柴摩擦的声音从他的嘴巴漏出，那是异形蜥蜴人的利齿彼此摩擦着的声音。那恐怕是他的笑声。

"来得好，冻牙之痛的主人。"

这个低沉浑厚的声音和异形蜥蜴人的外形十分匹配。他应该只是正常说话而已，听起来却散发着凌人霸气。

"初次见面，我是'绿爪'族的萨留——"

异形蜥蜴人挥挥手表示不需多做介绍。

"只报上姓名吧。"

"我是萨留斯·夏夏，这位是蔻儿修·露露。"

"那位该不会是……植物系魔物吧？不过，既然你都带多头水蛇过来了，就算有饲养其他魔物，应该也不用大惊小怪了。"

"并不是。"

面对想要脱掉杂草装的蔻儿修，异形蜥蜴人再次挥手表示不用。

"别把我的玩笑当真了，真麻烦。"

"——！"

感到无趣的异形蜥蜴人看了扭动杂草堆的蔻儿修一眼后，再将目光移向萨留斯。

"那么，你们为何而来？"

"在此之前，可否先请教一下尊姓大名？"

"哦，我是'龙牙'族长，任倍尔·古古，叫我任倍尔就好。"

任倍尔露齿而笑。虽然正如预料，但旅行者担任族长的这个事实还是令人难掩吃惊。

不过相反，这也是令人可以接受的答案。如此公蜥蜴人不可能只是区区一介旅行者。事实上，当他一出现时，周围的敌意就立刻烟消云散。这个公蜥蜴人就是拥有这么大的权力，还有不凡的武力与凝聚力。

"你也叫我萨留斯就好，那么……任倍尔，想请教一下，最近有没有什么奇怪的魔物前来贵村？"

"嗯，那个伟大至尊的使者。"

"对方来过的话，事情就好谈了——"

任倍尔举起手，打断萨留斯的话语。

"我大概可以猜到你想说什么。不过，我们只相信强者，亮出武器吧。"

站在萨留斯面前的魁梧蜥蜴人——"龙牙"族族长任倍尔·古古，龇牙咧嘴地露出笑容。

"什么！"

只有蔻儿修惊呼一声，周围的战士和萨留斯都露出同意的表情。

"这话真是浅显易懂，'龙牙'的族长啊。这个判断简明扼要，毫不浪费时间。"

"你真是一位优秀的使者。不对，既然是冻牙之痛的主人，那应该是理所当然的吧。"

●

选择强者当族长——对蜥蜴人来说这是极为理所当然的事。

不过，面对攸关部族存续的问题，这么轻易决定合适吗？不是应该跟大家商量，从各种角度仔细研究后再来决定吗？

蔻儿修如此认为——接着，对自己的这种想法感到不可思议。

实际上，在周围看着的战士们，不管雌雄，都同意族长的判断。之前的话，自己应该也会觉得这个决定是选项之一。

（那么，为什么我现在会感到疑问？）

这个疑问是在什么地方产生的呢？

是因为受到某人的魔法攻击才这么想？绝无可能。关于魔法，她很有自信几乎不会输给这片湿地上的任何蜥蜴人。这个自负让她斩钉截铁地断定自己绝不是受到魔法攻击。

蔻儿修移动目光，看向两人。

萨留斯和任倍尔。

两人站在一起就像小孩与大人。

体格并不能决定一切，这点身为魔法吟唱者当然非常清楚。不过，看到如此天差地远的体格差距，内心还是不禁大叫不希望这样。

（不希望？我不希望他们——不对，我不希望他战斗吗？）

蔻儿修想要弄清自己的内心为什么会浮现这种奇妙的情感。为何自己会不希望这样？为什么不希望他们两人战斗？

答案只有一个，不用想也知道。

蔻儿修露出微笑，那是苦笑，也是嘲笑。

（你也只能承认了吧，蔻儿修。你不希望萨留斯战斗，是害怕他受伤……害怕他可能会死亡。）

简单来说，就是这么一回事。

在这种战斗中，很少会战到其中一方阵亡。不过，很少的意思，就是代表还是有可能发生。要是打到失去理智，轻轻松松就能夺走一条生命。身为一个母蜥蜴人，她不希望同伴因为参加这场战斗而失去生命。

意思就是，其实蔻儿修早在心里接受了萨留斯的求爱。

（因为过去没有公蜥蜴人如此对我……所以我才会这么简单就……我这样叫很好骗吗？唉，总觉得……有点高兴又有点难过……啊，真是的！）

已经坦率接受自己内心想法的蔻儿修，走到正在进行战斗准备的萨留斯身边，轻拍他的肩膀。

"准备上有没有欠缺什么？"

"没有，什么问题都没有。"

蔻儿修再次拍拍他的肩膀。

那是相当强壮的肩膀。

蔻儿修自从懂事不久后，就走上了祭司之路，接触过许多雄性的身体。在祈祷时，涂药时，施法时，都接触过。但这时候触摸萨留斯身体的时间，感觉比那所有时间加起来还要长得多。

（这就是萨留斯的身体……啊。）

面对战斗而热血沸腾的强壮肌肉，让人充分感受到男子气概。

"怎么了吗？"

蔻儿修尚未放开的手，似乎让萨留斯稍感奇怪。

"咦？啊，那个……这是祭司的祈祷。"

"原来如此，你们的祖灵也会保佑其他部族的人吗？"

"我们部族的祖灵心胸才没有那么狭小。加油喔。"

寇儿修从萨留斯的肩膀抽回手，在心中向祖灵道歉。因为她谎称是要为心仪的雄性祈求胜利。

同样也在进行战斗准备的任倍尔，右手拿着一把巨大长枪——接近三米的钢制战戟，若是一般的蜥蜴人，一定要双手才能挥得动。

接着，随手一挥。

战戟横扫，刮起一阵强风，甚至扫到和他有点距离的寇儿修。

"打得……不对，没问题吧？"

"这个嘛……我会随机应变。"

寇儿修原本想问是否可以打赢，但没说出口。萨留斯是在知道自己非赢不可的情况下面对战斗。

那么，这个公蜥蜴人就不可能会输。他们历经半天旅程的相处，相遇至今只过了一天，但寇儿修却明白一件事。

自己喜欢的这个公蜥蜴人，有他被喜欢的价值所在。

"那么，准备好了吗？身怀冻牙之痛的……哦，萨留斯。"

"完全没问题，随时都可以开战。"

萨留斯潇洒地转身背对寇儿修，走入决斗战场的圆阵之中。

寇儿修叹了一口气。原因在于那让她不禁凝神注视的背影。

寇儿修的手摸了很长一段时间——其实并没有很久——而在肩膀上留下的温暖，已经渐渐消失。

接下来要进行的那场战斗，类似族长选拔决斗的简略版。因为是一对一战斗，所以第三者施加魔法助阵乃是违反规矩的行为。

肩膀的温暖使得心里小鹿乱撞时，以及蔻儿修的手还没离开肩膀时，萨留斯曾一度以为她对自己施加了防御魔法。但身为族长代理人的蔻儿修，不可能不知道这个规矩。

那么，明明对方没有施加魔法，为什么现在内心却是热血沸腾呢？

这是因为自己是雄性，想要在雌性面前好好表现的缘故吗？哥哥以前曾说自己是棵"枯木"……但这句话似乎不对。

萨留斯进入由蜥蜴人形成的圆阵中，迅速拔出腰间的冻牙之痛。剑身呼应萨留斯的意念，带起冰霜般的白色雾气。

四周的蜥蜴人因此鼓噪起来。

他们是知道冻牙之痛过去持有者的人，也是"锐剑"族的幸存者，以及曾经亲眼见识过冻牙之痛威力的人。

看到只有真正持有者能发挥的冻牙之痛的能力，任倍尔的狰狞表情转为欢喜之色，露出牙齿低吼，宛如野兽。

面对眼前蜥蜴人散发出的斗志，萨留斯只是冷冷抛出一句：

"我可不想让你受重伤喔。"

这句挑衅的言语，立刻让四周战士的反感提高至极点。不过，气势超常的水花和撞击水面的激烈声响瞬间让周围恢复平静。

是任倍尔将手上战戟的戟尖刺向湿地。

"哦……那就让我输得心服口服吧！都给我听好了！如果我在这场战斗中战死，他就是你们的族长！不准有任何异议！"

周围的战士们应该不同意，但他们没有出言反对。实际上，如果萨留斯真的杀死任倍尔，大家应该也会咬牙服从。

"这样就好，带着杀死我的觉悟上吧，我应该也是你打过的对手中等级最强的。"

"的确……了解了，还有，如果我死在你手中——"

萨留斯的目光稍微往后方的蔻儿修瞄去。

"没问题，我会让你的母蜥蜴人平安回去。"

"还不是'我的'就是了。"

"呵，看来你很想追求那个杂草魔物嘛，那个母蜥蜴人有那么好吗？"

"非常好。"

这时候就先不管后面那个抱头蹲地的母蜥蜴人了吧。

"那我还真想见识一下呢。打赢的话，就在放走之前先把她剥开看看好了。"

到刚才为止，萨留斯身上都还只有面对战斗的斗志，但现在似乎又有另一种斗志一口气灌进了他的身体。

"感觉出现了一个让我非常不想输的理由呢。我才不会让你这种家伙欣赏到蔻儿修的庐山真面目。"

"你根本是喜欢她到无可救药了嘛。"

"是啊，我就是喜欢她到无可救药。"

有几个母蜥蜴人对蹲下来的蜥蜴人说了些什么，那名蜥蜴人便连忙否定似的摇摇头，这时候暂且先不管这件事了。

"哈！"

任倍尔很高兴地大笑一声。

"那就打赢我吧！如果一命呜呼，一切都会化为泡影喔。"

"我本来就如此打算。"

萨留斯和任倍尔像是想表达"话就说到这里"般，相互瞪视。

"我要出招了喔。"

"来吧。"

两人简短对答，但都没有出招。

正当在四周隔岸观火的蜥蜴人全都按捺不住时，萨留斯才开始慢慢拉近距离。位于湿地这种富含水分的地方，却没有出现半点水声。

任倍尔保持不动的姿势迎敌。

不久，当萨留斯接近到某个距离的瞬间——一道巨响从跳开的萨留斯眼前蹿过，那是任倍尔挥动战戟发出的声音。

毫无任何技巧，只是单纯地一挥。

不过，正因为如此，才会如此石破天惊。

任倍尔架起战戟，摆好姿势，准备再次进攻萨留斯。任倍尔只用右手，就能挥舞巨大的战戟。他在每次如旋风般的挥舞动作过后，都会立刻回复原来的持戟姿势。

萨留斯感到奇怪。

于是，他为了确认这动作的意义，再次跳入对方的攻击距离——同样遭到狂风的横扫。他以冻牙之痛挡住戟柄，一股剧烈冲击袭向握着冻牙之痛的手，身体也被弹飞开来。

竟然只以单手力量就把成年蜥蜴人的身体给弹飞出去，他的臂力真可说是超乎寻常。

热血沸腾。

看到自己族长展现出无与伦比臂力的战士们，纷纷大声咆哮起来。

萨留斯摆动尾巴，维持平衡往后退去。

他一面甩着麻痹的手，稍稍眯起眼睛。

（这是……怎么回事？）

萨留斯全神贯注地瞪视着眼前的巨大身躯。

（这到底是怎么回事？这未免……太弱了。）

速度确实快如闪电，若以剑挡住就会被击飞，但也仅此而已，一点也不恐怖。

任倍尔的招式就如同小孩使棍般，没什么技术可言，只是单纯以蛮力挥舞罢了。但问题是真的仅此而已吗？拥有那样的巨大手臂，应该可以挥得更利落一点才对。

（难道他没有全力以赴，想要让我掉以轻心？）

萨留斯有一种异样的感觉。

他提防着真相不明的异样感，重新思考战略。到现在依然没有动过一步的任倍尔对萨留斯微笑问道：

"怎么了？不使出冻牙之痛的能力吗？"

那副窃笑应该是在挑衅吧，但萨留斯并没有回答如此挑衅的任倍尔。

"我以前曾被拥有冻牙之痛的家伙打败过喔。"

萨留斯想起来了，他知道任倍尔讲的是谁，那个人是过去的"锐剑"族长，也是被萨留斯取下首级的人。

萨留斯稍微放缓原本只集中在任倍尔一人身上的注意力，往四周扩大。

在周围无数的敌意中，带有最强敌意的人们应该是"锐剑"族的幸存者吧。

"左手这两根手指会这样，就是当时造成的。"

任倍尔挥手强调着少了两根手指的左手。

"如果你能使出那家伙用来打败我的能力，或许能赢喔。"

"是吗？"

萨留斯非常冷静地响应。

的确，那个能力很强。

正因为一天只能使用三次，所以只要使出那能力，大概就有很大的胜算。萨留斯能胜过冻牙之痛的前任拥有者，是因为对方早已用完三次能力了。如果那时对方使出那能力，或许萨留斯早已命丧黄泉了吧。

不过，知道冻牙之痛能力的人，不可能还故意煽动自己使出那能力。

萨留斯提高警觉。

（真搞不懂……不过，这样下去没完没了，还是出招吧。）

心意已决的萨留斯以刚才的两倍速度向前冲去。

任倍尔以惊人的速度挥舞战戟，迎击萨留斯。

萨留斯没有闪避，直接以冻牙之痛正面交锋，看见这副光景的所有人，都以为萨留斯一定会再被打飞出去。

萨留斯举起冻牙之痛和战戟相冲——然后轻松化解攻击。

根本用不着使出武技。任倍尔挥舞战戟的技术只不过是小儿科等级，这种程度的话，不管对方使出多强烈的一击，都能简单化解。

任倍尔大吃一惊——不对，是佩服地睁大双眼。

同一时间——萨留斯以迅雷不及掩耳的速度冲向任倍尔面前，任倍尔就算要抽回战戟也为时已晚。即使有他那般肌力，要把攻击完全被化解的战戟抽回，也需要多花上一点时间。这段时间足以让萨留斯逼近对方。

下一刻，任倍尔的身躯遭到冻牙之痛重击……

鲜血四溅。

一阵巨大的欢呼声如爆炸般响起，同时也出现一道小声的哀号。

溅出鲜血，并向后退避的人并非任倍尔。脸上出现两道出血伤口的人，是萨留斯。

任倍尔一反至今的战略，像是不让他逃走似的踏出步伐接近萨留斯，接着以刚才让萨留斯受伤的武器进攻。

那武器是——爪子。

冻牙之痛与爪子相撞，发出清脆的金属声。下一刻，离开手中的战戟发出溅水的声音。

"咕喔——"

任倍尔吐出一口长气，往前踏出的同时，粗大手臂也跟着连续出招。

和刚才的生涩枪法相比，他发出的手刀攻击已经达到高手境界。最重要的信息尽出，让萨留斯恍然大悟。

任倍尔并非战士，而是能够使用一种名为气的特殊力量，以自己肉体为武器的修行僧。

萨留斯以冻牙之痛挡住手刀。

蜥蜴人的爪子比人类指甲更尖更硬，但也不会硬到像这样发出金属声音。没错，这就是将肉体武器——例如爪子或利牙——硬化，被称作"钢铁天然武器"的能力，是修行僧的能力之一。

据说锻炼到极限的修行僧拳头，甚至可以打烂最高硬度的精钢。不过，从接触到的感觉来推测，任倍尔似乎终究没有到达那个境界，顶多只到钢铁等级。即使如此，硬化的爪子如今能和蜥蜴人四大至宝之一的冻牙之痛匹敌，因此不能小看。

两人数次交手。

任倍尔以手刀攻击，萨留斯以冻牙之痛劈砍。他们躲开彼此的攻击并跳开，拉开了点距离。

"哈哈，你居然还活着啊！"

任倍尔舔起沾在自己手指上的鲜血和肉片。

萨留斯也伸出比人舌还要长的舌头，舔了舔从相当于人类脸颊部位上流出的红色液体。

萨留斯对于能够勉强躲过企图贯穿眼睛的手刀攻击感到庆幸。虽然受伤，但伤口不深，还能继续战斗下去。他对于保佑自己的祖灵，还有——

（或许我能躲过，也是因为蔻儿修他们部族祖灵的庇佑。）

萨留斯心怀感谢，但任倍尔则不满地发牢骚。

"话说回来啊，即使打倒不使出那绝招的你，也会觉得你好像在手下留情啊。"

任倍尔握紧双拳，在胸前连续互击数次。

"不好意思，我没有打算使出那绝招。"

"哦？那你可别在输了之后才说没有使出全力喔。"

"和我交手后，还觉得我是会说出那种话的人吗？"

"不，并不觉得。抱歉，是我说错话了。只不过——你不打算使出那招的话，我也要上了！"

咻的一道风切声响起，任倍尔的粗腿踢向萨留斯。

动作中没有任何迟疑。

萨留斯在回避飞腿时挥舞冻牙之痛砍向任倍尔，但却发出一道金属声，被弹开。

萨留斯感叹地睁大双眼。

若用剑挡住肉体攻击，攻击一方应该会受伤，这是基本常理，但修行僧的气却颠覆了这个常理。

这是"钢铁皮肤"的效果。这个特殊能力可以在攻击接触到皮肤的瞬间，利用气笼罩身体，让皮肤变得像钢铁一样硬。这个能力也和"钢铁天然武器"一样，锻炼得愈精深，硬度愈高。

对方的皮肤弹开了魔法剑。这已经说明对方将修行僧的能力锻炼到何种地步。不过，萨留斯却认为自己已经胜券在握。

并非双方的战斗技术天差地别，只是任倍尔的形势原本就比较不利。

让人难以招架的连续攻击。

飞踢、扫尾、正拳、手刀，样样都来。

任倍尔凭借身体能力发出的每一招，不但招招迅速，力道也重。面对如此对手，即使是萨留斯，也只能弃攻为守。

连续攻击后又是连续攻击。

要是没有守住对方那破坏力十足的攻击，萨留斯必败无疑。在四周围观的蜥蜴人们相信不断使出连击的族长胜利在握，发出加油声。

任倍尔的爪子不时削过萨留斯，轻松划破被坚硬鳞片保护的身体，让鲜血化作血珠流下。他的伤势绝对不算轻。

萨留斯身上满是这种伤口。他的生命有如风中残烛，就算在下一刻提出投降也不奇怪。证据就是围观的蜥蜴人脸上都露出喜悦笑容，替获胜的族长感到高兴。

不过——当事者任倍尔的心情却截然不同。

每当连击被挡开，任倍尔就觉得胜利离自己愈来愈远，焦躁不已。

冻牙之痛剑身寄宿着冻气，借此在砍伤敌人时追加冻气损伤。另外还具有一个副效果，可以对碰触武器的敌人给予些许冻气损伤。换句话说，光是剑身和肉体武器互击，任倍尔就会被传来的冻气一点一滴慢慢侵蚀。

双手冰冷，双脚麻痹，他的动作变得愈来愈迟钝。

（可恶，因为之前对战时很快就被打败了……都不知道它原来还具有这种能力啊！居然不是只有那个绝招而已！真不愧是四大至宝！）

正因为知道具有这种效果，萨留斯才会采取防守——应该说，才会选择这种能够确实给予对手伤害的方法。大概是因为这样，他才不躲开任倍尔的攻击。

选择四平八稳的胜利之路。

这代表毫无破绽，对现在的任倍尔来说，正是最大的敌人。

任倍尔对飞跃而来的萨留斯使出必杀一击。若这招被挡下，任倍尔的胜算将大幅降低。

任倍尔感觉自己像是单枪匹马挑战固若金汤的堡垒一样。

（啊啊，可恶，打不倒他吗——不过，我等这个时刻来临很久了！）

过去与自己战斗的那个公蜥蜴人浮现在任倍尔脑海。自己已经变得比当时更强了，还为了获胜不断辛苦锻炼。听到打败自己的人被杀害的消息，即使感到无限遗憾，还是没有停止锻炼。

为的就是等待这一天到来。

身为族长的自己无法抛开一切舍身赴战，所以听到持有冻牙之痛的人来到村落时，他实在难掩心中喜悦。

满心期待的战斗不能就这样轻易结束。

任倍尔挥拳、踢腿，感觉渐渐消失，气也逐渐无法传至手脚。即使如此，他还是不停止出招。

（很强嘛，比当时的那家伙还强呢！）

就如自己无休止锻炼一般，眼前这名公蜥蜴人应该也是毫不松懈地持续锻炼至今吧。

两人一开始就存在的差距并没有拉近，当然也可以找借口说是输给了冻牙之痛的能力，但他并不想说这种窝囊话。

（厉害！真不愧是冻牙之痛的主人！蜥蜴人中最强的公蜥蜴人！）

任倍尔没有停止连击，内心的冷静部分依然称赞着眼前这位以冻牙之痛挡住自己招式的萨留斯。

受伤，流血，再次受伤。

一直目不转睛地盯着这场激烈攻防战的蔻儿修，早就以优秀的森林祭司能力，看出了胜败的趋势。

（真厉害……他大概在战斗开始时，就已经洞察先机了吧。）

蔻儿修对萨留斯优越的战士能力感到吃惊。

周围不断传来欢呼声。

那鼓舞声给予的对象是不断攻击，看似完全占上风的任倍尔。周遭的蜥蜴人似乎尚未发现，但任倍尔四肢的动作已经慢慢变得迟钝。

萨留斯很强。蔻儿修有十足的把握可以这么说。

几乎所有蜥蜴人都只倚靠强壮的肉体，以蛮力战斗，但萨留斯——虽然任倍尔也是——则是靠技术战斗，而支持其技术的正是冻牙之痛。

因此，目前的状况——两者的差距和冻牙之痛有相当大的关联，但蔻儿修相当清楚，冻牙之痛并非造成目前状况的唯一因素。

如果把冻牙之痛交给一般人使用，有办法和任倍尔打成这样吗？

答案是否定的。任倍尔并非泛泛之辈。

武器虽强，但能够将武器能力发挥到淋漓尽致的萨留斯也是一流战士。

但更加优秀的，还是他那能够洞察先机的灵活头脑。

萨留斯能够躲过对方抛下战戟时的那一击，就是因为他步步为营，一直观察着情况。他事先察觉对手的撒手锏，察觉战戟只是虚张声势的武器。

在不惜烙上旅行者印记也要前往的那段旅程中，除了养殖鱼塘的知识和这些战斗技术外，他到底还带了多少东西回来？

蔻儿修在不知不觉间，就已坚信萨留斯胜券在握。现在的她只是感受着不同于担心造成的激烈心跳，静静望着那公蜥蜴人的锐利侧脸。

"他真的是一位很杰出的公蜥蜴人……"

这场精彩万分的战斗让大家觉得时间过得很快，但只有对战的两人感觉和大家不同。凌乱呼吸造成的肉体与精神消耗，无疑比时间所造成的还强烈。

即使全身浴血也没有丧失斗志的萨留斯实在值得称赞，因为过去没有人可以和自己的族长战斗到这种地步。周遭的蜥蜴人如此赞赏萨留斯。

感觉即将获胜的任倍尔，突然一言不发地解除战斗架势。

周遭蜥蜴人都屏息以待，认为应该是要宣布获胜时，任倍尔大声高喊。

但结果却正好相反。

"是我输了！"

自己的族长应该快要获胜了才对。

即使如此，族长为什么还是做出败北宣言？只有蔻儿修预测到了这个结果。她快步跑进圆阵中。

"没事吧？"

听到这声询问后，萨留斯大大吐出一口气，垂下手中的剑，带着充满疲劳的声音回答：

"总之没有受到致命伤……在之后的战斗中上场应该也不成

问题。"

"嗯，先帮你施加治疗魔法。"

蔻儿修令杂草装发出一阵窸窸窣窣声，露出脸来。

萨留斯感觉到身上的伤痕渐渐被一股舒服的温暖笼罩，和刚才受伤时那种疼痛的灼热感不同。萨留斯沉浸在体力不断注入身体里的感觉中，同时转头面向和自己打了一场生死决战的巨型蜥蜴人。

任倍尔被部族的同伴们包围，正在向众人解释到底发生了什么事，还有萨留斯在战斗中的盘算。

"这样就行了吧。"

听到施法两次的蔻儿修表示治疗完毕，萨留斯低头看向自己的身体。

虽然凝固的血液还黏在皮肤上，但伤口已经完全复原。动了动身体后伤口还留有一点拉扯般的紧绷感，但似乎不会裂开。

"谢谢。"

"不用客气。"

蔻儿修灿烂一笑，露出的珍珠色牙齿相当美丽。

"真美。"

"什……"

尾巴一甩，用力拍打水面。

两人就这样默默互相凝视。

蔻儿修的沉默，是因为她很疑惑这个公蜥蜴人为什么会若无其事地说出这种话。对于不习惯被称赞的蔻儿修来说，萨留斯实在太常说这种对心脏不好的话。

　　至于萨留斯则不明白蔻儿修为什么闷不吭声。莫非自己犯下了什么错误——这样的一缕不安掠过他的脑海。其实，他一直以来都觉得母蜥蜴人和自己的人生没有关系，所以不知道该采取什么反应才好。萨留斯的内心意外地毫无余裕。

　　正当两人都不知道该如何是好、困扰至极时，一道声音解救了他们。

　　"喂喂喂，会不会太令人羡慕了，你这个臭家伙。"

　　两人同时望向声音的来源——任倍尔。

　　两人在相同时间做出相同动作，让说话的任倍尔有一瞬间哑口无言。

　　"呃！白色的家伙，你可不可以也帮我治疗啊？"

　　即使看到蔻儿修白化症的脸庞，任倍尔仍然摆出若无其事的态度。不过，蔻儿修想起第一次看到任倍尔外形时的那个印象后，就理解任倍尔为何会是这种反应。

　　"好好好……但是不让你们部族的祭司治疗没问题吗？"

　　"嗯，无所谓无所谓。别说这么多了，我现在很痛耶，感觉连骨头都冻僵了，可以快点动手吗？"

　　"是你要我动手的喔，跟祭司们解释时，记得这样说。"

　　"没问题，就说是我强迫你的。那就麻烦你了。"

　　蔻儿修叹了一口气后，开始施展治疗魔法。

萨留斯不经意感觉到周遭带有敌意的视线稍稍减少了些，也感觉到开始有少数带着好感的视线出现。

"好了，结束了。"

蔻儿修对任倍尔施加的治疗魔法次数比萨留斯还要多。这表示他的伤势虽然没有显露在外，却是相当深入肺腑。

"哦，技术比我们家祭司还要高明呢。"

"谢谢。不过我不太常对其他部族的人……没事，谢谢夸奖。"

"那么，我们的伤都治好了，立刻来谈谈今天的主题如何？虽然好像有点太急了，但不介意吧？"

"哦！那么就听你说说吧——虽然我是很想这么说……"任倍尔说到这便停了下来，微微一笑，开口说，"先喝酒吧！"

萨留斯和蔻儿修——两人都像是不知道这句话的意思般，露出一头雾水的表情。

"麻烦的正经事就是要在酒席间谈啦，你们也懂吧？"

让对方知道哪一方较强，可以在交涉时较为有利。萨留斯非常能够理解为此赌命一战的做法，因为这就是蜥蜴人的生存之道。但设酒宴这个行为就无法理解了，因为"绿爪"族并没有那种习惯。

在生死决斗后把酒畅饮，感觉真是无可救药。

"不懂啦……"

一阵无力感袭向萨留斯，使他老实地面带意外表情，如此小声回答。但他心里立刻涌现波涛汹涌的后悔，后悔自己居然对尚未结盟的部族族长露出如同小孩般的反应。实际上，他也感受到蔻儿修用奇怪的眼神看着他。

对没有恋爱经验的萨留斯来说，他根本不可能察觉蔻儿修会一直看着他，是看到心仪对象展现新的一面，因而感到好奇与可爱所致。

"不对，我是说如果大喝特喝，脑筋会不够清楚，那样我会有点为难。"

萨留斯急忙改正自己的说法，但任倍尔却毫不介意地开口回应：

"喂喂喂，你是旅行者吧？在这一带说到要学习知识，应该都会想到矮人才对，难道不是吗？"

"不，我并非向矮人学习知识，而是向森林人学习。"

"是吗？那你记住，朋友只要一起喝过酒之后就会变成挚友，这就是矮人的教诲。或许时间不多，但我们应该开诚布公地谈论对吧，不是吗，萨留斯·夏夏？"

"原来如此……了解了，任倍尔·古古。"

"很好！大伙儿们，要开酒宴了！把那个拿来！快去准备！"

设置在地面将近两米高的营火台上，红色烈焰熊熊燃烧，几乎要直达天际。这巨大的红色光源驱散了夜晚的黑暗。

这座营火台附近摆放着一个高一米以上、开口直径约八十厘米的缸子，里面发出的发酵味随风飘散。

好几十名蜥蜴人轮流从那缸子里面舀起液体。不过，那酒缸里面的酒，感觉就好像永远舀不完一样。

这就是与萨留斯的冻牙之痛并称四大至宝之一的"酒之大缸"。

虽然可以永不枯竭地不断涌出酒，但味道让人难以恭维。只要是稍微懂酒的人，都会对这样的酒皱起眉头。不过对蜥蜴人来说，这才是真正的美酒。

因此，客人才会络绎不绝。

距离酒缸稍远的一带，是一处非常安静的区域。为何安静的答案非常简单，因为这里趴着好几名酒醉的蜥蜴人，瘫软在地，一动也不动。

醉到不省人事的蜥蜴人全都会被丢到这里。

脱掉杂草装的蔻儿修，边小心留意着地面——甚至连倒地蜥蜴人的尾巴也很小心不去踩到——边在这个地方前进。她的脚步稳健，看起来没醉，但也很难说她完全没醉。

她身上只有尾巴好像不属于自己似的，活泼地卷来卷去。时而弯曲，时而伸直，时而竖起，时而垂下，仿佛小孩般兴奋异常。

实际上，蔻儿修也感觉好像有阵清爽的风吹过自己的内心。虽然会这样也有部分是酒的原因，但其实不仅如此，身体无拘无束的感觉也助长了这种现象。

她今天是第一次在众多人面前展现自己白化症的身体，也因为对方的族长是个异形，所以虽然稍微吓到众人，但还是很快地和大家打成一片。

蔻儿修双手拿着食物，心旷神怡地迈步前进。

她来到萨留斯和任倍尔盘坐在地、举杯对酌的地方。

两人以类似椰子壳的果实壳当作酒杯，满满装在里面的液体呈透明状，但散发着浓郁的发酵味。

没处理过的生鱼就直接放在两人面前，应该是下酒菜吧。任倍尔笑着对走过来的蔻儿修打招呼。

"哦，植物系魔物。"

"你就不能改改那个称呼吗？"

都已经脱下杂草装了，这个公蜥蜴人却是怎么劝都执意这么叫，看来他是打算一直这样消遣自己了吧。理解这一点的蔻儿修决定停止无谓的抵抗。

"你们事情谈完了吗？"

萨留斯和任倍尔互看一眼，点点头。

"大致上。"

两人想单独会谈，所以请蔻儿修离席。他们都说得这么清楚了，她不得已只好离席去拿食物过来，但内心其实希望能够参与会谈。因为如果谈论的是接下来的那场战斗，那么自己并非局外人。

她是抱着就算可以不听不方便的部分，但希望至少能够了解概要的心情——

"这是公蜥蜴人之间的对话。"

但任倍尔冷冷地抛出这句话中断话题。蔻儿修老实地把心中不悦写在脸上，不得已只好转移话题。

"那么，你们怎么打算？结盟并肩作战吗？"

"啥？哦，那还用说，当然是开战。应该说，就算你们没来，我们也会一战。"

任倍尔嘴里传出如干柴互相摩擦的声音。

"你真的是战斗狂呢。"

"别这样称赞我嘛，这不是让人很难为情吗！"

任倍尔毫不在意傻眼的蔻儿修，干脆地向她提出请求。

"对了对了，植物系魔物，你也帮我劝劝他嘛。不管怎么拜托，萨留斯就是不愿当我们的族长。"

萨留斯露出疲惫至极的无奈表情。从那疲惫模样可以知道在蔻儿修不在的期间，这个问答已经重复了好几次。

"他不可能接下这个位子吧。毕竟部族不同，而且他还是——"蔻儿修想接着说旅行者，但一想到任倍尔也是旅行者，就转移话题问道，"你为什么会想要出去旅行？"

"啥？哦，败给冻牙之痛的前主人让我大受打击，想要变得更强，既然这样，不就会想离开这里到各种地方看看吗？所以，我才会成为旅行者。"

身旁的萨留斯无力地垂下肩膀。蔻儿修这才想起到这里前，萨留斯曾说过的旅行事迹。

过去萨留斯旅行时，支撑着他的是决心、觉悟，以及对自己部族的某种使命感。同是旅行者的任倍尔应该也有过相同的想法吧……但现在却完全没办法从他身上感觉到他有过那种想法。

蔻儿修温柔地把手放在萨留斯的肩膀上像是在安慰：他是他，你是你。

这时候，如果客观地看看自己这副模样，应该会被人认为自己和他是情侣吧。察觉这一点的蔻儿修大大弯起尾巴，萨留斯的尾巴也一样甩动得相当激烈。

两人不禁相互对视，露出腼腆的笑容。

任倍尔仿佛没看见如此模样的两人，心情畅快地继续说道：

"我觉得那座山里面一定会有很强的家伙，因为那里相当广大，于是我就向旅程中遇到的矮人请教许多事，还顺便收下那把战戟。我原本不想要，但既然对方都说要把它当成相遇的信物，我也只好收下了。"

"发生过那种事啊，太好了呢。"

蔻儿修回答得有点随便，应该说有点冷淡。

"哦，谢谢啦。"

讽刺对任倍尔也没用。

美好气氛遭到破坏的蔻儿修拿起酒一饮而尽，她感觉喉咙发热，热气仿佛从喝进酒的胃部扩散到全身。萨留斯也一样一饮而尽。

这时候，一道非常细微的询问声传来。这道声音和之前的感觉截然不同，甚至让人一瞬间分不清楚发问者是谁。

"话说，你觉得我们赢得了吗？"

萨留斯也轻声回答：

"我不知道。"

"嗯，我想也是，毕竟没有绝对能赢的战斗。应该说，如果有人明明不知对手实力，却口口声声说会打赢，那我还真想揍扁他，要他别信口开河。"

面对轻声微笑的任倍尔，蔻儿修没有多说什么。

"不过……对手有点大意。这部分会带来什么变化，应该也影响着我们的胜算。"

蔻儿修代替萨留斯向满脸问号的任倍尔说明。

"可以稍微回想一下那魔物说过的话吗？"

"抱歉，我那时候在睡觉。"

"应该听其他人说过吧？"

"哼，记着那种事太麻烦，所以我忘了。总之，最重要的就是他们攻过来，那打回去就好，对吧？"

这家伙没救了——露出如此表情的蔻儿修放弃解释。萨留斯带着苦笑接着说明。

"对方说，要我们努力地垂死挣扎。"

任倍尔脸上开始显现危险的情绪，五官狰狞地扭曲起来。

"真令人火大，竟然一开始就看扁我们。"

任倍尔发出骇人的怒吼。

当中夹杂着强烈的愤怒与不悦。

"没错，对方完全不把我们看在眼里。能够这么有自信……就代表他们应该拥有足以轻松瓦解我方抵抗的兵力吧……但我们要粉碎对方自以为是的想法。要将五族聚集起来，让对方见识一下我们所能准备的最大战力。我们要先给他们迎头痛击，告诉对方我们可不是泛泛之辈。"

"哼，不错嘛，这种做法才比较浅显易懂，我喜欢。"

正当两名公蜥蜴人热烈地讨论起该如何作战时，蔻儿修从旁泼了一桶冷水。

"过度伤害对方的自尊，我方应该也没什么好处。只要向对方展示我们具有一定的价值就可以了吧？对方若知道了我们的价值，或许不会将我们赶尽杀绝。"

"喂喂喂，你是要我们向那种讨厌的家伙低头吗？"

"萨留斯……我了解逃亡避难很危险，但我认为即使受到束缚，还是保住性命比较重要。"

蔻儿修小声说出这番话。

其他两人并没有否定这个想法，也没有嘲笑她的奴性。

并不是每个人都想被统治，但受统治总比失去性命有未来。只要还有未来，就有无限的可能。

例如，将鱼的养殖方法传授给大家，或许就能抛弃现居地逃走也说不定。

放弃这种可能性，命令大家牺牲的人，没有资格当领导者。

"你们仔细听听。"

听到萨留斯平静的声音，三人一起竖起耳朵，倾听从宴会中随风传来的欢笑声。

"被统治之后，或许就无法像这样尽情欢笑了呢。"

"或许可以，不是吗？"

"是吗？我不这么认为。我不觉得那种以看着我们死去为乐的家伙有慈悲心。毕竟，如果对方心里多少有一点慈悲心，应该就不会带着半玩乐的心态企图将我们赶尽杀绝了。"

蔻儿修点头同意这个说法。

即使如此——

"不过，我想说的是……请你不要死。"

"在听到那个问题的答案之前，我不会死的。"

蔻儿修和萨留斯在夜空下深情对望。

然后，许下约定。

还将因为完全成为局外人而闷闷不乐的任倍尔晾在一旁。

过 场

背后那间会议室里，应该已经开始谈论其他议题了吧。

不过，他在那间会议室的任务已经结束，也因为这样才会离开房间。

但那只是身为报告者的任务告一段落，接下来还有身为漆黑圣典第一位阶，也就是队长的工作，包括复活死亡同伴的相关作业，挑选临时人员填补空缺等，其他还有训练和实验等工作。因为六色圣典属于秘密机构，因此他还有另一段生活，那就是在教国内进行卧底。

就私生活来说，还需要相亲——而且也有那种以和多人结婚为前提的相亲。目前在斯连教国只有三人觉醒成为神人，因此，高层委婉地命令他要多增产报国。

这些繁杂琐事不断累积，让现在的他几乎没什么自由时间。

"不过，真希望至少今天能让我悠闲一下呢。"

从神官会议——斯连教国的最高会议中解脱后，他稍微转动肩膀——目光被咔嚓咔嚓的声音吸引过去。

他在看到那人物之前，就已经知道是谁发出这个声音。在斯连教国中，能够被允许进入这里的人并不多，只要想想不在会议室里的人是谁，答案就呼之欲出。

果然不出所料，一名少女靠墙站着。

她的一头长发相当独特，左右两边的颜色并不相同。如果说一边是令人眼睛为之一亮的银白，那么另一边就是仿佛将一切吞噬的漆黑。眼睛的颜色也一样左右不同。

少女旁边有一把类似十字枪的战镰靠在墙上。

虽然少女外表稚嫩，看起来像是不到十五岁，但实际年龄则和她的外表有相当大的差距。从他当上漆黑圣典的队长——第一位阶后，少女的外貌就没有变过。

他把目光移向少女藏在头发底下的耳朵——然后制止自己这种行为。

因为他知道少女讨厌别人看她的耳朵。

少女水嫩的嘴唇弯成一道弧线，仿佛在读取他的内心。

以几乎不可能的概率混血诞生的她，正是漆黑圣典最强的特别位阶"绝死绝命"。她担任守护工作，负责保护斯连教国的圣域，也就是藏有五神装备的这个地方。

声音来自少女手中把玩的玩具，在斯连教国中，这个玩具称为魔术方块，据传是由六大神所流传下来。少女的声音夹杂在咔嚓咔嚓声中传来。

"如果只是一面还很简单，但要转好两面就很难呢。"

对他来说并不困难，但他不知道该不该老实回答，最后只以苦笑回应。少女似乎也不是很想知道答案的样子，毫不在意地继续问道：

"到底发生了什么事？连神官长他们都来了。"

"报告书应该已经送到你手上了才对。"

"我没看。"

少女回答得很干脆。

"因为直接问知道的人比较快。'占星千里'的预测出错了吗？为了收服毁灭龙王而出击……应该是发生了什么事吧？"

两人的眼神在对话中完全没有相交过，少女的目光一直停留在玩具上。

"与类似吸血鬼的神秘不死者交战，造成两人死亡，一人重伤。因此已经撤退了。"

"阵亡的是谁？"

她的语调中，完全没有一点为部队同伴阵亡感到悲伤的情绪。那态度仿佛像在询问某个和她没什么关联的事情。不过他一点也不在意，因为这样的态度很符合少女的风格。

"分别是保护凯瑞大人的赛德兰，以及企图捕捉没有动静的吸血鬼的布玛尔查。"

"是'巨盾万壁'和'神领缚锁'啊。最近不但有土之巫女公主死于离奇爆炸中，现在居然连漆黑圣典也失去两名大将啊……真是祸不单行。那么重伤的是谁？"

"是凯瑞大人，好像是某种诅咒的效果，造成无法以治疗魔法治好的伤势，所以撤退了。"

"那么，吸血鬼呢？"

"直接弃之不理。因为只要我方想捕捉或者接近，吸血鬼就会准备反击，我方判断放任不管才是明智之举，便将吸血鬼留在了原地。"

"这样没办法解决问题吧？"

"在刚才的报告会议中已经决定，应该维持目前的状况。"

这是在刚才的会议室中做出的结论。

与其贸然出手造成重大损伤，还不如在备齐军力之前，暂时放任不管。再说，其他国家大概也没有人能够战胜那个不死者。相反，如果有那样的人物，那就代表出现了必须提防的强者，应该先构建好国家等级的防卫系统——最后大家同意采取这种做法，倾向于只留下必要的情报员，其他人全都撤退的方针。

他也同意部分意见。

因为能够在正面交锋下打赢那只吸血鬼的人，大概只有神人或龙王等级的强者吧，因此留下情报员监视，发现有打倒吸血鬼的人物出现时，加强戒备那号人物才是明智之举。

"这样啊。那个魔物并非吸血鬼吧。"

他也同意这个说法，所以才会称之为神秘不死者。

"会不会是龙王？吸血龙王或朽棺龙王。"

她嘴唇的弯曲幅度更大，呈现明显的笑容。但前提是那种染血般的表情可以称为笑容的话。

"那两只龙都已经灭亡了喔？"

他带着似乎要让气氛变得尴尬的心情开口发问，但对方立刻回答：

"那两只都是不死者龙王，是否真的已经灭亡还是未知数。"

少女终于抬头，直直看向他。那颜色相异的双眸中带着光芒，那光芒既是好奇、喜悦，也是战斗冲动。

"你觉得我和吸血鬼谁比较强？"

他以准备好的答案迎击预料中的问题。

"当然是你啊。"

"是吗……"

少女像是失去兴趣似的，目光再次回到玩具上。

他在心中松了一口气。

"那还真是遗憾，我还以为我或许有机会尝到失败的滋味呢。"

他听着少女的低喃，心想：如果两者真的对决，到底是谁会赢呢？

少女跟吸血鬼都曾打过他，若以体感来说，他觉得是吸血鬼略胜一筹。不过，那只吸血鬼肯定赢不了"绝死绝命"吧。

因为武装的差异。

　　那只吸血鬼看起来没有任何武装，这也是强大魔物的弱点。因为对自己的能力太有自信，所以不配戴强力装备品。

　　反之，她的装备全是六大神留下来的遗产，因此才有办法断定她比较强。不过，若是双方穿戴同等级的装备呢？

　　不可能。

　　他立刻对浮现的这个疑问给予否定的答案。毕竟不可能找到足以和她的众神装备匹敌的武装，也不可能获得。

　　但若是真的找到了呢？

　　那时候……或许就是斯连教国最强且不败的特别席次失败的时候，也是要面对人类守护者败北这个事实的绝望时刻。

　　不对，为什么是以她单枪匹马作战为前提呢？

　　虽然比不上她，但还有觉醒成神人的自己在，也有许多道具。只要利用那些道具，即使吸血鬼如此强大，但只有一只的话应该还是能打倒。那么强的不死者说什么也不可能有好几只吧。

　　陷入沉思的他听见耳边传来嗤嗤笑声，然后有些纳闷地皱起脸来，看向声音的来源。

　　"谈谈另一个话题，你什么时候结婚？"

　　这是在刚才的会议中出现的未决事项。这话的意思，就是到底什么时候才能找到适合的女友——说好听点是结婚对象，说难听点是生小孩的工具。

"没有对象啊。"

"哎，因为你还年轻嘛。"

漆黑圣典在行动时，队员会戴上魔法面具，伪装成不同的面貌。

根据神所制定的法律，斯连教国的成人年纪是二十岁，但脱下魔法面具的他，真实年龄比二十岁小得多。

"虽然结婚之后，对象也会被软禁在教国暗部……但不需要担心，对方还是可以养育小孩的。"

"这点事情我还是知道的，毕竟我也是圣典内的人。"

"说得也是。啊，不过，还是先跟结婚对象讲清楚你还要娶其他妻子比较好。虽然法律上是没有问题，但有些人即使受过这样的教育，还是不喜欢一夫多妻。"

在斯连教国中，只要获得国家许可，一夫多妻是被承认的。这是强者人数少，需要保持纯粹血脉的时代遗留下来的历史陋习。不过，一般来说都是一夫一妻，国家认可的一夫多妻的情况一年大概也只有数起。而且即使认可，最多也只能有两位妻子。

"谢谢你亲切的提醒，倒是你……都不打算结婚吗？"

会问这个问题是因为她外表看起来确实年幼，但真实年龄和外表不同。

"这个嘛，如果有男人能够打赢我，倒是可以结婚。即使长相不佳，性格扭曲……甚至不是人类都没问题，因为他是打赢我的男人嘛。我们两人所生的小孩，到底会有多强呢？"

把手放在下腹部的少女，带着今天第一次露出的满面笑容回答，他很有把握，这个答案代表她不打算结婚。

　　不过，若是出现能够打倒那只吸血鬼的人，情况又会变成如何呢？

　　一抹不安掠过他的心中。

3章　死亡军团

第三章 | 死亡军团

1

"哦，已经可以看到了呢。"

坐在罗罗罗身体最后面的任倍尔，笑嘻嘻地望着前方。

已经能看见位于数百米前方，被指定为第一个消灭对象的部族——"利尾"族的村落了。虽然村落大小和"绿爪"族差不多，但蜥蜴人的数量却比较多，这应该是因为其他部族的蜥蜴人也渐渐聚集过来的缘故吧。目前正处于战斗准备阶段，所以每位工作者看起来都非常忙碌。

"这种气氛实在令人难以抗拒啊。"

任倍尔的鼻子发出吸气声，嗅着空气中的味道，那是一种会令人热血沸腾的味道。不过，蔻儿修可能不曾闻过那种味道，说出和两人不同的感想。

"我们骑着这孩子过去，不会有危险吗?"

距离这么远就能感受到一触即发的气氛，让现在化身为植物系魔物的蔻儿修说出心中的不安。她担心罗罗罗这只多头水蛇接近后，杀气腾腾的蜥蜴人会一拥而上。

对方或许认识萨留斯，但不一定看过蔻儿修和任倍尔，而且"利尾"族的人也不见得全都知道萨留斯。

"不对，刚好相反，骑罗罗罗过去才不会危险。"

面对露出一头雾水的模样——虽然看不到，但给人那种感觉的蔻儿修，萨留斯稍作简单说明：

"我哥哥应该已经来过了，而且他应该会明确告诉对方，我会骑罗罗罗过来。所以我们骑罗罗罗前来的消息应该也已经传进哥哥的耳中了吧，我们只要慢慢前往即可。"

事实上，罗罗罗在湿地上走着走着，就看到一名黑蜥蜴人从村落中走出来。为了让对方看见，萨留斯向那名面貌熟悉的蜥蜴人用力挥手。

"那个人是我哥哥。"

"这样啊。"

"哦——"

两人的声音重合。蔻儿修是纯粹感到好奇，任倍尔则像是发现强者的野兽。

随着罗罗罗前进，两者——萨留斯和夏斯留的距离逐渐拉近，不久，终于到达可以看清彼此面貌的距离，萨留斯和夏斯留也彼此凝视对方。

两人只是两天多没见。不过，正因为他们早就做好了可能无法再见的心理准备，所以感触也特别深。

"你能回来真是太好了，弟弟！"

"嗯，我带好消息回来了喔，哥哥！"

夏斯留的目光移向坐在萨留斯后面的两人身上。萨留斯感觉蔻儿修环抱在自己腰上的手因为紧张而有些僵硬。

当双方距离缩减，来到夏斯留的面前后，罗罗罗便以看到熟人的态度停下脚步，向夏斯留伸出它的四个头撒娇。

"抱歉，我没有拿食物过来喔。"

听到这句话的瞬间，罗罗罗的四个头就仿佛在闹情绪般，立刻从夏斯留的身上缩回。多头水蛇当然听不懂蜥蜴人说的话，不过，应该是利用类似家人间的那种心电感应察觉的吧，又或者只是因为夏斯留身上没有饲料的味道。

"那么，下去吧。"

萨留斯向后方的两人招呼一声，轻盈地从罗罗罗身上一跃而下，然后伸手牵住蔻儿修的手，协助她跳下。夏斯留一脸纳闷地注视着蔻儿修。

"那团植物魔物是什么？"

虽然每次都会遇到这样的反应，让蔻儿修有些沮丧，但是她并不想顶嘴，这应该全是拜任倍尔的冷嘲热讽所赐吧。但下一颗炸弹还是不免让蔻儿修全身僵硬。

"她是我喜欢的母蜥蜴人。"

"哦哦。"

夏斯留发出感慨的叹息，接着便毫不客气地注视着仍与自己弟弟牵着手、全身僵硬的蔻儿修。

"姆呜……我只想问一件事，里面的人是个美女吗？"

"嗯，也有考虑要结——"

手上突然的一阵剧痛让萨留斯闭上嘴巴，因为牵手的那个人用爪子刺了萨留斯的手，而且还非常用力。夏斯留不满地打量起两人。

"原来如此……你这个只看外表的家伙，还说什么……'我结不了婚'啊，真是装模作样。你当时只是没有喜欢的对象嘛……言归正传，我是'绿爪'族长夏斯留·夏夏。谢谢贵族愿意和我们结盟。"

夏斯留这个说法并非确认，已经是斩钉截铁的肯定语气了，但事到如今蔻儿修跟任倍尔并不会为这点小事产生动摇。

"我们才要道谢。我是'朱瞳'族的族长代理人蔻儿修·露露。"

大家都觉得蔻儿修打完招呼后，任倍尔应该会接着自我介绍，不过却没有听到预料中的招呼声。任倍尔毫无顾忌地从头到脚不断打量夏斯留。

任倍尔大概是观察够了，点点头，面带野兽般的表情开口：

"哦，就是你啊。那个能够驱使祭司能力战斗的战士，我听过你的事迹。"

"居然连'龙牙'的人都知道，真是令人吃惊。"

夏斯留如此回应，仿佛两头野兽互相较劲。

"我是在你弟弟答应担任族长之前，都还是'龙牙'族族长的任倍尔·古古。"

"感谢你前来，你确实是位胜任重视实力的部族族长的人，非常欢迎。"

"所以要不要来一场？我们还是得好好分个高下才行吧？"

"这个提议不错呢。"

萨留斯并不想阻止。确定了谁比较强，今后很多事情应该都会方便许多。

不过，夏斯留在比试之前轻轻举起手，浇熄任倍尔的战斗冲动。

"虽然我是这么想，但现在这个时间点有些尴尬。"

"为什么？"

夏斯留对一脸不满的任倍尔露出微笑。

"我们派出的侦察兵差不多要回来了，应该能够了解敌方的详细情报。听完报告后再来较量也不迟吧？"

有一间小屋被用来当作各族长的会议室。

这间小屋中合集了各族族长以及萨留斯，共六人。

杀死前"锐剑"族族长，持有冻牙之痛的公蜥蜴人萨留斯名声响亮，其他部族都久闻其名。不仅如此，他还是说服"朱瞳"族和"龙牙"族结盟的勇者，因此所有族长都不反对他与会。

六人在不怎么宽广的小屋里围起圆圈坐下。蔻儿修露出雪白肌肤时，三名族长难掩惊讶之色，但现在已经相当平静。

结束彼此的问候后，最先开口的是"小牙"的族长。

他的身材以蜥蜴人来说算是娇小，但四肢却锻炼得宛如钢铁。他似乎原本隶属于狩猎班，在这湖泊附近的所有蜥蜴人中，他的远距离攻击技巧应该最为顶尖。实际上，在决定族长时，他都是以一招精湛的投石技巧结束所有比武。

他动员所有狩猎班前往探查，以了解敌军位置。

"敌军将近五千人。"

这个数字远远超越所有蜥蜴人的总和，不过还在预测范围内，甚至有人听到这个数字还松了一口气。

"那么，敌方的头目呢？"

"不是很清楚。队伍中能看到红色肉团般的巨大魔物，但是很难靠得很近。"

"成员组成如何？"

"是不死者军队，有骷髅和僵尸军团。"

"对方是利用蜥蜴人的尸体吗？"

"不，那些并非蜥蜴人。我不太清楚陆地上的生物，因此没什么自信，不过，大概是人类的种族，而且也没看到尾巴。"

听到这个特征的萨留斯，确定那就是平原种族——人类。

"我们不能主动攻击，先发制人吗？"

"大概很难吧，对方位于利用清掉森林一角开辟出的一个广场上，他们到底是花多少时间开辟出来的呢？到处都没看见砍伐后的木材也令人不解——啊，离题了。总之，是在森林之中。先不论只有我们过去能不能成功，还要带战士过去的话，恐怕很困难吧。"

"那么，只派狩猎班偷袭如何？"

"饶了我们吧，蔻儿修小姐。我们狩猎班现在只有二十五名左右的成员，这种人数如何打倒将近五千人的不死者军团？只会落得全军覆没的下场吧。"

"嗯……那么动员祭司的力量如何？"

有数人点头同意夏斯留的意见，将目光聚集在蔻儿修身上。不过，回答这问题的人是萨留斯。

"不，我觉得还是不要这么做比较好。"

"啊？为什么？"

"对方目前还遵守着约定，但我不认为他们会遵守到允许我们发动攻击的地步。"

"的确。看来，至少在所有部族集结之前，还是先不要主动攻击比较好呢。"

"那么，我们要采取守城战吗？"

"要守住是难事。"

一个口齿不灵利的声音从一名蜥蜴人的嘴中发出，那是"利尾"的族长。

他全身穿着一副白色的铠甲，上头有着不同于金属的光泽。

散发出淡淡——魔法力量的铠甲。那正是四大至宝之一——白龙骨铠。

这是一副利用栖息在安杰利西亚山脉中，具有寒气能力的霜龙骨头打造而成的铠甲。当然，只是利用骨头打造而成——即使来源是拥有强大力量的龙——的铠甲不可能具有魔法。不过，那副铠甲却在不知不觉间开始带有魔法力量。

问题在于那个魔法力量也有可能是来自诅咒。

因为，白龙骨铠会以智力换取相等的防御力，若让聪明的人穿上它，其强韧程度何止硬如钢铁，甚至足以和秘银或传说中的精钢匹敌。

但即使脱下装备，被夺走的智力也绝对不会回复。因此才会有这个力量来源也可能是一种诅咒的谣传。

在蜥蜴人中，他原本就因为绝顶聪明而广为人知，穿上这副铠甲之后，铠甲的防御力便提升到足以反弹蜥蜴人的所有武器，即使是四大至宝冻牙之痛也不例外的程度，其硬度恐怕已达精钢等级。

而且一般来说，穿上的人大多会变得痴呆，几乎失去所有智力，但他现在却依然能够思考，足以证明他原本的智力有多高。因此"利尾"族在他出生之后，都不曾以战斗方式决定族长人选。

"这、这里是湿地，根基不佳，墙壁……很容易遭到破坏。"

"原来如此，那么要选择出击吗？"

"嗯，有何不可，进攻总比防守畅快，一个人大概需要面对三四个敌人吧？只要打倒他们就行了啊，轻而易举。"

其他与会者听到任倍尔的发言后面面相觑。结果，蔻儿修出言转移了话题。

"问题是敌人的援军……对方有可能还在集结兵力。"

"唔……这可难说。以广场的大小来看，应该已经没有空间继续增派不死者了……不过，其实只要安置在森林各处就好了。"

不死者不需饮食、休息，可以不需要开阔的野营场所。因此，很难从场地大小来推测出正确人数。

"看来，为了保险起见，还是要将守城战的计划列入考虑比较好呢。"

"那么，我们'朱瞳'就负责加固城墙，好撑过守城战。因此，我希望大家能够协助。"

其他族长都点头表示同意，看起来很失落的任倍尔也一样。

"总之，先开始进行守城的准备吧，还需要构建指挥系统。"

"首先，祭司的指挥权就交给蔻儿修小姐了，战争时的指挥权也一并负责吧。"

在一片同意声中，有一个人表示异议。

"所有族长应该组成一支特别行动队。"

全员的目光都聚集在发言的萨留斯身上。

"原来如此……弟弟，是这么回事啊。"

"是要组成一支精锐部、部队的意思吗？"

"没错。敌军数量众多，要是不处理掉他们的指挥官，我们可能会败下阵来。而且，若是冒出像之前出现在各村庄那种使者般的魔物，也不能以数量压制，必须以少数人组成的精锐部队歼灭。"

"但是，阵中没有指挥官的话不是会群龙无首？"

"只要从战士长中……选、选……挑选代理人……即可。"

"就算没有什么指挥官，只要全力攻击前方的敌人就好了啊……"

"让特别行动队从后方发号施令，发现敌方大本营或战况不利时再出动如何？"

"应该不错吧？那么，包含萨留斯在内，这里的六人组成一队就好了吗？"

"不，我们再多分一队，三人一组吧。"

分成两队，代表可以在两个地方战斗，同时也代表力量被分散，变得薄弱。

"一支是用来对付敌方指挥官的讨伐队，另一支是负责缠住应该会有的守备队。"

"那么，我们三位族长一队，萨留斯先生跟带来的族长一队，应该是最好的分法吧。队伍的任务应该只要随机应变就好了。"

"嗯，这样比较好。没问题吧，萨留斯？"

"嗯，了解了。蔻儿修和任倍尔有异议吗？"

"我没有什么意见。"

"我也是。虽然无法尽情大显身手有点可惜，但我听从胜利者的意见。"

"那么，离对方攻击还有四天吗？"

"是啊。"

"有什么必须事先准备的吗？"

"必须进行投石的准备和加固城墙。另外，也要和各部族交流，建立组织，让各部族能够高效运作。"

"关于这部分的工作分配，我们'小牙'族希望和以前一样，交由夏斯留负责。"

"我们也……觉得这样没问题……你们两位的意见呢！"

蔻儿修和任倍尔也点头表示同意。

"那就由我代为指挥了。接下来，来决定在这三天之内应该进行的各项工作细节吧。"

今天的工作大致告一段落后，萨留斯默默走在沸沸扬扬的喧嚣村落中。好几名蜥蜴人看见萨留斯胸前的印记和腰间的冻牙之痛后，便尊敬地向他打招呼。

虽然感觉有点烦，但为了提升士气，也不能不回应。因此他以充满自信的正经表情，雄赳赳气昂昂地响应。

带着如此态度的萨留斯，前往村落的外墙位置。那里正在紧急建造外墙，许多蜥蜴人都心无旁骛地努力工作着。

首先用植物在木桩和木桩之间打好墙底，接着在上面涂上水气较少的泥土，然后祭司们继续施加一些魔法后，墙壁就大功告成。上头有些龟裂，大概是因为水气完全蒸发造成的。之后，便换在另一面重复相同的步骤。

"哎呀，萨留斯，怎么了吗？"

"没事，只是在想你在做什么。"

萨留斯在湿地上踩着啪嗒啪嗒的声音，走到身穿植物魔物装扮进行指导的蔻儿修身旁，接着指向眼前不断重复的工作。

"那到底是什么？"

"那是泥墙。因为不知道会有什么样的敌人入侵，所以我想做得不至于让人轻易侵入……不过因为没什么时间，连一半都还没完成。"

"是喔……不过，以泥土打造是不是很容易被打破？"

"没问题。泥土很薄的话，的确很容易被打破，但只要加厚泥墙就不会那么轻易被毁。虽然是紧急打造，材料也收集得不够充分，下雨的话会稍微变脆弱，不过，也不会那么简单就被破坏的。"

仔细想想，不管是什么东西，只要变厚的话确实都很难破坏。

在如此认同的萨留斯面前，好几十名蜥蜴人拼了命地在工作，但进度却如同龟速。即使继续努力个三天，墙壁应该也不会变得太长吧，不过有总比没有好。

"目前，无法覆盖到的地方就变更围墙的建造方式，变成无法拉倒的结构。"

蔻儿修指的方向——

那里是把木桩拔起，并将拔起的木桩立在三角形的空地上，木桩之间松松垮垮地系着好几条以植物编织而成的绳子。萨留斯稍微回想了一下，"朱瞳"族的围墙也是长那个模样。

"那是什么？"

"在那三角形的空地上放些重物，让围墙即使遭到拉扯或推挤，也不会倒塌。至于那些绳子则是用来防止敌人穿越的。如果绳子拉得紧绷，很容易就被刀剑等武器砍断，所以才故意绑得松一点。"

蔻儿修兴奋地回答萨留斯的问题。

她在数日的旅程中，总是受到萨留斯谆谆教诲，因此对于自己反倒能够站在教导一方而感到喜不自胜。此外，其中还具有另一个不同的情感。

"原来如此……那样一来，确实无法轻易破坏。"

这句衷心佩服的称赞让蔻儿修不禁感到自豪。

萨留斯用力地点点头。

改造成要塞的计划正迅速进行中。虽然还远远比不上人类和矮人建造的防御设施，不过，就行走不便的湿地来说，目前应该没有更好的办法了。

"话说回来，萨留斯你有向战士们……"

正当蔻儿修说到此处，战士们的鼓噪声就随着风传到两人耳中。那声音热血沸腾，相当热烈。

"到底发生什么事了？这欢呼声有点耳熟……想起来了！是你战斗时的那种欢呼声。该不会是你哥哥和任倍尔正在对决？"

萨留斯点点头，发现露出脸来的蔻儿修眼神中有些担心。

"你哥哥身为最高指挥官，如果打输，事情不会变得很麻烦吗？"

"不知道，不过我哥哥也很强喔。尤其一旦有了使用祭司能力的空当，他就会变得更强，说不定连我都会输。"

能对自己施加几种强化魔法的夏斯留不是一般的强。而且，虽然他在模拟战时应该不会使用攻击魔法，但如果他开始使用，甚至连未持有冻牙之痛的萨留斯都不是对手。

毕竟过去萨留斯打倒冻牙之痛的前任主人的时候，对方之所以没有使出冻牙之痛那一天之内只能使用三次的特殊能力，就是因为他在之前就已经对夏斯留使用过三次必杀技的缘故。

"那就好……"

萨留斯在觉得应该让依然难掩担心的蔻儿修见识一下哥哥的战斗英姿时，想起至今都不曾提过的隐忧。

他不知道是否该说，但最后还是决定说出来。

在一切都已大致确定的状况下才说出当时故意不说的事实，实在太过卑鄙。不过他还是无法压抑，不想对心仪对象有所隐瞒，那种既单纯又强烈的心情。

"我很担心一件事情——"

听到萨留斯难掩不安的声音，蔻儿修不禁笑了出来。那是一种故意的取笑。蔻儿修露出很不像她作风的——不符合场合的表情，让萨留斯无法继续说下去。这时候取代萨留斯开口的人，当然是蔻儿修。

"是当时你没说出口的那件事吗？如果敌人是早就看穿这个举动，存心等待我们结盟的话，对吧？"

萨留斯沉默不语，因为被说中了。

也就是如果对方给予时间、特意告知攻击顺序、不妨碍萨留斯结盟，全都是企图将团结在一起的所有部族一口气消灭的话。

"现下有许多不安，像你这种深思熟虑的人更觉得如此吧，不过，无论如何，先和敌人打上一仗……其他事情之后再来思考吧。"

"即使我们获胜，对方也不见得会放弃吧。不对，老实说，对方会放弃的可能性实在很低。"

"或许如此，不过你那晚说的话也没错，而且你看——"

蔻儿修举起了手，她所指的地方什么都没有。不过，萨留斯明白她指的应该是整个村落。

"看看那所有蜥蜴人部族都朝同个目标努力奋斗的模样。"

的确，各部族的蜥蜴人都朝着同一目标前进。

萨留斯脑中浮现昨晚庆祝五大部族结盟所举行的盛大宴会，部族之间相处融洽，没有隔阂。如果说遭到消灭的两部族幸存者毫无芥蒂，确实是骗人的。不过，他们展现出为了这次事件，甚至能吞下那股怨恨的意志。

实在讽刺。

萨留斯如此嘀咕着。他一直以为互相隔离的世界会永远持续下去，但没想到大家居然会因为出现外敌而团结一致。

"我们应该守护的是未来的可能性喔，萨留斯。这次所有部族的结盟，应该会促使我们发展。"

利用泥土打造围墙，这是萨留斯也不曾见过的技术。不过，现在其他部族都知道这个技术了，那么，将来所有蜥蜴人部族应该都会建造这样的围墙吧。若是有如此牢固的围墙，应该就不会遭到魔物闯入。如此一来，幼童这类弱者遭到袭击的概率就会大幅下降，蜥蜴人的数量也会增加。

随着人数增加产生的粮食需求，只要用萨留斯的鱼塘养殖技术来弥补就好。

或许在不久的将来，这片沼地上会出现整合为一的蜥蜴人大部族。

"让我们赢得胜利吧，萨留斯。我们不可能知道未来的事情，说不定我们赢下这一战之后，事情会就此结束。如此一来，我们便能开始发展，不需要为了粮食问题而同族相残的美好世界或许就会因此到来。"

蔻儿修面带微笑。萨留斯则压抑住涌现的情绪，如果任由情绪爆发，或许会一发不可收拾。不过，有一句话还是不得不说——

"你果然是一个出色的母蜥蜴人——这场战争结束后，请告诉我第一次见面时那个问题的答案。"

蔻儿修的笑容变得更加灿烂。

"好的，萨留斯。结束后，我会告诉你答案——"

●

心情愉悦的迪米乌哥斯一面哼着歌，一面工作。

他拿起磨好的骨头，考虑要摆在哪里才最好看。不久，他可能是已经决定了，削了一下骨头前端后，将骨头嵌入制作中的道具内。

削好的骨头仿佛一开始就能组合在一起般，完美地咬合住。

不使用钉子建造房子的技术称为"木头榫接"，那么如果硬是要帮迪米乌哥斯的行为取名，应该可以称为"骨头榫接"吧。

"感觉不错呢。"

迪米乌哥斯笑容满面地抚摸着骨头。如果照这样进行下去，有预感可以完成一件杰出的作品。

"不过……还少了身高一百二十厘米左右的男性大腿骨呢。"

即使没有也可以完成，但若是没有，完成后感觉会没有那么好看。

平常的话，他或许会睁只眼闭只眼，但这个礼物是要送给自己所效忠的敬爱主人，当然要做到尽善尽美。

"如果能找到合适的骨头就好了。"

心情极佳的迪米乌哥斯开始动作。

其实，迪米乌哥斯非常喜欢制作这类物品。并非喜欢用骨头制作东西，而是喜欢类似工匠的工作。他对此的兴趣范围相当广泛，遍及工艺品、家具，技术已经超越假日工匠那种玩家等级了。

实际上，他目前正在制作的作品，只要不去看原始材料，任何人都会对那巧夺天工的技术叹为观止。

放在这个帐篷内的其他道具，像是注入岩浆做成的主人铜像、各式各样的椅子和万力夹等，也都是迪米乌哥斯的作品。这些作品虽然只着重实用性，没有加入任何装饰，却都是相当出色的成品。

正当迪米乌哥斯拿起放在帐篷角落的材料，认真斟酌时，他感觉到入口附近好像有什么风吹草动。

迪米乌哥斯将拿在手中的骨头轻轻放回，握住向主人借用，而且可能已经无法再次获得的道具，凝神留意外面的动静。按照一般情况来说，外面的人应该是自己的仆人或同伴。没有人可以在不被迪米乌哥斯察觉的状况下，突破三重防御。不过，必须小心提防控制过夏提雅的那个敌人也是事实。

数秒后，有一个人拉开了帐篷，他身穿纯白色服装，戴着一副模仿鸟嘴的黑色长鼻子面具。

是普钦内拉。

他是一名小丑，和迪米乌哥斯一样，都是由无上至尊创造出来的。在这次工作中，他被分配到迪米乌哥斯身边辅助。

确认他没有受到精神控制后，迪米乌哥斯散去眼神中的紧张，同时也放松了握紧道具的手。

"迪米乌哥斯大人，皮已经剥好了。"

这句话让迪米乌哥斯感到有些遗憾。

这个工作原本是迪米乌哥斯亲自动手享受，不过为了提防神秘的强敌，大多时候他都无法离开这里，才会交由普钦内拉处理。

迪米乌哥斯没有将情绪表现出来，对普钦内拉下达新的命令。

"辛苦了。那么，立刻着手进行下个工程。把那样的东西直接交给安兹大人的话，太过失礼了。"

迪米乌哥斯向优雅行礼的普钦内拉问道：

"那么，死了几只？"

"都没死，多亏了酷刑师，他们只是失去意识而已，应该很快就能继续剥皮。虽然有少部分不愿接受治疗魔法……但这也在预测范围内，所以不成问题。"

"实在是可圈可点。"

收集材料也花费了不少工夫，必须多剥几次才划算。虽然如此，他却一点也不想采用无痛或麻醉方式来剥皮。

"我想要让所有人都能得到幸福。"

这句突如其来的话，让迪米乌哥斯想起普钦内拉的性格。

普钦内拉以温和与慈悲闻名纳萨力克。他被创造出来的目的是为了让众人获得幸福，所以他个人的行动方针也是以此为准。

"身为纳萨力克地下大坟墓的人，能够服侍安兹大人真是幸福。"

迪米乌哥斯也点头同意。

"原来如此。那么普钦内拉我问你，你的意思是，其他人服侍纳萨力克的话也会觉得幸福啰？"

"怎么可能，我不是这个意思。能够服侍安兹大人确实是一件幸福的事，会令人喜极而泣，但如果是遭到强迫，那就绝对不能算是幸福。"

"哦哦，那么，到底该怎么做才好呢？"

"很简单。只要随便挑选一个人，将那人的手臂砍断即可。这么一来，其他人就会拿那个人和自己相比，知道自己比较幸福。这真是太美妙了。而要让失去手臂的人幸福，只要再砍掉别人的脚就好了。哦，我要让许多人获得幸福！"

迪米乌哥斯很满意地向仰天大笑的小丑点头回应：

"原来如此，说得真对。"

2

只是一味等待的时间会觉得很长，不过，进行某种有期限的准备时，就会觉得时间过得相当快。

约定的时间已经来临。

这天，炙热的太阳像乌龟般慢吞吞地爬上天际，一眼望去是万里无云的蔚蓝天空。风没有传来半点声音，整个世界笼罩在几乎掉下一根针都能听见的宁静中。

四周弥漫着剑拔弩张的紧张气氛。

有人咽下口水，有人呼吸急促。

不知道是聚集在一起的蜥蜴人开始保持安静之后多久的时候。

天上好像开了一个洞，突然冒出一朵乌云，像之前出现时那样迅速扩散，一直扩大到遮蔽蓝天的范围。

不久，乌云遮蔽了整个天空，就在四周失去阳光，呈现一片灰暗时——

蜥蜴人们看到无数不死者缓缓从森林和湿地的边界中冒出。因为被树木挡住，所以不知道数量有多少，仿佛无休无止一般不断从后面涌现。

进攻方有两千两百只僵尸、两千两百只骷髅、三百只野兽僵尸、一百五十只骷髅弓兵、一百只骷髅骑兵，总计四千九百五十名士兵，外加指挥官与守护兵。

至于防守方则是五族同盟的蜥蜴人军团。

"绿爪"族有一百零三名战士、五名祭司、七名狩猎班、一百二十四名公蜥蜴人、一百〇五名母蜥蜴人。

"小牙"族有六十五名战士、一名祭司、十六名狩猎班、一百一十一名公蜥蜴人、九十四名母蜥蜴人。

"利尾"族有八十九名重装甲战士、三名祭司、六名狩猎班、九十九名公蜥蜴人、八十一名母蜥蜴人。

"龙牙"族有一百二十五名战士、二名祭司、十名狩猎班、九十八名公蜥蜴人、三十二名母蜥蜴人。

"朱瞳"族有四十七名战士、十五名祭司、六名狩猎班、五十九名公蜥蜴人、七十七名母蜥蜴人。

共有四百二十九名战士、二十六名祭司、四十五名狩猎班、四百九十一名公蜥蜴人、三百八十九名母蜥蜴人。总计一千三百八十名士兵，外加各部族族长及萨留斯。

一场战力差超过三倍的战争正式揭开序幕。

这里是一间木造房间。

毫无装饰，露出木头构造，像小木屋一样的朴素设计。只不过，这个房间从地板到天花板的高度有五米，长宽也都超过二十米。

几乎没有摆放什么家具用品，只有挂在墙壁上的一面巨大镜子和一张厚重、坚固的巨大桌子，以及围绕在桌子旁的椅子而已。

椅子上坐了几个人，他们面前的桌上放着许多卷成圆筒的羊皮纸——含有魔法的卷轴。

"接着，这是最后一张，是传送系卷轴。"

随着这道说像是稚嫩少女也不为过的高亢声音出现，一张卷轴又被放到桌上。

拿出卷轴的是一位身穿女仆装的人类女性。

这位少女长相可爱，留着两边绑着两颗圆球状发髻的发型。不过，身上却散发出独特的氛围，其中最为独特的是她的眼睛。

眼睛虽然浑圆，却像是装上劣质玻璃弹珠般没有光芒，不仅如此，还一次也不曾眨过。

她纤细的身体包覆着魔法改造的女仆装，相当于衣领的部分立起，将脖子完全挡住。除了脸以外，她没有露出任何肌肤。

她正是战斗女仆的其中一人——艾多玛·巴西莉莎·泽塔。

"然后啊，还有'讯息'卷轴，不过有很多，可以请人先将桌子收拾一下吗？"

艾多玛对坐在桌子四周座位中最上位的人物请求后，那人缓缓点了点头。

"就先收拾吧。"

"好的，那么，你们就收拾一下吧，动作要快喔。"

听到科塞特斯的同意还有艾多玛的指示后，围着桌子的人们就一齐动手收拾。

每一个都是异形种族，有类似螳螂的异形、类似蚂蚁的异形，甚至还有类似巨大脑浆的异形。

每一个的外表都大不相同，但有两个共同点，那就是每个异形都是科塞特斯的仆人，还有大家都替纳萨力克这个组织工作。

正因为如此，就算对方是比自己弱的艾多玛，大家也会听从其命令。

在纳萨力克地下大坟墓的权力结构中，最重要的并非实力，而是是否由无上至尊亲手创造。就这点来说，艾多玛算是高阶的掌权者。

确认桌上已经大致收拾完毕后——

"那么，科塞特斯大人，请收下这些。"

嘴巴没有动的艾多玛如此说道后，拿起放在脚边的包，从里面取出好几张卷成圆筒的羊皮纸。

"这些是'讯息'卷轴。听安兹大人说，这些卷轴是使用迪米乌哥斯大人辛苦获得的皮制成的。安兹大人说，如果使用时出现问题，希望能够回报。"

"是吗……了解了。我会调查一下是否有问题。"

科塞特斯举起四只手的其中一只，从转交过来的卷轴中拿起几幅。

"这么一来，又被迪米乌哥斯拉开差距了呢。"

科塞特斯对周围的仆人如此苦笑道。仆人们听到后，也跟着露出微笑。

科塞特斯拿着羊皮纸，陷入沉思。

科塞特斯也听说过，纳萨力克含有低阶魔法的羊皮纸的库存数正不断减少。

找到能够获得制作各种道具所需材料的地方，是今后需要解决的重要问题。以现状来说的确还算充裕，但如果只是不断消耗，总有耗尽的一天。因此，包括他们的主人在内，许多人都展开了行动。

有所耳闻的第六层苹果树，也是其中一环。

不过，对负责守护纳萨力克的科塞特斯来说，这是一个他也无能为力的问题。这是当然的，既然负责守护工作，当然不可能到外面寻找。

到外面设置踏脚石的迪米乌哥斯，到最后一定会解决问题。

这可以说是非常理所当然的结果。

自己的同伴成功完成任务。

这是值得欣慰的事，事实上，科塞特斯也感到高兴。不过，他还是无法完全压抑住内心的嫉妒之火。自己的同僚能够帮助无上至尊——必须崇拜的主人，实在令他羡慕不已。

自己的工作是保卫纳萨力克。

这个重责大任，恐怕比其他守护者收到的任何命令还要重要。不管问哪个仆人，也都会回答这是一项重要任务吧。毕竟不能让低贱之辈踏入无上至尊们的栖身场所。

不过，没有入侵者的话，也无法证明科塞特斯的忠实勤奋。

所以，科塞特斯才会想要获得成果。

对守护者来说，帮助自己的主人会带来强烈的喜悦。科塞特斯也想品尝那样的喜悦。

如今，这个机会就在眼前。

科塞特斯转头看着镜子里的景象，握紧卷轴。

镜子里浮现的并非室内景象，而是某片湿地的光景。没错，映照在这个远程透视镜中的风景，正是科塞特斯窝在这间亚乌菈建造的小木屋长达两天的理由。

这次的战争——不对，以绝对强者纳萨力克地下大坟墓的势力来说，这是一场屠杀，只不过是一种回收尸体的手段。授予这个可以说是收获祭的任务时，科塞特斯的主人还对他下了几道命令。

第一是严禁科塞特斯露面。当然，他的仆人也一样要遵守。只能以分配到的兵力自行解决问题。

第二是被分配到旗下充当指挥官的死者大魔法师，必须保留到最后才用。

第三是一切行动都尽可能自行判断。

虽然除此之外，还有几点细节，但比较大的命令就是这些。

目前必须只以派遣到湖泊一带的兵力取胜，不过，只要成功获胜，就能向伟大主人展现忠心。

"辛苦了，请代为向安兹大人表达感谢之意。"

艾多玛无精打采地轻轻点头。

"那么……你要回去了吗？"

"不，我收到了指示，要在这里见证这场战争的结果。"

原来是被派来督军的啊。

科塞特斯如此判断，对于自己被赋予重责大任感到热血沸腾。

那么，差不多该开始行动了。

科塞特斯发动"讯息"，对不死者军团的指挥官下令。

进军。

增高一阶的踏台两边各自立着一堆篝火，四周被其晃动的光芒照耀着。

踏台上站着几名蜥蜴人，有各部族的族长、头目等重要人物。

踏台前面的广场上聚集了众多准备应战的蜥蜴人，这些蜥蜴人的鼓噪声仿佛浪花般此起彼落。不安、焦虑与害怕——他们努力掩饰这些情绪，依然无法压抑住心中的动摇，所以出现这样的鼓噪。

接下来要开始的是一场战争。身旁的好友或许会在下个瞬间变成尸体，倒地阵亡的人或许就是自己。稍后即将所赴之处就是这种残酷的战场。

夏斯留·夏夏从族长群中站了出来，喝停大家的鼓噪。

"诸位蜥蜴人，听好了！"

一道威风凛凛的声音响起，广场立刻鸦雀无声，使夏斯留的声音显得格外响亮。

"我承认，敌人的数量很多。"

没有出现任何声响，不过，大家都可以明显看出广场出现一股名为动摇的气氛。

夏斯留隔了一会儿后，再次拉开嗓门。

"但是，不需要害怕！我们五大部族已经史无前例地缔结同盟。经过这次的结盟，我们在此时此刻成为一个部族。所以，五大部族的祖灵将会保护我们——甚至连不同部族的祖灵也会保护我们。"

"各位祭司长！"

听到这声呼唤，位于后方的蔻儿修便带领各部族的五位祭司长向前一步，然后脱掉身上的衣服，露出白色鳞片。

"这位是带领祭司长的蔻儿修·露露！"

听到夏斯留这句介绍的蔻儿修继续向前一步。

"让祖灵下凡吧！"

"听好了，我们这个大部族的孩子们！"

这个新生的部族是怎样的一个部族？

蔻儿修带着坚毅的态度，滔滔不绝地诉说着。声音时而高亢，时而低沉，时而像嘶吼，时而像歌唱。

一开始，除了"朱瞳"部族的人，几乎所有人都讨厌白化的蔻儿修。不过，看到她充满自信的凛然风采后，厌恶之色渐渐消失。

蔻儿修的身体随着演说轻轻摆动。白色鳞片在篝火的照射下闪耀着无数光芒——那反射的光芒看起来甚至像是祖灵降临到蔻儿修身上。

大家脸上都不禁浮现崇拜的神色。

"这次，我们五大部族合而为一，这代表五大部族的祖灵将会保护我们所有人！见证吧！诸位蜥蜴人！见证无数的——全部族的组灵在此降临各位身边！"

蔻儿修充满气势地张开双手，指向天空。众人的视线都随之移动，不过，眼前当然只是平淡无奇的阴郁天空，并没有什么神灵下凡的迹象。但是，有人低声说了一句话。

——有一道小小的光芒。

一开始微弱的声音慢慢变大，在场的几名蜥蜴人开始说：

"看到了。"有人说那是小小的光芒，有人大叫说那是蜥蜴人，有人低喃着那是巨大的鱼，有人惊叫说那是小孩，还有人难以置信地说那是一颗蛋。

蜥蜴人们心中只有一个想法——这真的是祖灵下凡。

"祖灵来守护我们了！"

会出现这样的叫声，应该也是理所当然的结果吧。

"感受吧！感受那些力量流入你们的身体！"

蔻儿修的声音进入大家心中，那声音听来像是很远，也像是很近。

许多蜥蜴人仿佛受到这个声音的引导，感觉到某种力量涌入自己的身体。

"感受吧！感受五大部族的祖灵恩赐你们的力量！"

聚集在现场的所有蜥蜴人，确实都感受到了。

感受到那股剧烈涌现的力量。这种热血沸腾的感觉让刚才的不安消失得无影无踪，身体像是喝过酒般，从体内开始发热。

这就是有无数祖灵降临的最好证明。

蔻儿修将视线从眼前众人的陶醉表情中移开，向夏斯留点点头。

"听我说，蜥蜴人们，祖灵已经附在我们身上了。我们的人数确实不及敌人，但是我们会输吗？"

"不会！"

依然面露陶醉的蜥蜴人们异口同声地附和夏斯留这句话，

空气因而剧烈震动。

"没错！被祖灵附身的我们绝不会输！打倒敌人，将胜利献给祖灵吧！"

"哦哦！"

众人的斗志无比高昂。现场已没有任何感到不安的蜥蜴人，只有迎向眼前战役、化作战士的蜥蜴人。

他们并非受到魔法迷惑。即使集结了这么多的森林祭司，也不可能有那种余裕在开战前对在场的所有人施加魔法。

这是在仪式之前，款待所有蜥蜴人喝了某种特殊饮料的结果。

那是可以令人产生勇气的蜥蜴人祖传饮料，是使用一种可以让人短时间产生醉意、幸福感、幻觉等效果的特殊药草煎煮而成。

借此带来一种类似冥想的效果。

蔻儿修的一席话是为了争取时间，等待这个效果出现。

一揭穿真相，就会发现根本没什么大不了。不过，对于目睹这个效果——见证祖灵下凡的蜥蜴人来说，这正是一种激发勇气的仪式。

"那么，现在就将涂料传下去。本来应该是每个部族一种颜色，不过，现在是五大部族的祖灵附身在大家身上，所以使用全部的颜色来装点身体吧！"

几名祭司拿着陶壶，游走于齐聚一堂的蜥蜴人之间。

从陶壶中拿取涂料的蜥蜴人们，开始在身上画出属于自己的图腾。他们认为这是附身的祖灵擅自画的图腾，所以大家也都任凭手指自由游走，在自己的身体上画起图腾。

也因为这次是五族祖灵下凡的缘故，有很多人几乎把涂料涂满全身，不过，"绿爪"族的蜥蜴人却几乎都没有画上图腾。这是因为萨留斯和夏斯留等部族中的少数精英分子没有画的缘故。要说的话，就是一种模仿偶像的粉丝行为吧。

大致环顾一圈，确认大家都画完了之后，夏斯留拔出自己的巨剑，指向大门。

"出征！"

"哦哦——"

轰然咆哮响彻四周。

3

纳萨力克地下大坟墓军大致分成两队，部署在沼地。

僵尸部署在蜥蜴人面向的左侧，骷髅部署在右侧，至于骷髅弓兵和骷髅骑兵则部署在骷髅后面。

野兽僵尸可能是代表了主力部队，部署在后方。

另一边的蜥蜴人军团虽然兵力薄弱，也一样分成两支部队。僵尸这边部署母蜥蜴人和狩猎班，骷髅这边部署战士、公蜥蜴人，祭司群则位于有围墙保护的村落内。

蜥蜴人会来到村外，当然是因为他们知道，即使采用守城战也没有任何好处。蜥蜴人处于没有任何援军的状况，围墙也根本无法用坚固来形容。反观敌方的不死者军团，不但不需要粮食，也不需要睡眠。

情况就是如此不利。因此，守城战可说是下下之策吧。

不过，在外列队后，就深深感受到了敌我的悬殊兵力。

一人对三只以上，十人要对三十只，比例一模一样。不过，一千人对三千只的话，感觉差异就相当悬殊了。三千只不死者光是列起队来，产生的压迫感就非同小可。

即使在这种状况下，蜥蜴人们也面无惧色。对祖灵附身的他们来说，数量差并不是问题。

不久，不死者军团开始缓缓进军。最先行动的是僵尸和骷髅，骷髅弓兵和骷髅骑兵则不动声色地伫立在沼地上，可能是想要保留实力。

蜥蜴人军团也随之进军。

"哦哦哦哦哦哦哦哦！"

整个湿地响起震耳欲聋的呐喊声，同时也发出无数的水声。水花溅起，泥土飞扬。

两军不断前进，即将激烈交锋。这时候，纳萨力克军团却出现异状。

僵尸和骷髅虽然同时开始进军，前进的情况却慢慢出现差异。这是因为僵尸的动作迟缓，骷髅的动作敏捷。而且，最重要的是位于湿地这种泥泞难行的地方。

僵尸这种迟钝的魔物受到泥地的阻碍后，动作变得更缓慢，但骷髅这种体态轻盈的魔物，动作就不会受到那么大的影响。

因此，最先激烈交锋的是骷髅和战士级蜥蜴人。

蜥蜴人们根本没有阵型，只是一味地横冲直撞，见人就砍，毫无章法可言。

一马当先的是各部族的五名战士长。身为指挥官的人冲上前线，就某些情况来说，是相当愚蠢的做法，不过，他们是蜥蜴人战士中位阶最高的人物，如果他们没有在前面冲锋陷阵的话，所有蜥蜴人的士气也会低落。因此，现在每个蜥蜴人的士气都相当高昂。

后面跟着突击的是八十九名"利尾"族的重装甲战士。他们身穿皮铠，手持皮盾，是所有部族中防御力最高的一群。

他们举起盾牌，像一座城墙般冲向骷髅军团。

激烈交锋——骷髅的前锋部队和蜥蜴人的前锋部队互相冲撞。

瞬间——无数的骨头四处飞散，蜥蜴人部队撞进骷髅军团的阵型内。

杀声震天，骨头碎裂的声音不断响起。有时候会听到痛苦的呻吟，但骨头碎裂的声音还是远远大于呻吟声。

蜥蜴人在第一战取得绝对优势，占得上风。

如果迎接这一战的人并非蜥蜴人而是人类军队，结果应该会相反吧。

骷髅因为身体由骨头组成，突刺武器的攻击几乎完全无效，对斩击武器的攻击也具有一定抗性。因此，以刀剑为主要武器的人类军团，很难给予骷髅有效的伤害。

蜥蜴人能够取得绝对优势，归功于他们的主要武器是类似钉头锤的粗犷石制武器，因为骷髅的克星正是打击系武器。

每当蜥蜴人挥下手中的武器，骷髅的骨头身体就轻轻松松地被击溃。即使挡得了一击，也会在第二击遭到完全粉碎。相反地，骷髅每次用手持的生锈长剑击中蜥蜴人坚硬的鳞片皮肤，都会被弹开。虽然偶尔会有人受伤，却无人身负足以致命的重伤。

这就是最初的突击。

光是这样就有将近五百只骷髅粉碎于湿地——

呈现在镜中的光景令科塞特斯瞠目结舌。

虽然只是第一次的正面交锋，但蜥蜴人的战斗力却超乎想象。科塞特斯是优秀的战士，某种程度上可以看穿对手的实力。的确，骷髅和蜥蜴人的个人实力差距相当明显，骷髅没有胜算。不过，照理说他们的兵力差距应该能弥补这项劣势。

即使如此，还是出现这种结果，到底是怎么回事？这甚至令人怀疑蜥蜴人有受到某种力量强化。

能够和目前的蜥蜴人战斗并取得优势的，恐怕只剩骷髅弓兵和骷髅骑兵了吧。

在他观战期间，骷髅也不断地遭到粉碎。骷髅和僵尸的功用恐怕只剩下耗费对方体力而已。

这么一来，我方的有效兵力就只剩下三百只野兽僵尸、一百五十只骷髅弓兵、五百五十只骷髅骑兵，数量上反而遭到逆转。

科塞特斯在心中计算。

不死者很强，尤其在持久战中，应该很少有人比不死者还强。不死者没有任何感觉，不会害怕也不会疼痛，而且还不知道疲劳为何物，也不需要睡眠。

这些特色能够在战争中带来多少好处，甚至不需要多做解释。

假设用石质的钉头锤往头部全力一击，一般生物的话，搞不好会立即毙命，就算侥幸不死，也会大量出血并感到剧痛。遭到攻击的人不用说，一定会立刻丧失战意。当然，有些经过忍痛训练的战士不在此列。但一般来说，应该都会失去战意。

这对生物来说是理所当然的事。

但不死者又如何呢？

头被打破？那么，他应该会溅着脑浆攻击吧。

手被打断？那么，他应该会用骨折的手攻击吧。

脚被砍断？那么，他应该会爬着攻击吧。

没错，只要负向生命力没有消失殆尽，不死者就会一直攻击下去。只要未满足立即毙命的条件——像低阶不死者常见的条件就是断头——就不会像人类那样丧失战斗意志。也就是说，不死者也是一种最佳的士兵。

以个人实力来说，目前是蜥蜴人比较强，这点不容否认，不过，这种情况不见得会一直持续下去。

科塞特斯将蜥蜴人的评价提升一级，判断对方不是能够瞬间消灭的敌人。那么，现在必须做的事，就是让战斗演变成持久战。

"要先暂时撤退，再伺机而动吗？"

"属下认为这是明智之举。"

"属下认为还是应该出动弓兵和骑兵。"

"不对不对，还是应该继续攻击，等待敌人精疲力竭才对。"

"让对方精疲力竭又能怎么样？如果无法摧毁敌人的大本营，最后敌人还是能够回复体力吧？"

"的确。敌人似乎有强化防御，但靠的只是一座脆弱的围墙。攻陷那座村落，再围剿他们如何？"

听完几名仆人的响应后，科塞特斯拿起"讯息"卷轴，斜眼瞄了艾多玛一眼，观察她的表情。

艾多玛兴趣索然地面对镜子方向。她把不知道从哪里拿出的绿色饼干往下巴附近送，下个瞬间，立刻响起啪哩啪哩的清脆声响。这个动作仿佛在表达事不关己的态度。可能是因为这样，脸上才没有任何表情。

不对，那张没有表情的脸只不过是装饰品。

科塞特斯想起她的真正身份，察觉观察她表情的自己有多愚笨。

她是吞食眷属者，就连科塞特斯的朋友，也是纳萨力克的五大恶人之一的恐怖公，都曾斩钉截铁地说过"她是最可怕的人"。这就是她的真正身份。

　　科塞特斯放弃根据她脸上的表情看出其心意的打算后，使用卷轴，向军团指挥官传达"讯息"。

　　"他们是在小看我们吗？"

　　任倍尔不禁如此嘀咕着。虽然这句嘀咕声的音量不大，但已足以让所有在泥墙上窥视敌情的人听到。

　　"弓兵和骑兵竟然一动也不动，我觉得他们根本就是轻视我们。"

　　"是啊，原以为对方会一口气前来攻陷我们呢……"

　　"与僵尸的对战，进展顺利。"

　　与僵尸对战的是只有四十五名成员的狩猎班。他们不断使用先投石再后退的战法，慢慢诱导对方和骷髅拉开距离。母蜥蜴人则缓缓移动到贴近骷髅侧面的位置。

　　"不觉得他们的行动很诡异吗？"

　　"的确。"

　　与其说是被诱导，还不如说僵尸们的注意力完全被狩猎班吸引过去。会有认同那种行动的指挥官吗？不对，不可能会有那种指挥官，但事实上僵尸就是那样行动的。那么，敌人是有什么目的吗？在场的所有人都想不透。

　　"我不太能理解他们的行动。"

"嗯，同意夏斯留的说法。"

不管再怎么想，都不觉得僵尸的行动有什么意义。

观察了一会儿的萨留斯，将自己的想法告诉大家。

"会不会没有指挥官？"

"没有指挥官……啊，你的意思是说，不死者搞不好只是照着一开始的指令行动而已？"

"嗯，没错。"

在不死者中，像僵尸和骷髅这种最低阶的不死者没有任何智能，因此，适时下达命令是最有效率的指挥方式。不过，这次的僵尸等敌人，感觉就像是只收到杀死附近的蜥蜴人这个命令。他们说的就是这个意思。

"也就是说，敌人以为只要人数够多就能赢我们吗……不对，难道这次的战争，只是要实验在没有指挥官的情况下能够战斗到何种程度？"

"或许是这样。"

"混账东西！开什么玩笑！"

怒骂的人并非任倍尔，而是夏斯留。即使是夏斯留，也有无法忍受的事情吧，毕竟蜥蜴人是赌上了性命在奋战。

"夏斯留，你冷静点，还不见得就是那样。"

"嗯，抱歉……进展顺利算是好事呢。"

"哥哥，你说得没错，因为我们一定要趁现在尽可能减少敌人的数量才行。"

战斗产生的疲劳非同小可，要是进入混战，精神的耗损速度更是快得令人无法想象。在不知道敌人会从哪个方向攻过来的战场上，光是挥舞武器几次，就会比普通情况下加倍疲惫。

不死者却不会感到疲劳，他们会毫不停歇地一直进攻。

生物与死者间的这个差异，会随着时间的流逝变得更加明显。

时间等于是蜥蜴人的敌人。

"啧，如果我也能上阵就好了。"

"忍耐，任倍尔。"

的确，如果有任倍尔这位高手加入，或许可以立刻摆平骷髅军。不过，这也代表掀开自己的底牌。萨留斯等六人必须当作最后的王牌。虽然在迫不得已的时候要以王牌应战，但若非紧要关头，在最大敌人现身前，绝对不能掀开底牌。

"不过，对方不进军，不就正中了我们的下怀吗？"萨留斯如此告诉大家，得到大家的认同，同时向身旁的蔻儿修问，"你那边还顺利吗？"

"嗯，仪式也进行得很顺利。"

看着村落内的蔻儿修回答萨留斯的问题。目前祭司群在村落内进行的仪式，有可能成为蜥蜴人的另一张王牌。原本应该很花时间，但因为所有部族的祭司全都聚集在一起，所以仪式进展迅速，来得及运用在这次的战斗中。

"原来同心协力是这么惊人的事情。"

"嗯……是啊。虽然在过去的那场战役后，也交换了一些情报……不过，现在也多了很多想在战后做的事呢。"

其他部族的族长也大力点头同意夏斯留的说法。他们因为这场战斗才彼此交换知识，并亲眼见识到全体共同发展的重要性。过去虽也结盟，但没有交换知识的三位族长交流得特别激烈。

萨留斯望着这样的五人，露出微笑。

"有什么好笑的事吗？"

"没什么，虽然身处这种时刻，我却觉得很高兴。"

蔻儿修瞬间明白萨留斯的想法。

"我也一样呢，萨留斯。"

看着巧笑倩兮的蔻儿修，萨留斯像是感到刺眼般眯起眼睛。两人的眼神中都充满仰慕与慈爱。

两人的身体没有贴在一起。这是理所当然的事。毕竟，即使是现在，也有蜥蜴人不断死去，他们不可能明知如此还顺着自己的想法行动。不过，萨留斯和蔻儿修的尾巴却仿佛独立的生物般动来动去，时而触碰对方，时而分离。

"姆呜……"

"做哥哥的，你知道这是什么情况吗？"

"我们完全成了局外人呢。"

"好恩爱喔。"

"结论是……年轻真好，充满未来。"

看着眼前的可爱后辈，四位前辈蜥蜴人频频点头。

萨留斯和蔻儿修当然不可能没听见。两人的尾巴虽然不断摆动，但脸上却是一本正经的表情。

"哥哥，敌人出动了喔。"

夏斯留等人对于萨留斯转变得如此快速的态度，不禁露出苦笑，同时将目光移向敌方阵地。骷髅骑兵开始大幅度地迂回前进。

"喂喂喂，他们该不会想来我们这里吧？"

"骑兵吗？他们打算借由攻击我们来动摇我方军心吗？"

"不对不对，应该是想要绕到战士和公蜥蜴人背后，来个围剿吧？"

不妙。

大家一语不发地得出相同结论。骷髅骑兵的机动性相当棘手。

骷髅骑兵如果一开战就出动，就可以最先将之歼灭了。不过，目前战士和公蜥蜴人陷入混战状态，狩猎班正在诱导僵尸，母蜥蜴人正开始从骷髅军的侧翼投掷石块，现下没有多余的兵力可以阻挡骷髅骑兵。

"看来还是要由我们采取行动比较好。"

听到"小牙"族族长的意见，夏斯留也点头同意。

"问题是要谁出动……我们也让敌人见识一下我们的第一步吧。"

骷髅骑兵。

那是骑着骷髅、装备骑兵枪的骷髅。除了机动性强之外没有特别的能力，但在这片湿地上的机动力却是出类拔萃的。因为他们的身体由骨头组成，不太会陷入泥地，能够以媲美马匹的速度前行。

为数总共一百只的骷髅骑兵迂回前进，打算绕到蜥蜴人的后方，目的是从背后歼灭蜥蜴人兵团。

虽然看到前进方向左边——也就是村落方向，有三名蜥蜴人朝着他们过来，但骷髅骑兵视若无睹。因为没有收到命令，所以只要不受攻击便不予理会。没有智慧的不死者就是这样的魔物。

他们已经快要到达蜥蜴人兵团后方了，这个时候，带头奔驰的骷髅骑兵视野突然一阵天旋地转。飞出去的骷髅骑兵飞得很高，然后重重摔落湿地。

如果是人类，一定会感到困惑，无法立刻采取行动吧，但没有智慧的不死者骷髅骑兵为了达成命令，立刻又动了起来。

虽然迅速站起，但还是受了伤，脚步有点踉跄。

这时候刚好又被另一只摔落的骷髅骑兵撞到，四分五裂的两只骷髅兵骨头散落在湿地上。

这样的光景接二连三地出现在各处。

为什么在这样开阔的湿地上会发生这种情况？答案非常简单——是陷阱。

湿地中埋着开口的木箱，就是因为骷髅马的脚踩进去，才会顺势摔倒。

骷髅骑兵一只接一只不断摔倒，如果是人类，应该会减慢行进速度吧，但骷髅骑兵不会那么做。他们的判断力虽足以躲开一开始就存在的大洞，却没有提防隐藏陷阱的能力，因为他们没有收到这样的命令，而且没有随机应变的智慧。

保持原速冲进陷阱的情景，看起来就像是集体自杀。

不过，虽然陷阱的效果绝佳，但终究只能用来拖延时间。可以造成一些损伤，却无法消灭骷髅骑兵。在各处摔倒的骷髅骑兵全身沾满污泥地站了起来。

这时候，咻的一声，一道划破空气的声音响起，一只倒地骷髅骑兵的头就这样飞了出去。

认为这是敌对行为的骷髅骑兵，开始左顾右盼起来。

这时候，又有一只骷髅骑兵的头像玻璃碎裂般整个弹飞出去。

骷髅骑兵在距离他们八十米左右的地方发现三名蜥蜴人。也看到他们以手上的弹弓发射石头，将骷髅骑兵的头打碎——

骷髅骑兵开始展开行动。

同一时间，与骷髅军之间的战局也开始转变。

在无数的拉弓声之后，飞来的弓箭短暂响起如雨声般的声音。

为数一百五十只的骷髅弓兵，朝向蜥蜴人和骷髅军一起射出弓箭。不是只射出一箭，而是两箭、三箭……

蜥蜴人也没有料想到会有这波攻击。

好几名蜥蜴人被弓箭命中倒地，他们没办法一边与骷髅战斗，还能同时挡住弓箭的攻击。

当然，骷髅兵也会被弓箭命中，但不会受伤。

先派出不怕突刺攻击的骷髅挡在前面，再由后方的骷髅弓兵发射弓箭，这个战术可说相当完美。如果以打倒两千两百只骷髅所需的时间来说，光是利用这个战术，应该就能将蜥蜴人完全消灭了。

问题是这个战术实施得太晚，如果一开始便实施这个攻击，应该能够让蜥蜴人面对致命的结果。他们一定早就会被悬殊的兵力淹没，分出胜负。只是，目前这个局面大势已定。

蜥蜴人不理会变少的骷髅，朝后方的骷髅弓兵冲过去。

一百五十支箭如雨落下，让好几名蜥蜴人倒在泥泞的地面上，不过也只是少部分。

因为蜥蜴人的皮肤厚实，鳞片坚硬，即使不穿铠甲，防御力也和穿着皮铠的人类不相上下。即使皮肤不幸被箭刺穿，厚实的肌肉也可以保住他们的性命。

而骷髅弓兵的弓箭劲道不强也是另一主因，其强度不足以夺取蜥蜴人的性命。

蜥蜴人毫无畏惧地一边咆哮一边向前冲。面对再次射出的箭雨，蜥蜴人双臂交叉护住头部，即使身体被刺穿，也依然奋不顾身地向前冲去。

三箭——

这是骷髅弓兵来得及发射的最多箭数。如果他们有智慧的话，应该会先撤退吧。若暂时撤退，和幸存的不死者军团并肩作战的话，应该能发挥更好的效果。

不过，骷髅的脑袋没有办法容下那么复杂的命令，也没有收到那种命令，因此只能单纯地执行最初的命令——即使和蜥蜴人间的距离拉近，也只会不断向对方射箭。

咆哮声响起——骷髅弓兵和骷髅一样，被蜥蜴人大军淹没。在这种距离下，弓兵已经无法大显身手，只有挨打的份儿，接二连三地陆续倒地。现在，虽然僵尸军团还存活，但骷髅已几乎全数沉入湿地。

到了这时候，敌方才终于派出新的敌人。

那就是野兽僵尸。

这些从狼、蛇、蟒——各种动物尸体变成的不死者，是一种兼具僵尸的强韧和动物敏捷性的魔物。

野兽僵尸朝着蜥蜴人急冲而去。速度快的冲很快，速度慢的慢慢跑，是毫无阵型可言的突击。

来自下方的攻击出乎意料地很难躲避。野兽僵尸会猛咬敌人的脚，让敌人丧失行动力后再给予致命一击，使用的攻击方式很有野兽的风格。

对于愈来愈疲惫的蜥蜴人来说，这种攻击相当难以招架。几名动作变得迟钝的蜥蜴人被野兽僵尸咬破喉咙。看到身旁的同伴倒下后，即使是已经做好战死觉悟的人，或是相信祖灵附身的人，脸上都难掩惊慌神色。

战士长身先士卒地在前方浴血奋战，却被渐渐逼退。就在他们认为战线瓦解只是迟早的问题时，湿地突然往上隆起。

出现在眼前的是两个没有头也没有手脚，高度约一百六十厘米的圆锥形泥块。

那两个泥块展开行动。

明明没有脚，却能敏捷地在湿地上顺畅前行，朝着野兽僵尸而去。拉近距离后，泥块便从相当于人类手部的地方伸出一条比身高还长的鞭子。

那是蜥蜴人的王牌之一，由所有祭司同心协力召唤出来的湿地精灵。

湿地精灵冲进野兽僵尸军团，甩出鞭子般的触手攻击，抓起敌人。野兽僵尸当然也奋勇应战，张牙舞爪地或抓或咬。

这是一场不知恐怖为何物的同类对战。不过，战况对湿地精灵越来越有利，单纯只是因为个体的战斗能力差异。

己方的祭司能力胜过不死者，因这个事实唤回勇气的蜥蜴人再次实施突击。

现场展开了一场惨烈的激战。

这次的战斗和之前的骷髅战不同，蜥蜴人这边也开始出现伤亡。不过，胜利逐渐倾向了单纯在人数上占优势的蜥蜴人这方。

会输。

科塞特斯了解到了这个事实。

在分配到的军力中，并没有任何不死者拥有智慧。这是失败的主因，也是从一开始就很担心的一件事，但没想到他们会弱到这种地步。

科塞特斯对于自己的轻虑浅谋感到头疼。虽然有在这种状况下逆转情势的方法，但并不是什么好方法，因为走那步棋的话就几乎等于承认失败。

不过，又怎么可以向自己的主人报告失败的消息。科塞特斯拿起"讯息"卷轴。这时候，应该将讯息传送给谁呢——

"是迪米乌哥斯吗？"

"是啊，吾友。你竟然会传讯息给我，到底发生什么事了呢？"

一道沉稳的声音在科塞特斯的脑中响起。迪米乌哥斯的智慧在纳萨力克内也属于顶尖等级，若是他的话，或许会有什么好主意。

就某种层面来说，迪米乌哥斯算是对手之一，向他求助也让科塞特斯有些不甘心。不过，最该避免的情况还是战败，纳萨力克地下大坟墓的军团怎能战败。为了避免战败，他不惜抛开所有自尊，低头向人求助。

"其实——"

消耗一幅卷轴将眼前的状况说明完毕后，静静倾听的迪米乌哥斯有点伤脑筋地叹了一口气。

"那么，你想要我怎么做呢？"

"希望你能帮我出点主意，照这样下去的话会战败。如果只是我个人的战争，我可以接受战败，但绝对不能因此让纳萨力克地下大坟墓，甚至是无上至尊们脸上无光。"

"安兹大人真的希望获胜吗？"

"你这话是什么意思？"

"我的意思是说，安兹大人为什么会以那种低阶仆役组成军队。"

科塞特斯的确也对这点存疑。他实在想不透有什么理由非得以纳萨力克地下大坟墓的最低阶仆役组成军队。

"安兹大人应该有他的想法，但到底是什么意图呢？"

"是可以推测出几种可能性。"

真不愧是迪米乌哥斯——科塞特斯没有把这话说出口，默默在心里对恶魔感到佩服。

"我问你……科塞特斯，你在那个地方已经好几天了吧，那么，在进攻前是不是应该要先收集蜥蜴人的情报？"

他说得确实没错。不过——

"不过，安兹大人命令我要以那支军队攻陷对方，而且是以正面交锋的方式。"

"是这样没错，不过，我希望你能再仔细想一想，科塞特斯。最重要的是该拿什么结果献给安兹大人吧？如果灭村是主要目的，那么就该思考最佳的歼灭手段，不是吗？"

科塞特斯无言以对，因为迪米乌哥斯说得一针见血。

"安兹大人应该是考虑到这部分，才会派那些仆役给你吧。"

"你是说安兹大人故意派打不赢的兵力给我？"

"可能性很高。如果你事先收集情报，或许就会知道那样的兵力无法攻陷村落。这么一来，你就会事先向安兹大人报告'凭目前兵力难以歼灭，还需要更多的兵力'。这正是安兹大人的目的吧。"

也就是说，必须看清主人的真正意图，不要只依命行事，行动时必须适时变更作战方式。迪米乌哥斯想说的就是这个意思。

"这是安兹大人改善我们意识的做法之一吧。不过，似乎还有其他意图的样子……"

"还有其他意图？"

科塞特斯急忙向迪米乌哥斯发问。因为已经犯了一个错，他不想继续犯错。

"安兹大人派了信差到村落，不过，却完全没有报上纳萨力克的名字。而且，还命令你不要上前线。如此说来——"

科塞特斯吞了吞口水，等待迪米乌哥斯继续说下去。不过，迪米乌哥斯并没有讲出来。

"科塞特斯，抱歉，我好像有急事进来。虽然对你有点不好意思，但我们就谈到这里。祝你能赢得胜利。"

迪米乌哥斯突然中断对话，"讯息"就此消失。

科塞特斯猜出冷静的他会如此惊慌失措的原因，将目光移向房间内的某个人身上。他看见艾多玛正随手将破破烂烂的符咒从额头上丢下。

身为符术师的她使用了符咒，那就代表——

一切为时已晚。

那么，现在应该到了要派出保留到最后的不死者，也就是王牌的时候了吧。不过，这个行动真的符合主人的目的吗？

科塞特斯恐怕是第一次仔细思考主人命令背后的真正意图。不过，果然还是只能得出一个结论。

科塞特斯发动"讯息"魔法。

"指挥官死者大魔法师听令，进攻吧，让蜥蜴人见识一下你的力量。"

皮包骨的身体穿着一件豪华却非常老旧的长袍，其中一只手拿着扭曲的拐杖。开始腐败、像是骨头上只有一层薄皮的脸上，出现了邪恶智慧之色。身体散发出负向能量，如薄雾般笼罩全身。

这个不死者魔法吟唱者正是死者大魔法师。

不死者接受科塞特斯的命令，看了湿地一眼。接着，便对站在身后待命，与自己一样出自同一至尊之手，一身鲜红肌肤与赘肉的不死者——血肉巨汉下令。

"干掉那三名蜥蜴人。"

两只血肉巨汉接受指令，走向歼灭骑兵军的三名蜥蜴人。

虽然血肉巨汉是只会凭蛮力攻击的低阶不死者，但具有再生能力，因此，受到同等级的纯粹物理攻击时，得花一些时间才会被打倒。

死者大魔法师认为血肉巨汉可以充分拖延时间。

这确实也算是一个愚蠢的策略。因为身为魔法吟唱者的死者大魔法师不擅长肉搏战，所以一般来说，让血肉巨汉随侍在侧才是正确的作战方法。

不过，现在无法采用那种作战方法。

被赋予的命令是"让蜥蜴人见识自己的力量"。因此，他必须独自以压倒性的强大力量攻陷蜥蜴人的大本营。

死者大魔法师一面前进，一面扭曲着恐怖的脸孔发出轻笑。

他觉得这事轻而易举。

因为由无上至尊安兹·乌尔·恭亲手创造出来的他，远远强过那些在纳萨力克中自动涌现的死者大魔法师，而他的任务只是去向蜥蜴人展现自己的强大力量。

他以主人赋予之名誓言取胜。

"我伊格法，一定会将胜利献给主人。"

4

将野兽僵尸扫荡完毕的蜥蜴人们累得垂下肩膀，放心地吐了一口气。他们脸上虽显现心中哀痛，却也浮出淡淡笑意。

确实有不少人受伤，但只受到这种损伤还算幸运。如果湿地精灵没有参战……不对，或许只要稍微晚一点出现，阵型就会崩溃，一切都会遭到瓦解。

"要出发啰。"

战士长的声音响起，这是宣告出战的声音。

大家的身体都因为疲累而瘫软无力，费一番功夫才能拿起武器，更别说挥舞了。虽然他们疲惫不堪，但战争尚未结束。

除了必须将远方的僵尸群解决，也要提防敌人的后援军。

"好了，将重伤者抬回村落，剩下的人跟在我们——"

突然冒出一道烈焰打断声音。

高温笼罩四周，位于烈焰中心的两只精灵摇摇晃晃地舞动起来。

烈焰像不曾出现过般消失得无影无踪后，两只精灵已经是模样凄惨。光是一烧，两只精灵立刻成了半毁状态。

大家还来不及发出惊叫，烈焰就再次恣意肆虐，进行追击。精灵抵挡不住攻击，躯体开始瓦解，消失在烈焰之中。

对野兽僵尸展现惊人实力的精灵们像是幻觉般消失无踪之后，蜥蜴人的脑袋跟不上事态发展，个个一脸茫然。

到底发生了什么事？

他们知道湿地精灵遭到消灭，却拼命拒绝理解这个事实。因为若两只湿地精灵真的遭到消灭，那就表示，有比他们更强的怪物正逐渐接近。

蜥蜴人因为困惑与掩饰不住的恐惧而东张西望，正当他们看到远方有一只不死者时，火球再次从不死者的手中发出。

人头大小的火球笔直划过空中，飞进蜥蜴人集团的领头部队中。

一般来说，火只要碰到水就会消失，但这个火球是利用魔法产生的现象，因此，那种理所当然的常理也会遭到颠覆。火球在撞到水面的瞬间，就像是碰到坚硬的地面般，以撞击的地方为中心产生一道火龙卷。

爆炸开来的熊熊烈火笼罩数名蜥蜴人——然后消失。

幻觉——令人有这种感觉的急速消失。不过，阵阵飘来的焦肉臭味——那些瘫倒在地的蜥蜴人绝对不是幻觉。

不死者以缓慢步伐前进，态度优雅到令人觉得傲慢。那是对自己实力充满自信的强者步伐。

正当蜥蜴人迟疑着，是否要像消灭刚才的骷髅弓兵那样不顾一切地突击时，火球再度袭来。

火球猛烈爆炸，瞬间夺走周围蜥蜴人的性命。

这正是压倒性的威力，让人感觉之前都像是一场游戏。

"呜喔喔喔喔喔喔！"

蜥蜴人高声呐喊，以挥去心中恐惧。正当数名蜥蜴人奋不顾身冲上前去时，一道冷冽的声音隔着一段超乎常理的遥远距离响起。

"愚蠢至极。"

对方只说了这句话。向前冲的蜥蜴人还来不及发出哀号，就被先发制人的火球燃烧殆尽。

不死者缓缓一动，超过数百名的蜥蜴人立刻退后一步。与真正强者之间的实力差距这座高墙，将蜥蜴人逼了回去。

　　"快逃！"

　　现场响起一道充满气势、令人如触电般的嘶吼，是其中一名战士长的声音。

　　"那家伙与之前的敌人不同！我们绝对不是对手！"

　　确实如此。对方单枪匹马地缓缓挺进，那威风凛凛的模样，让每个蜥蜴人的肌肤都强烈感受到有如强风吹袭的震慑力。

　　"你们快点回去向族长还有萨留斯通报。"

　　"我们负责拖延时间！"

　　再次袭来的火球爆炸后，又有数名蜥蜴人倒地。

　　"快逃！快去通报！"

　　五名战士长命令蜥蜴人逃亡，同时测量彼此的距离。那是计算火球爆炸时产生的效果范围后拉开的距离，也就是要让其中一人到达敌人身边。这就是为了达成此一目的的自杀式阵型。

　　拉开距离的五人注视彼此，然后全力冲刺。

　　距离约有一百米。虽然是令人绝望的距离，但还是要拼命冲刺。因为即使中途牺牲，也能留下线索给在后方观察战况的族长和萨留斯。

　　刚才在前线压制敌人的蜥蜴人们如惊弓之鸟般奔逃回来。

　　萨留斯冷静地望着这幅光景。不对，萨留斯从如此强大的敌人现身时，就一直留意着对方的动静。观察着这名散播死亡之火的不死者。

对方的举止和之前没有智慧的敌人截然不同，那恐怕就是敌人的司令官。

不死者似乎在跟五名战士长间的距离拉近到约一百米时，开始使用"火球"的范围攻击，使得兵分五路、企图突击的战士长们全在途中被烧死。

"好像该轮到我们上场了呢。"

萨留斯点头同意任倍尔的这句话，蔻儿修也表示认同，认同自己投身可能壮烈成仁的战争之时来临了。

"没错，确实该我们上场了。那种威力太惊人了。对方很有可能是那位伟大至尊的左右手，或许是本次的军队指挥官……即使不是，也一定是王牌之一吧。"

"的确，那种等级的不死者，不可能有人能控制数名。但我们该怎么应战？那距离有些太远了。"

蔻儿修的疑问让萨留斯感到头疼。

他们并非为了牺牲而战，那么就必须拟定战略。

萨留斯和任倍尔无法远距离战斗，必须拉近距离进入肉搏战。而问题就在于这一百米的距离。

萨留斯他们确实能够轻松抵挡一两次的"火球"攻击，不过，到达敌人身边之前应该不只要承受一两次攻击，而且到达之后才是真正考验的开始。不难想象，若从正面承受火球攻击，一定会被敌人击退。

"这距离根本令人绝望啊。"

"是啊……你说得很对。没想到不到一百米的距离竟然这么遥远……"

萨留斯一行人研究着该如何在毫无损伤——或者轻微损伤的状态下抵达敌人身边。

"潜入湿地前进如何？"

"即使利用祭司的力量……也很难呢。如果能使用'隐形'的话……"

隐形后利用"飞行"，应该就能立刻接近。不过，森林祭司能学会的魔法中，并没有这些魔法。

"那么，就制作一些盾牌，然后前进时拿着盾牌阻挡如何？"

"制作盾牌太花时间了。"

"将房子拆掉当作盾牌……如何？"

自己说完也立刻觉得行不通的任倍尔露出苦笑。对方的攻击可是火球爆炸，即使挡住一面，高温还是会从旁袭来。现在没有时间打造能够阻挡高温空气袭击的全身防护盾了。

"啊，对了……还有那一招啊。"

"怎么了，萨留斯？"

感到有些害怕的蔻儿修战战兢兢地发问。原来自己露出了那么可怕的表情吗？萨留斯如此心想。不过，这也是没办法的事，毕竟他就是苦恼到想破口大骂啊。

"没什么……我只是想到了……好用的盾。"

伊格法对现状满意地点点头。

非常顺利。两只血肉巨汉虽然还在战斗，但自己已顺利地往村落前进。

虽然几名笨蛋蜥蜴人有想要发动突击的迹象，但见识到"火球"的威力后，似乎明白了那只是无谓的抵抗。分别突击的那五个人拉近的距离，大概是目前的最佳纪录吧，不过，顶多也只拉近到五十米而已。

伊格法像是漫步在无人的荒野中，默默前进。虽然他以嘲笑弱者的态度怜悯这些蜥蜴人，但也绝不会掉以轻心。

距离目的地的村落已经不远，到达之后，他打算连续发射"火球"，将蜥蜴人连同房子一起消灭。

不过，蜥蜴人应该会阻止自己入侵村落。那么，也差不多该有人出面反击了。如此判断的伊格法望着村落，发现自己的判断没错，

"哦，原来如此。"

伊格法看到一只多头水蛇迎面而来。

如果它是对方的王牌，那么只要展现压倒性的实力制服对方，蜥蜴人应该就会丧失斗志。这么一来，应该就能更轻松地毁灭村子。

保险起见，伊格法先环顾四周一圈，看向空中，确认没有任何敌踪后便停下脚步，优哉地等待多头水蛇进入自己的攻击

范围内。

多头水蛇移动到很难界定是不是攻击范围内的地方时，便开始冲刺。没错，朝向伊格法冲刺。

"真是愚蠢，凭你那种龟速，能够爬完这段距离吗？野兽就是野兽。"

伊格法露出嘲笑表情，将自己手中变出的"火球"朝多头水蛇发射。

火球直线飞去，不偏不倚地正中多头水蛇。冒出的熊熊烈火，吞噬了多头水蛇。

不过，多头水蛇虽然有些摇摇晃晃，却还是继续前进。即使烈焰焚身，依然冲刺过来……不对，火焰早已瞬间熄灭，所以那应该是伊格法的错觉吧。但是，眼前的光景让伊格法感受到多头水蛇的非凡意志力。

伊格法不悦地皱起脸来。对方抵御住自己的一招魔法攻击，这已经严重伤害伊格法的自尊心。

的确，多头水蛇身上似乎有被施加能够减少能量伤害的防御魔法。不过，那并非高阶防御魔法，无法完全消除自己的魔法攻击。

（记得多头水蛇具有提升自愈速度的特殊能力……但应该无法防御火焰攻击才对……无论如何，既然是魔兽，那自然是充满了生命力吧。那么，能挡得下一次攻击也是理所当然。）

如此判断的伊格法稍微自我安慰，但是依旧无法消除心中熊熊燃烧的怒火。伊格法乃是由无上至尊安兹·乌尔·恭亲手创造出来的特别魔物，没有一招制敌，等于是对主人无礼。

伊格法带着与内心愤怒情绪完全相反的冷冽眼神，注视仍不断朝自己冲过来的多头水蛇。

"真令人不悦，去死吧！"

他再次发射火球攻击多头水蛇，烈焰包覆多头水蛇全身，甚至令人有离这么远都能闻到烧焦味道的错觉。对方的伤势即使无法致死，应该也会严重到犹豫是否该继续前进的程度。

不过——

"为什么没有停下来？为什么还在继续前进？"

5

罗罗罗一味地向前奔驰。虽然身躯巨大，但也因为是在湿地上，所以奔驰的速度几乎和蜥蜴人相同。湿地的水花四溅，发出啪嗒啪嗒的激烈声音。

琥珀色的眼睛因为高温而变得白浊，四个头也已经有两个头失去力气。

即使如此还是不停向前奔驰。

"火球"再次袭来，命中罗罗罗的身体。"火球"中的热量瞬间爆开，侵袭罗罗罗全身。仿佛遭到不断殴打的疼痛笼罩全身，眼睛无比干燥，高温的空气烧灼肺部。

全身烧焦，从刚才就一直没有停止的剧痛警告着罗罗罗：如果继续中弹将小命不保。

即使如此——它还是继续奔驰。

奔驰。

再奔驰。

它不断往前迈进，没有停下脚步。高温让鳞片剥落，底下的皮肤已经翘起，喷出鲜血，即便如此，还是不停前进。

如果是没有智慧的野兽，理所当然会转头逃跑，但罗罗罗没有这么做。

罗罗罗的确是一种名叫多头水蛇的魔兽。

魔兽有各种不同的类型，有超越人类智慧的魔兽，也有和一般动物没什么两样的魔兽。真要说的话，罗罗罗算是后者。

智慧只有一般动物程度的罗罗罗，竟然会在濒临死亡之际，依然向前——朝着给予自己痛苦的伊格法前进，这实在太不可思议，也太难以理解了。

事实上，连敌对的伊格法都难以理解，甚至怀疑罗罗罗是不是受到什么魔法控制。

不过，事实并非如此。

没错，这并不是答案。

伊格法应该无法理解吧。

智慧只有动物程度的罗罗罗——它是为了自己的家人奔驰。

罗罗罗没见过自己的父母，多头水蛇并不是那种会抛弃幼子的魔兽。这种魔兽在一定的岁数之前，会与双亲的其中一位共同生活，在自然中学习生存之道。那么，为什么罗罗罗并非如此呢？

那是因为罗罗罗是畸形儿。普通的多头水蛇，出生时会拥有八个头，而且随着年龄增加，头的数目也会增加，最多可以长到十二个头。

不过，罗罗罗在出生时只有四个头，所以父母抛弃它，只带着它的兄弟离去。

一出生就没有受到父母保护的多头水蛇，即使将来可能变成一只强大的生物，但在大自然这个严苛的环境下，迟早还是会失去那幼小的生命。

如果当时没有公蜥蜴人刚好经过，将它捡回去的话。

就这样，罗罗罗得到一位既是父亲也是母亲，同时也是亲密朋友的家人。

罗罗罗的思绪几乎要因痛苦而溃散，这时它默默想起平时一直在思考的问题。

自己的身体为什么这么大？为什么会有这么多的头？

它看着自己的养父母时，偶尔会出现这个疑问。因此，罗罗罗也曾这么想过：自己的一些头或许会在将来掉落，身体会像长出草那样，慢慢长出长长的手脚，变成像自己的养父母一样。

若真变成那样——要拜托他为自己做什么呢？

有了。很久没一起睡了，就拜托他陪自己睡吧。因为自己变大的关系，只好分开睡，所以它觉得有点寂寞。

火焰仿佛要赶走罗罗罗的思绪般，占据整个视野，剧痛再次抽打全身。罗罗罗发出小声的痛苦呻吟，剧痛已经遍布全身。虽然它感受到背后有股近似安稳的温暖感觉，但对遭到烈火焚身的罗罗罗来说，那感觉相当微不足道。

仿佛遭到无数铁锤殴打的剧痛折磨着罗罗罗。

已经痛到完全无法思考。

罗罗罗的脚以痉挛的方式，不断传来阻止它前进的讯号。

不过——

不过——这样就会让罗罗罗停下吗？

不会，它还是没有停下脚步。

罗罗罗继续前进，脚步确实变慢了。肌肉被火烧伤，因而变得紧绷，不可能保持平常的速度奔驰。

光是踏出一步就非常难受。

呼吸困难，光是吸气都相当辛苦。或许连肺部都已经被烧伤了。

即使如此，还是不曾停下脚步。

现在只剩下一个头可以动，其他一动也不动的头已经变成单纯的负担。不死者再次从手中变出火球的景象，朦胧地出现在罗罗罗白浊的视野中。

动物的直觉让它领悟到一件事。

只要被这一击命中，绝对性命不保。不过，罗罗罗毫无畏惧，只是不断地、不断地勇往直前。

这是父母兼朋友的请托，所以，它不会停下脚步。

正当罗罗罗拼命地——但已经精疲力竭——以跟跄的步伐前进数步时，红色火球再次从不死者的手中飞出，划破天空，朝着罗罗罗飞来。

这一击势必将罗罗罗的生命燃烧殆尽，这是不争的事实。

也就是死亡。

一切将画下句点——

不过——

没错——前提是那位公蜥蜴人没有出现的话。

那位公蜥蜴人会眼睁睁看着罗罗罗阵亡吗？

看着这种没天理的事情发生？

这是不可能的事——

"冰结炸裂！"

从罗罗罗后方跳出，奔跑在身旁的萨留斯大叫一声，同时挥出冻牙之痛。

在剑挥下的前方，空气仿佛瞬间冻结般，在罗罗罗面前形成一道白色雾墙。那是极寒的冻气，是冻牙之痛发出的冰冻气流。

那正是冻牙之痛的能力之一。

一天只能使用三次的绝招——"冰结炸裂"，可以将攻击范围内所有一切瞬间冻结，给予重大伤害。

形成的冻气雾墙像是具有实体般，挡住飞来的"火球"。烈焰火球与冻气雾墙——魔法法则认为让两者互撞是最明智的判断。

命中——

烈焰熊熊燃起，与白色冰雾展开激烈攻防战。

两者有如互斗的白蛇与红蛇，相互吞噬。经过瞬间的抵消后，两者的力量便就此消失。

不死者大感吃惊，露出惊慌神色。这可说是看到自己发出的魔法被消灭时，最自然的态度表现。

两者之间确实还有些距离，不过，已经能够清楚辨识对方的表情及动作。在罗罗罗的努力坚持下，终于走完这段原本被认为不可能走完的距离，将三人毫发无伤地带到这里。

"罗罗罗……"

萨留斯一时语塞。最后萨留斯从脑中浮现的千言万语中，选了一句非常简单明了的话。

"谢谢！"

大声道谢的萨留斯留下罗罗罗，头也不回地向前冲去。蔻儿修和任倍尔也跟在他身后。

后面传来一道几不可闻的微弱叫声。那是对家人发出的加油声。

●

瞠目结舌。自己的"火球"竟然被消灭了，他不禁将难以置信的想法化作言语。

"怎么可能!"

伊格法再次发动魔法,当然还是"火球"攻击。他不愿承认,奔向自己的蜥蜴人消灭了自己的魔法。

发出的"火球"朝三名蜥蜴人飞驰而去。

"火球"被站在前方的蜥蜴人挥剑后瞬间产生的冻气雾墙挡住,和雾墙一同消失。没错,和刚才的情况一模一样——

"尽管攻击吧!我一定会打消你的所有攻击!"

蜥蜴人的怒吼传进耳里。

伊格法面露不悦地啧了一声。

(由无上至尊安兹大人亲手创造的我,竟然会被区区的蜥蜴挡住魔法!)

伊格法拼命压抑住因愤怒而沸腾的情绪。

"火球"已经派不上用场的可能性很高。不过,既然对方是躲在多头水蛇后面接近,那能够施展的次数应该有限。不过,或许还能使用十次,也可能每施展一次只是消耗体力,稍加回复的话就能无限使用。

(该怎么对付呢?可以的话,我是很想验证那家伙的说法……)

伊格法还能持续施展"火球",但无法判断蜥蜴人的说辞中有多少虚张声势。

伊格法和蜥蜴人之间的距离已经不到四十米。

而且，冲向这边的蜥蜴人看起来像是战士。伊格法是身为魔法吟唱者的不死者，不希望进行肉搏战。

因此，"火球"就派不上用场了。他没有笨到在这种状况下，还去确认对方能挡下几次。如果对方没有躲在多头水蛇后面——也就是没有拉近距离的话，或许会实验看看。不过，这个机会已经被那只可恨的多头水蛇给毁了。

"可恶……区区多头水蛇。"

伊格法咒骂一句后，决定采取下个行动。

"那么，尝尝这招如何？"

位置非常恰巧地几乎处于一条直线上。伊格法伸出手指，指向冲刺过来——距离已经相当逼近的三名蜥蜴人。他的手指上面缠绕着雷击。

"尝尝我的'雷击'吧！"

一道白色雷击闪过，然后——

即使还有段距离，也能够看见伊格法手指上的白光——"雷击"。

冻牙之痛的"冰结炸裂"能够防御冰系及火系攻击。但萨留斯没有针对雷击使用过，因此不知这是否能够抵挡。

那么，该赌赌运气，还是再次散开，分散敌人的目标，将伤害降到最低才是上上之策？

萨留斯握紧手上的冻牙之痛。

感觉空气中带着强烈的电力，证明雷击朝着己方飞来。

"交给我吧——"

任倍尔比萨留斯更快做出决定，大叫一声跃上前去。而魔法也几乎在同一时间于面前发动。

"雷击！"

"呜喔——'Resistance　Massive'！"

当雷击像是要贯穿任倍尔般流窜的瞬间，他的身体立刻膨胀起来，结果，本来应该会连后面两人一并贯穿的雷击却被弹开，向外飞散。

金刚不坏肉体。

这是修行僧的技能之一，可以借由瞬间发出全身的气来减少魔法伤害。

这正是任倍尔在过去败给冻牙之痛的绝招"冰结炸裂"后，在旅程中学会的技能。即使是范围魔法，只要是会给予伤害的魔法，都能发挥抵御作用。

敌我双方都发出惊呼，不过，信任同伴的萨留斯和蔻儿修并没有相当惊讶。因此，在不死者大感吃惊的时候，蜥蜴人们又更加拉近与他的距离。

冲刺的同时，萨留斯也恍然大悟。

当初和任倍尔单打独斗时，如果自己使出冰结炸裂，应该会被此招挡下，然后被抓住使用招式后的空当而败北。可能就是因为这样，他才会引诱萨留斯使出绝招。

"哈哈！易如反掌啊！"

任倍尔游刃有余的声音让萨留斯露出微笑。但下一刻他却立刻绷起脸来，因为他发现，任倍尔的声音流露出些微痛苦。

连任倍尔这样的公蜥蜴人都无法忍住痛苦，所以受到的伤势应该不轻。而且，如果这招技能完美无缺，他应该不会同意躲在罗罗罗后面前进的作战方式。

萨留斯瞪向前方，敌我距离已不到二十米。原本那么长的距离，现在已经只剩二十米了。

距离越来越近，伊格法判断来到眼前的一行人是不可轻忽的强敌。他们能够挡住自己的魔法，实力值得称赞。当然，自己虽然还有其他攻击方式，但也需要开始考虑防御方法了。

"不错的祭品，非常有资格让我展示强大的实力呢。"

伊格法带着冷笑发动魔法。

"第四位阶死者召唤。"

湿地冒出泡泡，四只手持圆形盾牌和弯刀的骷髅随即现身保护伊格法。这是名为骷髅战士的不死者，能力完全不是骷髅可以比拟的。

虽然也能召唤其他不死者，但召唤骷髅战士出来是为了对抗冻气攻击。伊格法和骨头组成的骷髅类魔物，对于冻气攻击完全免疫。

伊格法在亲卫队的保护下，高高在上地望着拉近距离的敌人。那是迎击挑战者的王者之姿。

两者的距离终于逼近。

只剩下——十米。

已经只剩下这点距离了，没错，就只剩下这点距离而已。萨留斯确认不死者没有立刻进攻的迹象后，回头看了一眼。

看向他们走完的距离。如果单单只是奔跑，这是很近的距离，但这一百米是没有任何遮蔽物的死路，如果少了罗罗罗、冻牙之痛、任倍尔和蔻儿修其中之一，绝对无法走完这段路，可说是难如登天的距离。但如今已经走完，只剩下伸手可及的距离。

他们成功克服了这段距离。

看着后方的罗罗罗被蜥蝎人送往村落后稍感安心的萨留斯，暗骂自己差点儿放松的心，瞪向不死者。

萨留斯坦率承认敌人是可怕的对手。

如果不是在这种状况下遭遇，应该会在远远看到的瞬间立刻选择脚底抹油，尽全力逃跑吧。光是面对面对峙，本能就告诉自己要快点逃跑，连尾巴都不禁竖起。萨留斯从眼角余光发现，左右两旁的任倍尔和蔻儿修的尾巴也出现相同反应。

两人的想法应该都和目前的萨留斯相同吧。没错——他们都压抑住想要立刻逃跑的心情，面对眼前的不死者。

萨留斯甩动尾巴，拍打两人的背。

两人同时露出吃惊的表情望向萨留斯。

"我们三人合力的话能赢。"

萨留斯只说出这句话。

"说得没错，萨留斯，我们能赢。"

蔻儿修用尾巴抚摸着被萨留斯拍打的背部，如此回应。

"哈，这不是很有趣吗！"

一脸骄傲的任倍尔如此笑道。

于是，三人向前缩短这最后的距离。

敌我距离为八米。

奋力跑到这里，已经气喘吁吁的萨留斯一行人，和没有呼吸的不死者目光交会，由对方抢先开口。

"我是伟大至尊旗下的死者大魔法师伊格法。如果你们愿意认输，我就赐予你们痛快一死。"

萨留斯不由得笑了出来。因为他知道了这个名叫伊格法的不死者，根本什么都不懂。

无论如何千思万想，答案也只有一个。

虽然萨留斯面带笑容，但伊格法却没有感到不快，只是静静等待响应。伊格法知道自己是强者，且有自信杀死萨留斯一行人，才会显现这种上位者的自傲，甚至还心怀感谢，因为他们替自己走完最后这一段路。

"告诉我答案吧。"

"呵呵，居然想要听答案啊……"

萨留斯举起冻牙之痛，紧紧握住；任倍尔举起拳头，摆出特殊的战斗姿势；蔻儿修没有做出什么特别的举动，只是伸手触碰自己内心深处的魔力，做好随时发动魔法的准备。

"那么，我就这样回答你吧——休想！"

判断这个回答足以算是敌对举动的骷髅战士，以圆盾挡住身体，举起弯刀。

"那你们就准备接受无比痛苦的死亡，了解自己拒绝了最后的慈悲吧！"

"我才想说，死人还是快点滚回死人的世界吧！伊格法！"

这一刻，决定战争结果的最后决战揭开了序幕。

"进攻吧！萨留斯！"

最快冲出去的任倍尔伸出他的巨臂，攻击骷髅战士。

他也不管骷髅战士用盾挡下了攻击，硬是用力继续挤压盾牌。盾牌整个凹陷下去，后退的骷髅战士和其他骷髅战士撞在一起，失去平衡。此外，他还以尾巴攻击其他骷髅战士，但没有命中。

骷髅战士的阵型瓦解，萨留斯趁机闯入散开的空隙中。

"挡住他！"

两只骷髅战士听到伊格法的命令后，举起弯刀挥向萨留斯。

他想躲开的话，可以躲得掉；想接招的话，可以举起冻牙之痛挡住。不过，萨留斯既没躲也没挡。躲避就代表自己慢了一招，他不想在伊格法面前做出这种无谓的举动。

而且，有人已经先行出招——

"大地束缚！"

泥土像鞭子般蹿出，缠住两只骷髅战士。泥土形成的鞭子宛如铁链，在萨留斯趁机闯入空隙的瞬间，锁住两只骷髅战士的行动。

　　没错——蔻儿修也在场。

　　萨留斯并非孤军奋斗，那么，只要信赖同伴就好。

　　即使是蔻儿修的魔法，也无法完全封锁对方的动作。骷髅战士挥出的弯刀还是有稍微伤到萨留斯，不过，这点伤又算得了什么，热血沸腾的心已经不把疼痛当成疼痛。

　　萨留斯迈步飞奔。

　　他朝伸手指着自己的伊格法奔去。即使被攻击魔法命中，也要忍下疼痛冲向目标。他带着如此坚定的意志。

　　"愚蠢！体验恐惧吧！'恐慌'。"

　　萨留斯的视野一震，开始无法理解自己身在何处，内心产生莫名的不安，感觉会有什么东西从周围袭向他。

　　萨留斯的脚步就快停下来了。他受到"恐慌"这个魔法的影响，精神产生动摇，双脚不听使唤。虽然脑袋告诉自己的脚要快点踏出去，但内心却不让身体移动脚步。

　　"萨留斯！'狮子心'！"

　　蔻儿修如此呼喊的同时，恐惧也瞬间消失，反而涌现了比之前更加强烈的斗志。因为赋予勇气的魔法击退了恐惧。

　　伊格法不悦地瞪向蔻儿修，伸出手指。

　　"烦死了！'雷击'！"

白色雷光一闪——

"呀啊！"

蔻儿修发出惨叫。

重新开始奔跑的萨留斯内心差点儿被强烈的恨意控制，但最后还是忍了下来。恨意有时候确实也是一种好武器，不过，面对强敌时，反倒有可能成为阻力。面对强敌时需要的是烈火般的情感与寒冰般的思考。

萨留斯绝不回头。

刚才伊格法攻击了后卫蔻儿修，这就表示，萨留斯可以趁着这个空当拉近距离。伊格法的脸上浮现不妙神色，知道自己犯下错误。这个反应让心爱女人受到伤害的萨留斯脸上露出嘲讽的笑容。

"雷——"

"太慢了！"

从旁边猛然袭来的冻牙之痛，将伊格法企图伸出的手指撞开。

"咕！"

"你已经让一个战士靠近了，魔法吟唱者！我就让你体会魔法已经派不上用场的下场吧！"

先不论传说中的术师，被敌人贴近身边的魔法吟唱者，在发动魔法时可能会遭到攻击阻碍。

即使像伊格法这么强大的魔物术师也不例外。

萨留斯微微眯起眼睛，对手臂感受到的触觉感到疑惑。砍下去的感觉有些奇怪，一定是伊格法的身体对武器具有某种防御力。

不过，并非毫发无伤。没错，如果他可以抵御伤害，只要给予更多的伤害即可。

那么，要做的就只是一而再再而三地不断挥砍。

当然，这可说是知易行难，萨留斯也知道说得容易。不过，只是战士的萨留斯，能做到的也仅此而已。

"别小看我，蜥蜴人！"

三发光箭突然从伊格法的眼前射向萨留斯。没有任何预备动作就发出的光箭让萨留斯反射性地把剑当作盾牌，但魔法箭贯穿武器，打中萨留斯的身体，激起一股钝痛。

这招是"魔法无吟唱化·魔法箭"。无吟唱化的魔法不需要任何准备行动，所以不会遭到妨碍。不仅如此，一般而言，魔法箭还是一种无法躲避的魔法，甚至连萨留斯都躲不掉。

萨留斯咬紧牙关，向伊格法挥出冻牙之痛。

"咕！畜生！不过是区区蜥蜴人！"

魔法箭虽然是无法躲避的魔法，但相对杀伤力也不高。像萨留斯这种身体经过千锤百炼的人，没有脆弱到会被这点魔法伤到无法战斗。

光箭再次命中萨留斯，蹿起锥心刺骨般的疼痛。萨留斯忍住疼痛，挥剑回击。

这样的攻防战来回数次后，萨留斯的动作越来越迟钝。严重的钝痛阻碍他做出敏捷动作，和不知疼痛为何物的不死者有着明显差异。

明白这点的萨留斯和伊格法，露出截然不同的表情。

强者必胜，弱者必败，这是毋庸置疑的道理。伊格法和萨留斯单独战斗的话，结果也不言可喻。不过，团结的弱者足以和强者一较高下也是事实。

"中伤治愈！"

萨留斯的疼痛随着这道声音消失，再次回复活力。

原本从容应战的伊格法被后方传来的治疗魔法激怒，断然呵斥：

"可恶的蜥蜴人！"

萨留斯和信赖的同伴并肩作战，蔻儿修、任倍尔，以及——

"罗罗罗……我不会输的！"

"痴心妄想……由伟大至尊创造的我怎么可能输！真是愚蠢！"

伊格法的恶毒眼神瞪向三名蜥蜴人。他没有使用召唤魔法，是因为刚才召唤出来的不死者还在。那些不死者没有消失，就无法再次召唤新的不死者出来，因此，伊格法发出无吟唱化的魔法之箭，萨留斯则挥砍伊格法的身体——如此单调的攻防不断重复上演。

感觉这场战役会永无休止。

那么，就只能将突破战局的责任交给在后方战斗的人。只要其中一方出现援军，就能决定胜负。

萨留斯和伊格法都如此认为。

雷击让蔻儿修全身感到疼痛，但她忍住痛苦，发动"召唤第三位阶野兽"。

一只约一百五十厘米——右螯巨大的巨型螃蟹随着冒出水面的声响现身，仿佛之前就一直沉睡在湿地中，但不用说，巨蟹当然是被"召唤第三位阶野兽"召唤出来的。

巨蟹前进到任倍尔身旁后，立刻伸出巨螯攻击骷髅战士。

得到意料之外的援军让任倍尔露出笑容。对要保护蔻儿修，还要抵挡四面八方攻击的任倍尔来说，这个帮助宛如及时雨，相当令人振奋。

"很好！怪怪的巨蟹！那两只就交给你了喔！"

就像是表达了解般，巨蟹——湿地巨螯挥了挥小螯，转向骷髅战士。

（虽然现在情况危急……但总觉得……他们两个很像呢。）

蔻儿修虽然觉得现在时机不妥，但还是不禁露出微笑。不过，她立刻消去脸上的笑容，紧盯战局，同时不断吐纳，努力调整紊乱的呼吸。

来到这里之前，蔻儿修对罗罗罗发动过防御魔法和治疗魔法，也对任倍尔施加了支持魔法，已经施法过度。

不仅如此，她现在还发动召唤魔法，身体处于极度疲惫的状态，几乎快要站不住了。

她甚至没有余力治疗自己。而且，蔻儿修也冷静地认为，治疗逐渐失去战力价值的自己，只是在浪费魔力。

不过，在这里倒下的话，可能会让在前方战斗的任倍尔和萨留斯感到不安。蔻儿修的嘴角流出血来，她咬破口腔内部，使自己保持清醒。

"中伤治愈。"

她对和伊格法进行肉搏战的萨留斯使出治愈魔法。

她的脚已经使不上力，眼前一晃，全身都感受到水的触感。

蔻儿修一下子无法理解为什么会这样，不知道自己为什么会在不知不觉间倒进湿泥里。

不过，她立刻明白是什么原因导致。伤口并没有增加，所以应该只是瞬间失去意识而倒地吧。

蔻儿修松了一口气，并不是因为自己还活着，而是因为还能继续战斗。

她不打算勉强站起身，不对，是已经没有力气起身，同时觉得把力气用在这里很浪费。

朦胧的视野中浮现萨留斯和任倍尔这两位一起奋战至此，也共度过一段短暂旅程的同伴的背影。不管是与四只骷髅战士势均力敌的任倍尔，还是受到伊格法魔法攻击的萨留斯，都已经是遍体鳞伤。

蔻儿修努力调整呼吸，发出魔法。

"中伤治愈！"

不但治疗任倍尔的伤……

"中伤治愈！"

也回复萨留斯的伤。

"呼……"

蔻儿修已经气喘吁吁。

呼吸怪怪的。她感觉即使拼命吸气，还是像没有吸进空气一样。

这应该是过度使用魔法的症状吧。头部就像被不断殴打般疼痛。即使如此，蔻儿修依然努力睁开双眼。

至今不知道已经牺牲了多少事物，事到如今，怎么可以最先脱离战线。

蔻儿修用力张开快要合上的眼皮，然后继续吟唱：

"中伤治愈！"

●

任倍尔紧握的拳头击向骷髅战士的头盖骨，打下去的手感从打凹变成碎裂，一只骷髅战士就这样命丧黄泉。

"干掉两只了——哈，呼——"

他像是要把疲劳全吐出来般吐了一大口气，瞪着剩下的骷髅战士。蔻儿修召唤出来的巨蟹已经不见踪影，不过，多亏巨蟹帮忙对付两只骷髅战士，任倍尔才能干掉另外的两只。

因为有蔻儿修的辅助，才勉强发展成现在的局面。

还有两只。都解决之后，下一个就是伊格法。

他用粗壮的右手使力，还能动。

左手伤痕累累，几乎使不上力。任倍尔把左手当作挡剑的盾牌，用得太过火了。他茫然望着垂下的手臂。

"算了，这也算是不错的让招。"

任倍尔瞪着碍事的家伙，稍微动了动左手。一股不像是动动手指就会出现的疼痛侵袭全身。

但这又有什么大不了？刚才都已经有同伴即使脑袋变成负担也不肯停下脚步了，我任倍尔·古古，又怎么能做出令它取笑的举动。

战斗至此，任倍尔已经了解到骷髅战士有多强。两只骷髅战士已足以和任倍尔匹敌，就是那么强。

因此，若是同时对付四只的话，应该很难取胜。

（要好好感谢巨蟹呢，之后暂时不吃泥蟹了吧。）

任倍尔向自己喜爱的食物表达感激，并杀气腾腾地瞪向进逼而来的两只骷髅战士。

握紧拳头。

还能战斗，还有办法站稳脚步。

老实说，任倍尔自己都觉得还能继续战斗是件相当不可思议的事。

"哈！这种蠢事就别想了！"

原因只有一个，不是吗？

任倍尔嘲笑刚才的自己。

他看着位于骷髅战士后方的萨留斯的背影。即使与实力悬殊的强大敌人伊格法战斗，也毫不退让的那个身影。

"看起来很伟岸嘛……"

没错——

正因为萨留斯、蔻儿修，还有罗罗罗，大家一起拼战到现在，自己才能继续战斗。

"喂喂喂，萨留斯，你已经伤痕累累了嘛，比之前和我战斗时还惨呢。"

手臂奋力一挥，将来袭的一只骷髅战士击飞。但他来不及以左手挡住另一只挥出的弯刀，让侧腹又多了一道伤口，就在蔻儿修刚才以魔法治疗好的伤口附近。

"蔻儿修都自身难保了，亏她还有办法救人啊。"

任倍尔的伤口再次被蔻儿修的魔法治愈。虽然无法回头，但听她的声音好像从非常接近水面的位置传来，可以想象她是以何种姿势施展魔法。即使如此，她还是继续使用魔法。

"真是出色的母蜥蜴人。"

要娶老婆的话，就要娶那种母蜥蜴人。

任倍尔稍微羡慕起萨留斯来。

"我可不会最先倒下，让你们看到那种窝囊模样喔。"

他先用巨臂虚晃一招，再甩出尾巴。接着冷笑一声，笑说毕竟自己比他们年长。

两只骷髅战士以盾牌挡住自己，慢慢接近。对方的盾牌挡住萨留斯的背影，让任倍尔非常激动。

"闪开啦，这样不就看不到帅气公蜥蜴人的威风背影了吗！"

任倍尔发出怒吼，同时迈出步伐——

伊格法和萨留斯平分秋色的攻防战持续进行着。在只注视着彼此的战斗中，萨留斯看到伊格法的眼睛稍微瞄向他处。伊格法那不死者的脸狰狞地扭曲起来，下一刻发生的事情让萨留斯的身心为之冻结。

背后传来有人倒地的溅水声。

"快看！你的同伴倒下了喔！"

无法回头。或许是同伴倒地，或许不是。萨留斯心中涌现如鳞片被剥落的痛苦，但他面对的是实力悬殊的强大敌人，根本连回头看的余力都没有。他相当清楚，只要一回头，立刻就会分出胜负。萨留斯不是为了吃下这种愚蠢的败仗才来到这里的。

他是为了赢得胜利而来。

不过，若是伊格法所言不假，就一定得想办法解决可能会从后方攻来的敌方援军，否则相当不妙。

正当萨留斯做好心理准备，打算挨一招魔法攻击时，便听到有人站起的激烈水花声，以及好几根骨头断裂的声音。

"萨留斯！我们这边结束了！剩下的——就交给你了！"

"中伤治愈。"

任倍尔痛苦的叫声传来，一道巨大水声也随之响起。

蔻儿修宛如呻吟的吟唱声传来，萨留斯的伤口也随之慢慢回复。

"姆呜——"

伊格法的表情相当不悦。不用往后看也知道，两人都已经成功完成自己的任务了。那么，接下来——

"轮到我了！"

挥出去的冻牙之痛被伊格法手上的拐杖挡开。

"咕咕咕……虽然我伊格法是死者大魔法师，但可别以为我不擅长肉搏战就小看我喔！"

口中虽然如此逞强，但伊格法已隐约觉得自己的胜算不高。

如果是一对一，以两人的实力差距来看，应该是胜券在握吧，但后面的白蜥蜴人一直替对方疗伤，敌我的剩余体力已经逆转。

而且，对方砍出三招的话，自己只能挡掉一招，剩下的两招都会砍中身体。虽然他和骷髅一样，具有斩击武器的抗性，也不怕冻气的追加伤害，但在这种状况下还是相当不利。

心急如焚。

自己是由伟大至尊安兹·乌尔·恭所创造出来，并指派为本军团的指挥官，绝对不能失败。

伊格法很想召唤一些不死士兵来当肉盾，但他在使用召唤魔法时需要花一些时间。所以，面临这种敌人就在眼前的状态，有点难以发动。

照这样下去，会被对方夺得胜利。

如此心想的伊格法决定使出最后手段。虽然不是一个好办法——若情况恶劣，还有可能是最差的手段，不过，也只剩下这个办法可用了。

看到伊格法转身逃跑的萨留斯虽然一头雾水，还是趁机出招追击。伊格法背部遭到萨留斯的全力一击命中，身体一晃，但并没有倒下。对伊格法近似无限的体力感到不耐烦的萨留斯咂了一下嘴，同时冲上去追赶拉开距离的伊格法。

伊格法转过身来，不像不死者该有的愤怒使他的脸大幅扭曲，但底下却藏着些许喜悦之色。

伊格法的手中发出红色光芒，那是"火球"。

拉近距离的萨留斯心感存疑。

（他居然想在这种距离使用范围魔法？难道有自爆的心理准备——不对！）

发现伊格法的目光没有朝向自己的萨留斯，心中涌现一股恐惧。伊格法的目光朝向萨留斯后方，也就是朝向已倒卧在地的蔻儿修和任倍尔。

（该如何是好！）

萨留斯动起脑筋。

这是很大的破绽，只要弃两人不顾，就可以对伊格法送上致命一击，不过，若是解救两人的话，战况会如何发展就很难预测。双方的体力已经所剩不多，只要走错一步，就很可能成为致命关键。

为了打赢伊格法——不就是为了这个目的才走到这一步的吗？已经牺牲了许多人。

那么，就应该弃两人不顾。他们应该也会笑着原谅自己吧。如果立场相反，萨留斯应该也会原谅对方。

不过。

萨留斯并不会选择对并肩作战的同伴见死不救。

那么——就要帮助他们两人，再消灭伊格法。

下定决心之后，事情就很简单了。

"冰结炸裂！"

萨留斯在自己的脚边筑起一道向上蹿起的冻气雾墙。

"咕啊——"

喷出的冻气涡流使萨留斯全身瞬间冻结，感受到的疼痛甚至连剧痛都不足以形容。那样的疼痛侵袭他的全身。

萨留斯为避免失去意识，带着锐利的目光瞪向伊格法，拼命忍住痛苦。

在他咬紧牙关，发出哀号时，冰雾笼罩两人，渐渐向外扩散。

看到白色冻气笼罩周遭，伊格法露出一切如他所料的笑容。只要抛弃同伴就能赢得胜利，然而对方却做出这种选择。

伊格法对冰和电具有完全抗性，这也是为什么他能够在冰冻气流中气定神闲。他将手上"火球"生成的魔法元素捏碎，因为若火球撞上笼罩在伊格法周围的白色雾墙，等于是自找死路。

只要等这道白色雾墙消失，再来追击那两个蜥蜴人即可。必须先消灭的是唯一还能站起身子的蜥蜴人。伊格法环顾四周，表情狰狞起来。因为他错估了一件事。

"好了，那他在什么地方呢？"

那就是视野全被白色雾墙挡住。

伊格法虽然具有夜视能力，却没有能力看穿这类视野遭到遮蔽的环境。因此，他无法掌握敌人的所在位置。

不过，也不必太过担心。从那充满痛苦的声音来判断，对方应该伤势不轻。仔细想想，他所发出的冻气威力足以抵消自己发射的"火球"，那么，遭到冻气侵袭的他，受到的伤害应该和"火球"攻击一样。

伤痕累累的状态下还受到这种攻击，搞不好会造成致命伤。既然如此，只要之后再来慢慢蹂躏即可。

当务之急是要赶紧脱离这片雾墙。

如此心想的伊格法立刻放弃这个想法。

现在，只要一动，就会暴露自己的位置。

比起脱离，还是应该先召唤不死者出来。只要有肉盾在，即使蜥蜴人还没死，胜利也等于囊中之物了。

想要发动魔法的伊格法，听见一阵突如其来的溅水声。

蜥蜴人代代相传的四大至宝之一，冻牙之痛。

传说中，冻牙之痛是利用只有冻结过一次的湖水寒冰打造而来，其中隐藏着三种魔法力量。

第一种是剑身笼罩着冻气，可以让遭到砍伤的人受到额外的冻气伤害。

第二种是一天只能使用三次的绝招"冰结炸裂"。

至于，第三种则是——

划破空气的声音响起。

伊格法还没弄清那是什么声音，眼前已经出现一柄利器的剑尖。

一股强大的冲击袭向伊格法的脑袋。

贯穿左眼的剑身翻搅伊格法的脑袋。终于了解发生什么事的伊格法惊声喊叫。

"呜啊——你为什么没死！"

贯穿左眼眼窝的冻牙之痛深深刺入，使伊格法感觉自己的生命力瞬间大减——

在逐渐淡去的雾气中，全身覆盖着一层薄霜的萨留斯，出现在头上插着剑、脚步踉跄的伊格法面前。

伊格法无法理解，明明受到那么强的冻气攻击，萨留斯竟然还能屹立不倒。

冻牙之痛隐藏的第三种能力。

那就是可以赋予持有者抵抗冻气攻击的防御能力——

当然，即使是冻牙之痛的冻气防御，也没有强到足以完全抵消冰结炸裂的威力。受到冻气伤害的萨留斯，光是站着就已经相当勉强。他的气息紊乱、动作迟钝，尾巴也无力地垂到水面，甚至连呼吸都有些困难。他几乎不可能继续战斗了。其实，刚才的那一击并没有刻意瞄准，他只是使尽所剩无几的力气，凭直觉出招而已。

那一招可以命中只能说是幸运。

萨留斯努力张开几乎要合上的眼皮。

使尽最后力气对伊格法发出的一击，感觉足以成为他的致命伤。

已经没有力气战斗的萨留斯，带着一丝期待看向伊格法。

伊格法挣扎着、摇晃着。

不知道伊格法是否已无法维持自己的身体，脸上皮肤剥落，骨头龟裂，衣服也变得破破烂烂，灭亡只是迟早的事。正当萨留斯认为自己已经赢得奇迹般的胜利时——

一只皮包骨的手掐住萨留斯的喉咙。

"我……我是由至尊创造出来的仆役……怎么可以就这样……灭亡！"

伊格法掐住萨留斯的力道不重，可以轻易拨开。不过——

"咕啊——"

萨留斯的全身涌现剧痛，不禁发出哀号。

这是因为负向能量流入萨留斯体内，夺取他的生命能量。

即使是学会忍耐痛苦的萨留斯，也无法忍住仿佛寒气注入血管内的可怕疼痛。

"去死吧——蜥蜴人！"

他的脸开始部分脱落，在半空中化为碎片消失。

伊格法的生命正慢慢凋零，不过，对主人的强烈忠心却让他奋力挣扎在生死边缘。

萨留斯虽然尽力抵抗，却因为身体不听使唤而感到恐惧。

萨留斯的生命力已经所剩无几。伊格法注入的负向能量，也在连根夺走他剩余不多的生命力。

萨留斯的目光摇晃，视野模糊起来。

就好比世界渐渐蒙上一层白雾。

同样使尽全力维持意识的伊格法，看到萨留斯急速丧失抵抗力的模样，便露出胜利的微笑。

这些蜥蜴人应该是顶尖高手吧。

那么，只要杀了这些蜥蜴人，以及另外那两个进攻至此的蜥蜴人，就是献给伟大至尊——也是创造自己之人的最佳礼物。

伊格法的神情强力诉说着超乎言语的情感，那表情让萨留斯感觉到他心中的想法。

"下地狱去吧！"

身体已经不听使唤，可以感受到体温仿佛毒素遍布全身般慢慢下降，连呼吸都很困难。处于这种状态下，只有知觉仍然敏锐。

还不能死。

拼命奔跑的罗罗罗。

舍己为盾的任倍尔。

将魔力消耗殆尽的蔻儿修。

不仅如此，自己的肩上还背负着在这场战役中牺牲的所有蜥蜴人。

努力思考战斗方法的萨留斯，听见了细微的声音。

蔻儿修温柔的声音。

任倍尔爽朗的声音。

罗罗罗撒娇时的叫声。

不可能听到。

蔻儿修已经失去意识，任倍尔也处于晕厥状态。

罗罗罗甚至在很远的地方。

是因为意识模糊，萨留斯的脑袋才会自行想象这些声音吗？想象着认识还不到一周的同伴的声音？家人的叫声？

不对。

没错，这个想法不正确。

大家都在这里——

"哦——哦——！"

"竟然还有这种力气！"

半失去意识的萨留斯发出怒吼，同时传来伊格法惊讶的声音。

萨留斯的眼球一翻，紧盯着伊格法。他的眼神中带着雾气，令人无法想象他刚才还无法使视线对焦。这景象让伊格法脸色僵硬。

"蔻儿修！任倍尔！罗罗罗！"

"你想做什么——去死吧！"

他的身体到底哪来的如此强大的生命力？流入身体的庞大负向能量，无时无刻地侵蚀、吞噬萨留斯的生命力。其实萨留斯也感觉四肢沉重，身体仿佛结冰般寒冷。

即使如此，每呼唤一次名字，萨留斯就感到一丝温暖。这股温暖并非源于生命力。

而是源于胸中的——心。

一阵肌肉紧绷的声音响起。那声音来自萨留斯的右手，来自紧紧握住的拳头。现在，那拳头正在聚集剩下的所有力量。

"怎么可能！为什么还能动！你这个怪物！"

竟然还能动。眼前的光景实在令人难以置信。

伊格法的心里涌现沸腾情绪，但他努力压抑下来。

自己是伊格法，是本次纳萨力克地下大坟墓军团的现场总指挥官，而且最重要的是，自己是伟大的不死者之王——安兹·乌尔·恭创造出来的不死者。

绝不容许如此强大的自己吃下这种败仗——

"死——"

"一切都结束了！怪物！"

萨留斯动作快了一步。

没错，全力一击的速度，比伊格法注入负向能量的速度快了一步——

紧紧握住的拳头，击中冻牙之痛的剑柄——

萨留斯的拳头因此渗出血。冻牙之痛受到如此沉重的一拳，使原本刺入左眼的剑身完全贯穿伊格法的脑袋。

"哦——"

身为不死者的伊格法几乎没有痛觉，不过——他还是能了解负向生命全部消失的感觉。

"这……这……怎么可能……安……兹……大人……"

伊格法的眼中，浮现了完全明白什么叫作失败的神色。当萨留斯的身体仿佛断线傀儡倒下，传出一阵落水声时——

"请……请……原谅……我……"

伊格法的身体也随着这句向主人的谢罪，一同倒下。

房间内鸦雀无声。镜中的光景令人无法置信，因此没有人开口说话。除了女仆——艾多玛之外。

"科塞特斯大人，安兹大人好像要传唤你。"

"遵命。"

低着头的科塞特斯慢慢转身面对艾多玛。

科塞特斯承受着仆役们的不安眼神，咬牙忍住屈辱。

但另一方面，他也想要出言称赞。

那是一场精彩的战役。

对方竟然可以化不可能为可能，反败为胜。虽然死者大魔法师也的确有失策的地方，不过照理说，即使失策，死者大魔法师也肯定能拿下胜利。

"精彩，太精彩了。"

重复说出的这句话，清楚表达了科塞特斯的心声。

他们突破了巨大难关。

"真可惜。"

科塞特斯对着镜中正欢欣鼓舞地歌颂胜利的蜥蜴人如此叹道。

呈现于镜中的战士身影虽极为弱小，却激起科塞特斯的斗志。

"啊……真可惜……"

科塞特斯犹豫着。他从脑袋里无数的想法中选出最可怕的一个，然后深思熟虑，做出结论。

"出发吧。"

6

萨留斯感受到一种仿佛身体被人从漆黑世界里抬起的感觉，相当舒服。

睁开眼后，眼前浮现出起床时那种模糊的世界。

这里是哪里？自己为什么会睡在这里？

心中浮现许多疑问，同时发现有股重量压在自己的身上。

白色。

萨留斯看向那团白色，他刚起床还没清醒的脑中，浮现的第一个字眼就是白色。随着渐渐清醒，他也开始明白那是什么。

那是蔻儿修，她压在自己身上睡觉。

"啊……"

我还活着。

萨留斯感到安心，差点儿将这句话脱口而出，却在即将出声时忍住。他不忍心吵醒还在睡觉的蔻儿修，努力压抑住想要摸她的心情。就算她的鳞片很美，还是不能随便抚摸睡眠中的母蜥蜴人身体。

萨留斯拼命将蔻儿修的身影逐出脑海，开始想其他事情。

该思考的事情很多。

首先是自己为什么会在这里。

他搜寻自己的记忆，回想曾经发生过什么事。最后的记忆是伊格法灭亡的光景，之后的记忆就完全中断了。不过，自己并没有被抓走，还能躺在这里，那应该就代表部族赢得胜利了吧。

萨留斯为避免吵醒蔻儿修，小心翼翼地安心叹了一口气。感觉连日来的重担终于少了一些，但冷静想想，其实还有一些重担。现在依然不清楚敌人的底细，也不知道对方的目的何在，敌方再次入侵的可能性也很高……不对，若没猜错的话，应该一定会再次入侵的。

不过，他现在想要让心灵稍微休息一下。萨留斯感受着蔻儿修的体温，再次轻叹一声。

之后，萨留斯轻轻活动了一下身体。全身都能动，毫无问题。他原以为身体或许会有哪里残废，但运气似乎不错。

这时候，他想起了其他并肩作战的同伴。房间内除了蔻儿修之外，没有其他蜥蜴人。那么，任倍尔的情况如何？虽然感到不安，但也觉得像任倍尔这么强大的公蜥蜴人应该不会有事才对。

蔻儿修似乎被萨留斯的动作吵到，身体动了一下，仿佛柔软的身体被注入灵魂的感觉。应该是快要醒了吧。

"嗯……"

蔻儿修发出可爱的叫声，接着便转动起迷蒙的眼睛，打量起四周。不久，她发现了身下的萨留斯，露出高兴的笑容。

"姆呜——"

睡眼惺忪的蔻儿修抱住萨留斯的身体后，在他的身上摩擦起来。简直就像是动物想要留下自己体味的举动。

萨留斯全身僵硬起来，任由蔻儿修摩擦。他内心一角甚至出现"反正又不是自己主动这么做"的邪恶想法。

白色的光滑鳞片冰冰凉凉的，非常舒服，还散发出芬芳的药草气味，无比诱人。

自己也可以伸手抱住她吗？

正当快要忍耐不住时，蔻儿修的眼睛开始回神，然后，与身下的萨留斯四目相交。

瞬间冻结。

面对抱着自己不动的蔻儿修，萨留斯思考着应该先说什么才好，最后选了一句感觉最没问题的话。

"我也可以抱你吗？"

会觉得没问题，只是他沸腾的思绪自以为是而已。

蔻儿修发出威吓的声音，尾巴也啪嗒啪嗒地甩个不停。接着，她便从萨留斯的身上滚着离开，直到撞上墙壁才停下来。

可以从趴着的蔻儿修口中听到细微的呻吟，以及"笨蛋笨蛋我这个笨蛋"之类的声音。

"总之，蔻儿修你也平安无事，真是万幸。"

这句话似乎让蔻儿修回复了平静——但尾巴还是甩个不停就是了——她抬起头，对萨留斯露出微笑。

"你也是，能平安无事真是太好了。"

看到蔻儿修那温柔脸庞，萨留斯虽然也涌现一丝不轨想法，但还是努力忍住，问了一个正经问题。

"你知道我倒下后，到底发生了什么事吗？"

"嗯，知道一点点。伊格法被你打倒后，敌人好像就撤退了，还有，你哥哥他们似乎也顺利打倒了魔物，然后我们三人都因此得救……这是昨天的事。"

"那么，不在这里的任倍尔……"

"嗯，他没事喔。他的回复力大概比你好吧，他似乎在被施过治愈魔法之后就立刻回复意识了，现在应该在进行战后处理。我则是因为疲劳过度，好像在听完这些事情后，就不省人事了……"

蔻儿修起身来到萨留斯身边坐下。萨留斯也想起身，但蔻儿修温柔制止。

"不要勉强起来，毕竟在我们所有人之中，你的伤势最严重。"

不晓得是不是想起当时的情景，蔻儿修的声音变得有点小。

"你能平安无事真好，真的太好了……"

萨留斯轻轻抚摸眼神下垂的蔻儿修安慰道：

"在听到你的答案前，我不会死的。我也很担心你的安危喔。"

答案。这个词让两人的动作倏然而止。

两人什么话都没说，室内被宁静笼罩，几乎可以听见两人的心跳。

蔻儿修的尾巴慢慢移动，缠上萨留斯的尾巴，黑白两条尾巴交缠在一起的模样，令人联想到蛇的交配。

萨留斯静静凝视着蔻儿修，蔻儿修也注视着萨留斯，可以看见眼里映出彼此的身影。

萨留斯发出一道轻轻的说话声，不对，那不是说话声，是叫声。他和蔻儿修初次见面时发出的那个叫声。

求爱的叫声。

萨留斯发出叫声后，没有采取任何行动。不对，是无法做出任何行动，只有心脏不断激烈跳动。

不久，蔻儿修的口中也传来相同的声音——叫声。同样高亢，抖着尾音的叫声，那是——接受求爱的叫声。

蔻儿修脸上浮现难以形容的魅惑表情，萨留斯已经无法将视线从蔻儿修身上移开。蔻儿修趴在萨留斯身上，那姿势和刚才她睡觉的时候一样。

两人的脸之间已几乎没有距离，彼此的温热鼻息融合在一起；心跳声透过相触的胸口达成同步，两人就这样合而为一——

"哦！正在忙吗！"

门被用力打开，任倍尔闯了进来。

蔻儿修和萨留斯都仿佛冰雕般静止不动。

任倍尔一脸疑惑地望着两人——被蔻儿修骑着的萨留斯，歪起头询问：

"什么嘛，还没开始吗？"

知道任倍尔在说什么的两人默默离开彼此，然后慢慢站起，不发一语地接近任倍尔。

一头雾水地俯望两人的任倍尔，身体向前弯了下来。

"咕啊！"

腹部挨了两人的拳头，吐了口气后，任倍尔的巨大身躯就这样瘫倒在地。

"呜喔……很厉害的一拳嘛……特别是蔻儿修的……咕咕……真的很痛……"

先不说萨留斯，母蜥蜴人那愤怒的一拳似乎强到甚至可能打得赢任倍尔。光是这一拳当然不可能消气，不过，即使继续揍任倍尔，已经消失得无影无踪的气氛也不会再回来。

两人握起彼此的手——要说是取代揍任倍尔这个行为也有点怪，但为解决扎在心头的担忧，萨留斯开口询问任倍尔一件事。

"先不管那个，我有许多事情想问你。虽然我也问过蔻儿修了，但可否告诉我现在是什么状况？"

任倍尔不在意牵着手的两人，直接回答：

"你不知道吗？现在全部族的人都在庆祝胜利喔。"

"所以哥哥是去带头举行啰？"

"是啊。总之，狩猎班已经先行查探过了，没有发现任何敌情，也没有后援军埋伏的迹象。毕竟要动员那么多兵力，也多少会引人注目啦。所以，目前暂且继续警戒，但你哥哥已宣布获胜，我会来这里也是因为你哥哥的吩咐。"

"哥哥吩咐？"

"是啊，你哥哥跟我说——'嘎哈哈哈哈，就让他们两人睡在一起吧。说不定他们已经在翻云覆雨了呢，嘎哈哈哈，虽然有点不好意思去打扰，但很令人好奇呢，嘎哈哈哈'。"

"少骗人了！那种嘎哈哈哈的笑声是怎么回事！"

"哦……哦，好像真的没有嘎哈哈哈那样笑呢……"

"我哥哥怎么可能会那样笑啊，真是的……"

"不是啦，我只是将那种语感表现出来……"

"真差劲。"

一道声音伴随着足以匹敌"冰结炸裂"的极冷寒气，从蔻儿修口中发出。那可怕的声音甚至令萨留斯都感到毛骨悚然。被骂的当事者任倍尔身体一震，瞬间全身僵硬。

"所以，你是来干什么的？"

"哦，是来当……"

"如果你敢说是来当电灯泡，我就要你尝尝你想得到的所有魔法。"

蔻儿修不是在开玩笑，萨留斯和任倍尔都相当清楚。

"呃……怎么说，我是来邀请你们过去啦。我们姑且也算是获胜的关键人物吧？总不能不出席，而且，之后的事情也需要从长计议……"

"这样啊……"

听完任倍尔有点暧昧的说法后，了解话中含意的萨留斯露出苦笑。他的意思应该是说：考虑到可能还有下一战，现在正是展示坚强实力的好时机。

"了解了，蔻儿修你也可以去吧？"

有些不满地嘟起脸颊的蔻儿修，看起来和栖息在湿地中的变种蛙很像，不过，可爱程度完全不同。萨留斯如此心想。

"那么，要去吗？"

任倍尔优哉询问互相凝视的萨留斯和蔻儿修。

"啊……嗯，也是，那就去吧。"

两人答应之后，三人就一起往外走去。正当走下房子楼梯、踏进湿地时，萨留斯瞬间从蔻儿修和任倍尔的视野中消失。因为一个庞然大物突然撞飞了萨留斯。

砰咕噜咕噜啪嗒。

若以声音形容，大概就是这种感觉吧。

萨留斯从两人的视野中消失，取而代之的是罗罗罗的身影。四个头精神饱满地扭动着，高兴地将鼻子朝向跌进湿地的萨留斯。

"罗罗罗！你也平安无事啊！"

全身泥泞的萨留斯站起来走到罗罗罗身边后，温柔抚摸它的身体，仔细打量。似乎有受到魔法治疗，之前的烧烫伤已经痊愈，仿佛没受过伤一样。

罗罗罗边叫着边将全部的头绕在萨留斯身上撒娇，几乎将萨留斯的身体完全遮住，缠绕得相当紧密。

"喂喂喂，罗罗罗，快住手啦。"

萨留斯笑着要求罗罗罗停下来，但罗罗罗只是开心地一直鸣叫，不肯离开萨留斯。

啪嗒、啪嗒、啪嗒。

萨留斯突然听见踩着固定节奏的水声。找到声音来源的萨留斯感到一头雾水。

水声的来源是蔻儿修，她带着温柔微笑注视着萨留斯和罗罗罗。不过，尾巴却以固定的节奏拍打湿地。

原本站在蔻儿修身边的任倍尔，表情僵硬地渐渐远离她。

罗罗罗停止撒娇。大概也察觉到了一些异状吧。

"怎么了？"

"没、没什么……"

萨留斯看着眼前疑惑问道的蔻儿修，感到不解。不管怎么看，蔻儿修都是在微笑，都像是在替罗罗罗和萨留斯的重逢感到高兴，但不知道为什么就是会令人寒毛直竖。

"真是奇怪——"

蔻儿修再次露出微笑。

头离开萨留斯的罗罗罗，获得解放的萨留斯，还有战战兢兢的任倍尔感到一些异样。不晓得任倍尔是不是再也无法忍受这样的诡异气氛，急忙开口转移话题。

"好，罗罗罗，你就和我一起先走吧。"

罗罗罗当然无法理解蜥蜴人的话，但它就像是非常识相似的，当任倍尔骑上来之后，立刻以超乎想象的速度飞奔而去。

在两者离开后，一股异样的沉默笼罩在留下的萨留斯和蔻儿修之间。

蔻儿修抱着脑袋，左右摇头。

"啊，真是的，我到底在做什么啊，感觉自己的心好像不是自己的一样，明明知道那样不理智，却无法制止自己。嗯，这就跟诅咒一样呢。"

萨留斯也能理解她的心情。没错，因为和蔻儿修初次见面时，他也是那样。

"蔻儿修，老实说——我很高兴喔。"

"什么！"

啪嗒，一道音量非比寻常的水声响起。接着，萨留斯来到蔻儿修身边。

"你听，听得到吗？"

"咦？"

"我们成功保护的事物，也是我们今后必须保护的事物。"

欢乐的吵闹声随风传来，应该是正在举行酒宴吧。那是为了送回祖灵，庆祝胜利，以及追悼死者的酒宴。

本来，酒是非常贵重的物品。能够在这几天不断举行酒宴，多亏了任倍尔他们带来的四大至宝之一，才有无限量的酒可以饮用，而且也因为所有部族的人都聚集在此，现在才能拥有如此令人难以置信的欢乐气氛。

萨留斯听着如此兴高采烈的喧闹声，对身旁的蔻儿修笑道：

"或许一切都尚未结束，或许那个叫伟大至尊的家伙还会进攻，即使如此……至少今天就让我们放松一下吧。"

接着，萨留斯的手便环上蔻儿修的腰。

蔻儿修顺着萨留斯的力道贴近他，然后将头靠上萨留斯的肩膀。

"走吧？"

"嗯……"如此响应的蔻儿修稍微迟疑了一会儿后，继续轻唤一声，"亲爱的。"

　　两个蜥蜴人就这样靠在一起，消失于喧闹之中——

4章　绝望的序幕

第四章 | 绝望的序幕

1

走向王座之厅的科塞特斯，脚步非常沉重。就像是受到传染一样，跟在他后面的仆役们脚步声也很缓慢、沉重。

脚步沉重的原因是在这次的蜥蜴人战役中吃下败仗。因为他即使指挥光荣的纳萨力克军队出征，还是以失败画下句点。

科塞特斯本身的确对蜥蜴人有很高的评价，以武士之身创造出来的科塞特斯相当尊敬优秀的战士。

不过，这完全是两码事。

纳萨力克绝不允许失败，而且，这次战斗和以往的防卫战不同，是第一次的远征。如此光荣的首战竟以失败收场，任谁都会感到不快。

这次被分配到的兵团的确不强，令人想起迪米乌哥斯说过的话。不过，那只是借口罢了。即使主人有将败北的可能性列入考虑，但赢得胜利一定才是最好的结果。

不久，便可以看见王座之厅的前一个房间——所罗门之钥。越是接近，脚步变得越沉重，甚至让人觉得像是被施加了什么魔法。

即使被主人责备也无所谓，不管是要取自己性命，还是要求自杀谢罪，他都已做好了欣然洗刷污名的心理准备。

科塞特斯害怕的是让主人感到失望。

如果科塞特斯被仅存的最后一名无上至尊抛弃，那他该如何是好。

科塞特斯把自己当作一柄剑，一柄握在主人手中、听话地挥砍一切的剑。所以，被主人认定为无用、没有帮助，是最为可怕的事。

不仅如此，若是其他守护者也因为连带责任一起被抛弃的话，科塞特斯该如何向他们谢罪才好。

（绝对无法谢罪，如果严重到那种程度，即使赔上我的性命，也不可能被原谅。）

而且——

（若主人因此失望，和其他至尊一样离开这里的话，该如何是好……）

科塞特斯身体一颤。对冻气有完全抗性的他，颤抖的原因当然不是来自外在因素，而是内在因素。若是人类的话早已被压得开始呕吐的强烈精神压力，正折磨着科塞特斯。

（不、不会有那种事。安兹大人绝对不可能……抛弃我们。）

其他无上至尊全都离去的大坟墓里，最后的一位至尊。

既是最高统治者，也是绝对的整合者。

如此慈悲心肠的君主怎么可能抛弃我们——他虽然一直如此安慰自己，但内心深处，还是会出现并非绝对不会发生那种情况的否定声音。

到达所罗门之钥。

平常，除了守在周围的哥雷姆和水晶型魔物以外，这个房间不会有任何人，现在却出现很多人影。分别是四位守护者——迪米乌哥斯、亚乌菈、马雷、夏提雅，以及四人挑选出来的高阶仆役们。

　　众人目光一起聚集在科塞特斯身上，罪恶感让他脸上浮现一闪而过的慌张神色。

　　因为他觉得大家好像都在指责自己的失败。不对——科塞特斯觉得，大家或许就是在责备自己。刚才的想法再次掠过脑海。大家会不会都和自己抱持着相同想法呢？

　　仔细一瞧，甚至觉得大家的眼中都带着无言的责备之色。

　　"抱歉，我来晚了，连外出的迪米乌哥斯都比我先到。"

　　"不会不会，这点小事没什么好道歉的。"

　　迪米乌哥斯代表大家发言。

　　他的声音和平常一样，感觉不到任何负面情绪。不过，迪米乌哥斯是善于谋略的守护者，擅长控制情感和隐藏内心，无法判断他是否真的没有感到不悦。

　　从这点来看，之前看着安兹和夏提雅战斗时的迪米乌哥斯，模样可说相当罕见。虽然那也是他怀有何等忠心的表现。

　　"已经事先告知其他守护者了，这次由我代替雅儿贝德担任守护者代表，不知道大家是否有异议？"

　　"没有，由你负责的话完全没问题。"

　　雅儿贝德目前代替塞巴斯随侍主人，因此不在场。

"那就好。那么，等最后一人到达之后，就一起前往王座之厅吧，不过，考虑到雅儿贝德不在这里，我想先商量一下拜谒的位置顺序。原本应该预先练习，但已经没有时间，这次就先省略，只以口头说明，所以请大家仔细听。"

各守护者和仆役们都表示了解，同样如此响应的科塞特斯却有一个疑问。守护者已经全都到齐了，究竟要等谁？

不过，那位人物出现后，立刻解答了科塞特斯的疑问。

科塞特斯突然感觉到有一个生物往这里移动的迹象。

往那方向一看，便发现一个飘浮在空中的异形正往所罗门之钥前进。

外形像个胎儿，不对，应该说是胚胎才正确吧。长着一条尾巴，身体呈现异常明亮的粉红色。头上顶着一圈天使光环，背上有一对没有羽毛的干瘪翅膀。这只大小一米左右的异形慢慢朝这里前进。

"那是？"

迪米乌哥斯回答亚乌菈的疑问。

"他是第八楼层守护者，威克提姆。"

"那就是威克提姆呀……"

威克提姆来到所罗门之钥后，转了一圈。科塞特斯觉得他应该是在环顾四周。

威克提姆没有脖子，所以要环顾四周时必须转动全身。

"紫苑黄绿，青绿橙江户紫青紫橙卵。素色山吹橙象牙辰砂桧皮卵紫卵代赭（初次见面，大家好。我是威克提姆）。"

迪米乌哥斯对威克提姆奇怪的说话方式完全不以为意，代表大家响应：

"欢迎，威克提姆，我是代替雅儿贝德担任本次代表的迪米乌哥斯。"

"牡丹绯灰代赭丹青紫黑檀卵之花，栗练练橙卵栗卵之花青紫代赭（我从安兹大人那里听说了这件事）。"

说完后，威克提姆转动身体，再次打量所有人。

"紫苑黄绿丹青紫常盘栗黄绿青紫茜薄色栗练练橙卵栗卵之花青紫代赭常盘卵，橙黑檀炭辰砂象牙绯青绿茜灰卵之花黑檀丹茶卵绯山吹山吹练青紫代赭。绯砥黑檀辰砂橙黑肤山吹红绯（我也已耳闻各位的大名，就先不麻烦各位自我介绍了，还请多多见谅）。"

"这样吗，了解了。那么，既然全员到齐，就先说明刚才那件事吧。"

大家都仔细听着迪米乌哥斯的说明，因为等一下要在纳萨力克地下大坟墓的核心地带，拜见整合所有无上至尊的安兹大人。如果稍有差错，大概只能以死谢罪吧。

说明大致告一段落，再稍微给大家一点时间自行消化说明事项后，守护者便在迪米乌哥斯的带领下，带着仆役们一起进入王座之厅。

科塞特斯进入只来过数次的房间，内心感到无比欢喜。

杰出的建筑，以及代表无上至尊的旗帜，还有位于最深处的世界级道具。称这个房间是纳萨力克的核心房间非常名副其实。耀眼夺目的景象，令人暂时忘却内心的煎熬。

守护者在途中留下仆役们，来到王座下方的楼梯前，排成一列。随后，便向挂在墙壁上的安兹·乌尔·恭公会标志致上最高敬意，表达自己的崇敬与忠心。

接着单膝下跪，低下头，静静等待主人到来。

不久，后方传来沉重的开门声，一个脚步声也随之进入大厅。不用往后看也知道，那绝对不是主人的脚步声。因为纳萨力克地下大坟墓的主人，不可能独自现身。

"恭迎纳萨力克地下大坟墓最高统治者安兹·乌尔·恭大人，以及守护者总管雅儿贝德大人入厅。"

那是战斗女仆由莉·阿尔法的声音。

开门声再次响起，传来清脆的鞋子声与拐杖拄地的声音。那声音后头则响着高跟鞋踩地的声音。

主人入厅时，一般来说应该行礼表示敬意，但在场所有人却完全没有行礼。因为，他们早已表现出最大的敬意。

不过，只有科塞特斯不同。

完全占据内心的不安情绪化成了动作，显现在外。他的动作其实非常小，但在这种场合中会大大影响现场氛围。

科塞特斯以特殊技能察觉到，其他守护者都把注意力转移到自己身上。走在主人后面的雅儿贝德，也散发出努力压抑却依然掩藏不住的愤怒。不过在这种状况之下，没有人敢开口说话。

脚步声慢慢从排成一排的守护者们身旁经过，传来爬上楼梯的声音与在王座上坐下的声音后，雅儿贝德的声音就在厅内高声响起。

"大家请抬头仰望安兹·乌尔·恭大人的尊颜吧。"

众人同时抬头瞻仰坐在王座上的主人，他们的动作产生了摩擦声。

科塞特斯也立刻抬头。

手握统治者象征的手杖，全身笼罩骇人灵气，背后还散发神秘黑暗光芒的至尊，正是纳萨力克地下大坟墓的最高统治者——安兹·乌尔·恭。

站在他身前的雅儿贝德，俯视楼梯下包含科塞特斯在内的所有守护者后，满意地点点头，把脸转向安兹。

"安兹大人，纳萨力克守护者已经齐聚大人面前，还请下达旨意。"

安兹低沉地"嗯"了一声后，将手杖往地板重重一敲。这吸引了所有人的视线，此时安兹缓缓开口：

"欢迎，来到我面前的各位守护者。那么，先表达我的谢意吧。迪米乌哥斯！"

"是！"

"每次有事都传唤你，辛苦了，谢谢你的尽忠职守。"

"哦哦，您太过言重了，安兹大人！我是您的仆役，被传唤后当然要立即参见，完全不需言谢。"

迪米乌哥斯带着高兴到发抖的表情，深深一鞠躬。

"是嘛。对了，你那边有没有出现什么可疑人物？"

"没有，我非常小心戒备，如果有人接近应该很容易发现……"

"那就好。不过，千万不可以放松戒备。因为对方或许会有一些我们料想不到的方法。除此之外，你拿给我的皮……根据司书长的结论，可以用来制作低阶卷轴。有办法稳定提供吗？"

"是的！完全没有问题，已经捕捉到相当充分的数量。"

"这样啊……那么，那些野兽叫什么名字？"

"野兽？啊！关于安兹大人说的野兽……"

迪米乌哥斯稍微犹豫了一会儿后，继续回答：

"是圣王国两脚羊，您觉得称为埃布尔利恩羊如何？"

迪米乌哥斯异常愉快的口吻让科塞特斯感到费解。基本上，迪米乌哥斯是一个脾气不错，还算温柔的人，不过，他只有对无上至尊创造出来的子弟才会那样。除此之外，他是一个非常残酷的人。

可以在他表现出来的好心情底下，隐约窥见他的残忍。虽然迪米乌哥斯深沉的恶意应是投向刚才提到的野兽，但他是会用这种态度谈论缺乏智慧生物的人吗？

以迪米乌哥斯的个性来说，感觉有点不对劲儿。不过，在这种场合当中实在不方便开口询问他。

"原来如此……是羊啊。"

主人的话中稍微带着一点笑意，让迪米乌哥斯以及雅儿贝德都跟着露出笑容。

"虽然我觉得叫山羊比较好……不过那个名字也好。那么，好好剥取那些羊的皮吧……过度捕捉的话会影响生态系统吗？"

"应该不会。而且，只要使用治疗魔法，就可以立刻重新剥取，因此，只要不是大量生产，就不需要大量捕捉。这全都是优秀酷刑师魔物的功劳。"

"嗯？施加治疗魔法的话，被切断的部分不是会消失吗？"

"关于这部分……已经在治疗实验中了解到了一件事。在施加治疗魔法之前，只要让那个部位的形状出现巨大变化——例如剁碎——那肉体部位似乎就会保留下来。也就是说，剥下皮开始加工后，治疗魔法似乎就会认定那是其他东西，即使施加治疗魔法也不会消失。让它们吃肉也不会死似乎就是这个缘故。另外，虽然这或许算是题外话，但如果治疗一方或者被治疗的一方拒绝时，治疗魔法有时候好像会无法顺利作用而留下伤痕。同样，位阶越低，也越会因为时间流逝而留下伤口。"

"原来如此……魔法还真是伟大呢……很好，那就继续进行吧。"

"遵命，今后我会根据年龄、性别分批进献，届时是否可以告知哪种年龄的皮最为适合加工？"

"这个嘛，这部分就交由司书长负责吧。下一位是威克提姆。"

"青绿绯，牡丹绯灰代赭丹青紫（是，安兹大人）。"

"传唤你前来只为了一件事。如果发生意想不到的突发状况时，需要你的特殊技能来保护我和其他守护者……抱歉，我保证会立刻帮你复活，还请见谅。"

"卵紫苑辰砂白磁绯砥代赭薄色绯黄土卵栗卵之花青紫橙山吹象牙，栗练萌黄丹乳白代赭萌黄牡丹绯灰代赭丹青紫，素色山吹橙薄色牡丹绯灰代赭丹青紫常盘橙薄色蓝。焦茶乳白萌黄橙海松山吹江户紫萌黄辰砂紫苑山吹丹乳白山吹常盘卵代赭，焦茶常盘黄肌象牙白卵橙绯砥辰砂常盘灰象牙山吹常盘栗肌萌黄山吹卵白磁常盘卵牡丹乳白青绿绯砥乳白绯橙黑炭辰砂常盘黑炭白练绯砥水浅黄青绿牡丹卵之花青紫茶灰（迪米乌哥斯已经事先跟我讲过了，请安兹大人不需在意，我也是安兹大人的仆役。而且我是为了死而出生，如果这点微薄之力能够帮助无上至尊，那真是令人感到无比喜悦）。"

"是吗……原谅我。"

看到至尊主人低头的威克提姆大声惊呼，表现出仓皇失措的模样。

"薄色黄土山吹绯黄绿绯（万万不敢当）！"

"遇到特殊情况时，我们或许会为了不让对手逃走而杀了你，即使如此也请你接受，我们绝对不是怨恨你才杀你。虽然你也是我心爱的小孩之一，不想伤害你，但如果放任未知敌人不管，或许会尝到苦头，所以……"

"黄绿萌黄薄色栗橙黑白黄绿绯卵肌山吹丹绯，牡丹绯灰代赭丹青紫。栗练薄色黄肌青绿橙濡羽辰砂青灰萌黄卵之花象牙绯橙卵栗卵之花青紫代赭（请您什么都不必再说，安兹大人。您的心情我十分了解）。"

"在纳萨力克的某个机关上用到过一句话，虽然是从福音书中借用的，那句话是'舍命为朋友，这是最伟大的爱'。这句话简直就是在说你，谢谢你的爱。"

安兹的目光，从誓死效忠的守护者移动到其他守护者身上。

"下一个是夏提雅。"

夏提雅大概没有想到自己会被叫到吧，她的肩膀抖了一下，应答的声音异常高亢。

"在、在！"

"过来我这里。"

和之前的守护者不同，只有自己被叫去主人身边，夏提雅惊讶的同时也慌张地站起来。她的背影散发出明显的不安，那模样就像是要被送上断头台的死囚，不过却昂首挺立，仿佛自己所求的光荣就在那里一样。

夏提雅爬上楼梯后，立刻在距离王座不远的地方单膝下跪。

"夏提雅，我要说的就是让你坐立难安的那件事。"

光是听到这句话，夏提雅就立刻知道主人在说什么事，脸上露出愧疚之色。

"啊啊！安兹大人！关于那件事，还请务必赐下责罚！明明身为守护者，却犯下那种愚蠢的重罪，还请赐予最严厉的处分！"

夏提雅痛苦万分的声音在王座之厅响起，科塞特斯非常能够体会她的心情。不对，只要是守护者，以及所有无上至尊创造出来的子弟，谁都能体会。

即使是遭到控制，还是无法原谅与无上至尊为敌的自己。

"是吗……那么，夏提雅，你过来。"

看到主人伸手召唤，夏提雅慢慢爬向王座。

安兹向来到王座前垂下头的夏提雅伸出骨头手臂，温柔地抚摸她的头。

"安、安兹大人……"

战战兢兢地抬起头，几乎已经吓破胆的夏提雅，发出轻声呼唤。

"那次的失败是我的失算，而且对付的是世界级道具，本来就非常占下风。夏提雅——我爱着所有效力于纳萨力克的你们，从无到有被创造出来的你们。当然，也包括你。你要我勉强惩罚没有罪，又是我所爱的你吗？"

主人像是感到为难般移动目光。科塞特斯无法知道主人看向什么地方，但似乎有稍微开口。主人的脸完全是个骷髅头，没有嘴唇，无法从口型来推测，但应该是说了一个人名吧。

"哦，安兹大人！您竟然说爱我！"

夏提雅感动万分的声音响彻整个房间。

科塞特斯在夏提雅的后面，所以无法看见她的脸。不过，态度已经可以说明一切。她的声音哽咽，肩膀还不时抽动。

可以看见主人的另一只手温柔抚摸夏提雅的脸，手上还握着一条白色手帕。

"好了好了，夏提雅，别哭了，这样可是会糟蹋你的美貌喔。"

夏提雅没有说话，只是把脸——大概是嘴唇——贴上刚才抚摸她头发的那只手的手背上。

已经涌出泪水的是马雷，以及亚乌菈。

迪米乌哥斯也稍微擦拭了眼角。科塞特斯有点羡慕能够流泪的人，同时再次望着一个个誓死效忠的同伴背影。

夏提雅最害怕的事情，应该是留在这里的最后一位温柔的无上至尊，将没用的自己、造成麻烦的自己、曾经不忠的自己舍弃吧。

不过，主人将这个不安彻底地粉碎了。

用"爱"这个字粉碎。

夏提雅内心究竟有多么喜悦？站在和她相同立场——不对，自己的立场较差——的科塞特斯，只是带着无比羡慕的眼神默默注视她的背影。

"那么，夏提雅，你可以退——"

"安兹大人。"

一道冰冷的声音打断主人的话。这个不敬行为让科塞特斯生气地瞪向雅儿贝德。接着，他便感觉心情相当诡异。他心中涌现了一丝莫名的不安。

"赏罚分明是世间常理，我觉得还是必须给予处罚。"

"雅儿贝德，你对我的决定不……"

主人的话在途中停下。应该是科塞特斯不知情的某种理由让主人不再说下去吧。最后的决断取决于夏提雅的一句话。

"安兹大人，我也赞成雅儿贝德的意见，请务必赐下惩罚。这也会让我为能够尽忠感到相当高兴。"

"我知道了，等决定好惩罚方式后再处罚你，退下吧。"

"是的，安兹大人。"

原本已经有点红的眼睛变得更红的夏提雅走下楼梯，回到刚才的地方，行了一个无比尊敬的君臣之礼。

接下来——

"科塞特斯，安兹大人有话要跟你说，洗耳恭听吧。"

一触即发的紧张气氛瞬间涌现。

终于轮到自己了。

科塞特斯把头垂得相当低。谒见主人时，这种只能看到地面的姿势，的确可以表现出尊敬的态度，不过，科塞特斯会这样更是因为没有勇气直视主人的脸。

"我已经看过你和蜥蜴人的战斗了，科塞特斯。"

"是！"

"最后以战败收场呢。"

"是！这次是我的失败，真的非常抱歉，还请赐我——"

科塞特斯的赔罪被一道手杖敲地的声音制止。接着，雅儿贝德冷冽的声音立刻震动了听觉器官。

"你这样对安兹大人很无礼，科塞特斯。要赔罪的话就抬起头赔罪。"

"失礼了！"

他抬起头，仰望坐在楼梯顶端王座的主人。

"科塞特斯，身为败军之将，你有什么话想说？这次你没有亲上前线，只以指挥官身份战斗后，有什么感想？"

"是，都已经执掌兵权了，居然还无法取胜，甚至还失去安兹大人创造的指挥官死者大魔法师，真的非常抱歉！"

"嗯？啊，失去那种要多少有多少的不死者，一点也不可惜，别放在心上。科塞特斯，我想问的是你率军战斗的感想。先把话说在前头，我没打算责怪你这次的失败。"

守护者以及在后方待命的仆役们，个个都一头雾水。除了迪米乌哥斯和雅儿贝德两人之外。

（迪米乌哥斯说得果然没错……唔！）

科塞特斯感觉主人要继续说话，急忙切换思绪。

"因为不管是谁，都会失败。即使是我也不例外。"

王座之厅弥漫着一股带有苦笑的气氛。无上至尊安兹·乌尔·恭怎么可能失败，事实上，他到目前为止都不曾失败过。

也就是说，那不过是用来安慰科塞特斯的说辞。

"不过，问题是有没有从那场战斗中得到什么。科塞特斯，我换个问法，你觉得怎么做，才能在战役中取胜？"

科塞特斯开始默默思考。现在的他知道怎么做就能获胜，于是他脱口说出自己的缺失。

"我太小看蜥蜴人了，应该更加谨慎行事才对。"

"嗯！就是这样。不管敌人有多弱小，都不能小看……也应该让娜贝拉尔看看这场战役才对。还有呢？"

"是，还有情报不足。我从这次战役中得知，在不确定对手实力及地形的状态下，胜算肯定会变小。"

"很好，还有呢？"

"指挥官不足也是问题之一。因为上阵的是低阶不死者，应该要派遣能够随机应变、适时下达正确指令的指挥官跟随。另外，考虑到蜥蜴人使用的武器，应该以僵尸为主力进行攻击，使对方精疲力竭，或者不要分散行动，一起攻击。"

"除此之外呢？"

"非常抱歉，临时能想到的只有这些……"

"不用道歉，你说得没错，相当出色的见解。当然，还有其他地方需要改进，但你已经学得相当充分。其实我比较希望你能不问别人，自行发现这些缺失……还算在可允许的范围内吧。那么，你为什么不在一开始就那样做呢？"

"我没有想到。以为只要用悬殊兵力就能打败对方。"

"这样啊。不过，在不死者牺牲后，你也有就各方面进行思考了吧？很好！只要能够不断精进，避免再度失败，这次的失败就有其意义存在。"

科塞特斯隐约觉得主人露出微笑。

"失败有很多种，但你的失败并非致命的那种。除了那个死者大魔法师，其余全是自动涌出的不死者。即使那些不死者被消灭，对纳萨力克也没有任何影响。反之，如果守护者能够学到教训，不再失败，那么这次的失败其实相当划算。"

"非常感谢，安兹大人！"

"不过，战败也是事实，我要你和夏提雅一样受罚……"

这时候，主人停下了话语。短暂的沉默让等待主人降下惩罚的科塞特斯稍感不安，但知道并没有让主人失望的科塞特斯已经放下心头大石。不过，接下来的话还是让科塞特斯的身体为之一僵。

"原本打算让你退居后防，不过，还是这样比较好吧。科塞特斯，你就自己洗刷失败的耻辱……去歼灭蜥蜴人吧。这次不准求助任何人。"

如果将蜥蜴人赶尽杀绝，不让消息走漏的话，纳萨力克就不算失败。

若是将纳萨力克以外的人全都当成下等生物之人，一定会欣然为了洗刷自己和纳萨力克的失败，着手屠杀。如果是以前的科塞特斯，也会毫不迟疑地接受这个命令，然而——

科塞特斯全身发抖。

因为他知道，接下来的行动代表什么意思。

数次吸气，再吐气。

科塞特斯没有响应主人的要求，让在场所有人感到不解。科塞特斯终于出声道：

"有件事情想要请求安兹大人！"

世界仿佛突然停止，众多注意力投向自己。

科塞特斯是名守护者，即使在纳萨力克内也拥有很高的权力和能力，能够与之相提并论的人屈指可数，这样的他却感受到了一股令人全身发抖的寒意。

虽然心中的悔意如雪崩般袭来，但一切为时已晚。

既然已经说出口，就没有退路。

拥有许多复眼的科塞特斯视野相当广阔，但他完全低着头，无法看见主人的模样，这算是唯一的救赎。因为，如果主人表示出愤怒或是不快，科塞特斯就会被震慑得无法采取任何行动。

"请您应允！安兹大人！"

主人还没响应，其他人就打断科塞特斯的话。

"大胆！"

斥责的人是雅儿贝德。震耳欲聋的呐喊声，很有守护者总管的管理者威严。无法动弹的科塞特斯仿佛遭母亲责备的小孩，不断发抖。

"让光荣的纳萨力克吃下败仗的你，有什么资格请求安兹大人！太不识相了！"

科塞特斯不发一语，决意在没有得到主人同意之前，绝不抬头。即使雅儿贝德的愤怒更加强烈，也是一样。

"还不退——"

不过，雅儿贝德的怒吼被一道男子的平静声音打断，就此烟消云散。

"别这样，雅儿贝德。"

主人重述相同的话，安抚惊呼的雅儿贝德。

"抬起头来，科塞特斯。你有什么要求，可以说说看吗？"

那平静的声音中没有任何愤怒，不过，这样才更可怕。那种恐怖和看着清澈见底的湖面时快被吸进去的感觉很类似。

科塞特斯穿戴的装备可以抵抗由外在因素产生恐惧的精神攻击。所以，现在侵袭着他的恐惧来自他的内心。

吞了一口口水后——如果形容得更贴切一点是吞了一口毒液——科塞特斯缓缓抬起头，看着身为统治者的主人。

闪烁在主人空洞眼窝中的火光，似乎稍稍带着鲜明的赤红。

"我再重复一次，你有什么要求，可以说说看吗？"

无法发出声音。虽然好几次都想说出口，但就是卡在喉咙，什么话都说不出来。

"怎么了，科塞特斯？"

一股凝重的沉默笼罩。

"我并没有生气，我只是想知道你在想什么，想要求什么罢了。"

　　安兹仿佛在安抚默不出声的小孩，口气相当温柔。在这样的温柔攻势下，科塞特斯终于开口。

　　"我反对将蜥蜴人赶尽杀绝，还请您大发慈悲。"

　　斩钉截铁地说完后，科塞特斯感觉空气似乎在震荡。不对，空气应该是真的在震荡吧。

　　最大的震源来自正前方——雅儿贝德的杀气，其次是其他守护者动摇的内心。迪米乌哥斯和主人则是平静如水，感受不到任何波动。

　　"科塞特斯，你知道自己在说什么吗？"

　　雅儿贝德充满杀气的冷冽声音，甚至让具有完全冰抗性的科塞特斯感到一股寒意。

　　"安兹大人命你歼灭蜥蜴人，将功赎罪，身为当事人的你却唱反调……第五层守护者科塞特斯，难道你怕了蜥蜴人吗？"

　　那声音有如嘲笑。但科塞特斯无法反驳。

　　雅儿贝德会有那种态度是理所当然的。如果两人的立场相反，科塞特斯应该也会觉得火大吧。

　　"你倒是说说话——"

　　让雅儿贝德住嘴的不是说话声，而是碰撞声。那是一道手杖敲地的高亢声音。

　　"雅儿贝德，安静点。是我在问科塞特斯，别太放肆了。"

　　"非常抱歉！请、请原谅我！"

雅儿贝德低头道歉，回到刚才所在的位置。

主人转回视线，锐利地直视自己。还是完全看不出主人的情绪。看起来像是愤怒至极，也像是觉得有趣。

"那么，科塞特斯，你会那么要求，应该有对纳萨力克地下大坟墓有利的理由吧？你就说说看。"

"是！今后，他们之中可能会出现顽强的战士，因此，这时候将他们赶尽杀绝，未免太过可惜。属下认为，等以后出现更强的蜥蜴人时，先让他们对纳萨力克产生根深蒂固的忠诚之心，再收为部下，才更为有利。"

"这提议的确不错。使用蜥蜴人的尸体生产不死者，和利用人类尸体生产出来的等级大同小异。只要能有完善的方法回收埋葬在耶·兰提尔墓地的尸体，确实没有拘泥于蜥蜴人尸体的理由。"

正要把"那么"说出口时，科塞特斯就发现主人的话还没说完。他心里涌现不妙的预感，且化作了事实。

"不过，比起利用蜥蜴人，由我使用尸体生产不死者，经济效益应该比较高。不但可以确认其忠诚心，也不需要耗费军饷。蜥蜴人的好处感觉只有将来数量会增加而已，而且这个好处应该也需要一段很长的时间才能显现……如果有我遗漏的地方，就说来听听。是否还有什么可以让我感到心服口服的好处？"

如果能够说服慈悲的主人，自己的愿望就能实现。不过，科塞特斯却想不到还有什么好处。

正因为一直以来都把自己当作武器，只会任由主人挥舞，也因为自己没有事先思考过，才会无法说服主人。他没有先想过该怎么做，才能让组织有效获得利益。

　　而且，主人追求的是和纳萨力克地下大坟墓相关的利益。科塞特斯不想将蜥蜴人赶尽杀绝，是因为他们有耀眼的出色人才；是因为身为武士的自己受到那位人才想守护的群体吸引。他会这么想都是个人情感使然，绝非替大局着想的判断。

　　科塞特斯心急如焚。

　　如果让默默注视着自己的主人焦急或不悦，这个奇迹般的提问就会变得毫无意义，只留下刚才歼灭蜥蜴人的命令。

　　他绞尽脑汁，还是想不出答案。

　　"怎么了，科塞特斯，想不到吗？那就决定歼灭啰？"

　　连续的问话。

　　科塞特斯的脑袋完全空白，嘴巴有千斤重，思绪只是不断空转。

　　一道低喃响彻了鸦雀无声的王座之厅。

　　"是吗，真遗憾。"

　　正当这句遗憾几乎快把科塞特斯压得喘不过气时，一道平静的声音伸出了援手。

　　"安兹大人，请允许我从旁插嘴。"

　　"怎么，迪米乌哥斯，有什么事吗？"

　　"是的，关于安兹大人刚才的决定，如果方便，是否能听听我的愚见？"

"那就说来听听吧。"

"是！安兹大人，您也十分了解实验的必要性，所以，您觉得把那些蜥蜴人也拿来用在实验上如何？"

"哦，这提议满有意思的呢。"

科塞特斯觉得，主人从王座挺出身子的时候，那红色双眼似乎瞬间望了自己一眼。

"是。首先，不管今后的纳萨力克变成怎样，终究会面临需要整合不同力量的一天，或许还会有需要控制不同种族的一天。属下认为做好统治实验，和没有做好统治实验，将会在那时候出现巨大差异。"

迪米乌哥斯站得更加端正后，直视着坐在王座上的主人，告知结论。

"我认为，应该控制蜥蜴人的村落，进行非恐怖统治的相关实验。"

手杖敲打地板的高亢声音响彻四周。

"很好的提议，迪米乌哥斯。"

"万分感谢。"

"那么，关于蜥蜴人集团，我就采纳迪米乌哥斯的建议，将歼灭改为占领。有没有异议？有的话就举手告知。"

闪动的深红眼眸环顾所有守护者。

"看来都没有异议，那就这么决定了。"

所有人都低下头，表示了解。

"不过，迪米乌哥斯，你这个主意还真是出色，令人佩服。"

迪米乌哥斯轻轻一笑。

"实在不敢当，安兹大人。您应该早就注意到这部分了，只是在等待科塞特斯提出来，对吧？"

主人没有响应，只是露出苦笑。不过，主人的态度已经充分说明了一切。

科塞特斯觉得身体瞬间放松了下来。

明明指挥着光荣的纳萨力克军队，还吃下败仗。跟主人的意见唱反调时，也没有准备其他替代方案。这该怎么形容呢？那就是——

（无能。我到底是多无能啊。）

"不，没有这回事，迪米乌哥斯，你太抬举我了。我只是希望你们能够表达自己的想法，不管是什么样的想法都可以。"

主人的目光再次移动，且停留在科塞特斯身上的时间最长。了解主人话中含意的科塞特斯虽然感到惭愧，却无法低下头来。

"第一要务是了解命令的真正意义，仔细了解后，再做出最适当的行动。听好了，守护者们，你们并非盲目听命行事就好。你们必须在行动之前稍微思考，要怎么做才是对纳萨力克最有利。如果觉得命令内容的做法有误，或者有想到更好的方法，务必向我——或者提议者报告——那么，科塞特斯，回到刚才的话题，我刚才说过要处罚你，对吧？"

"是的，您要我将蜥蜴人集团赶尽杀绝。"

"没错。不过，现在不是要赶尽杀绝，而是统治。因此，我也要变更对你的处罚。蜥蜴人集团就由你来统治，要让他们对纳萨力克产生根深蒂固的忠诚之心。禁止以恐怖手段统治，要让蜥蜴人集团成为非恐怖统治的典范。"

科塞特斯不曾承担过这样的重责大任——不对，在所有守护者中，恐怕只有迪米乌哥斯有过这样的经验。

"自己难以达成这个任务"的想法曾有一瞬间在科塞特斯的心中浮现，但他又怎么可能说出这种窝囊话。不管是对必须誓死效忠的宽容统治者，还是对自己伸出援手的同伴，都说不出口。

"遵命。因为有许多担忧，还烦请多方协助、指教。"

"当然，这件事想必会需要许多资材、粮食以及人才，关于这方面就交由纳萨力克来负责吧。"

"非常感谢。我科塞特斯在此保证，一定会好好表现，绝对不会辜负安兹大人的慈悲之心！"

科塞特斯由衷呐喊。

"很好。那么，在此下令所有守护者出击。一队当作诱饵，另一队负责展现实力，让蜥蜴人知道我们的实力不是只有那样。当然，如果科塞特斯你觉得对你之后的统治有影响，我可以收回成命。"

科塞特斯仔细思考过后，开口回应：

"我认为应该没有问题。"

"是吗？那么，所有守护者，立刻准备出发。"

在场的守护者全都异口同声地表示了解。

"雅儿贝德，我也要前往。帮忙备好兵力。"

"遵命。考虑到也有喜欢偷窥的敌人，是否可以顺便让他们误会我方的真正意图？"

"就是那样。不过，别忘了也要展现令对方望而生惧的一面。"

"那么，可以派出纳萨力克资深护卫当作主力，军容看起来也会比较壮观。"

科塞特斯也在心中同意雅儿贝德的响应。

有一种不死者的卫兵称为资深护卫。

纳萨力克资深护卫是只存在于纳萨力克地下大坟墓的卫兵，可说是资深护卫中的高阶不死者。他们拥有附有各种魔法效果的武器，装备着魔法铠甲与魔法盾，并且身怀好几项炉火纯青的战斗系特殊技能，是相当优秀的不死者卫兵。

"那样没问题。数量有多少？"

"有三千人。"

"有点少呢。这样的数量，很难达到震慑的效果……我们这次可是要赢得胜利，让小看纳萨力克的家伙吓破胆喔。如果数量比上次少就没什么意思了，我希望可以再多一倍的数量。其他还有什么可用之兵？"

"那么，也动员纳萨力克老练护卫和纳萨力克高手护卫，您看如何？这么一来，总数就有六千人。"

真不愧是守护者总管，雅儿贝德回答得行云流水。对此，安兹的回应简单明了。

"很好！那么，启动高康大时有没有出现什么问题？"

"没有，安兹大人。已经顺利让高康大听命行事了。"

"那么，夏提雅，你就使用'传送门'，将所有兵力一起传送过去。"

"但只有我一个人的话，魔力实在有限。"

"请佩丝特妮协助，让她传输魔力给你。如果还不够就找露普斯蕾琪娜协助。"

"遵命。"

"接着，将妮古蕾德和潘多拉·亚克特的警戒网转移到我们这边。虽然这会让塞巴斯的警戒网稍微松懈……但也只能强化物理监视了。很好！那么，大家开始行动吧。明天要让蜥蜴人见识一下纳萨力克地下大坟墓的实力。"

2

"谢谢你，迪米乌哥斯。"

当主人离开王座之厅后，科塞特斯做的第一件事就是向迪米乌哥斯道谢。迪米乌哥斯对深深鞠躬的科塞特斯露出一如往常的微笑。

"不，你不用道谢。"

"那可不行，如果没有你的帮忙，蜥蜴人一定会被赶尽杀绝。"

"科塞特斯，我想安兹大人说不用在意，恐怕是因为安兹大人原本就期望事情会这样发展。"

迪米乌哥斯竖起一根手指如此说道，对应地响起一道吃惊的声音。发出那声音的好像是科塞特斯自己，也好像是周围的守护者们。

"也就是说，我认为安兹大人是预测到你会说出刚才那些话，才会派你去当指挥官进攻蜥蜴人村落的。我会这么想，也是因为你反对歼灭蜥蜴人村落时，安兹大人看起来非常高兴，而在你无法提出取代方案时，却显得相当失望。"

"你的意思是说，安兹大人是因为事情没有按照计划进行，才感到失望吗？"

"就是这么回事。也就是说，在这里的所有对话，很可能都在安兹大人的预料之中。"

"真不愧是安兹大人，竟然神机妙算到这种地步！"

"不、不过啊，那、那个……"

"有什么话就快说啦。"

姐姐亚乌菈严词厉色地要吞吞吐吐的弟弟马雷快说下去。

"好、好的。那个，我一直觉得很奇怪，当初为什么要派那么弱小的不死者。那、那个……说、说不定，安兹大人就是以战败为前提……"

"与其说是以战败为前提，还不如说主人或许早已想过科塞特斯会调查蜥蜴人的实力，并提出是否能够获胜的意见吧？"

科塞特斯回想当时和迪米乌哥斯的对话，感到十分惭愧，因为一切全被自己搞砸了。

"如果不熟知科塞特斯的性格，绝对无法拟定出这个计划呀。真不愧是安兹大人……"

"虽然和夏提雅一战时，就已经见识过安兹大人杰出的战士才能，但没想到竟然还具有谋略家的超级才能，实在令人佩服得五体投地。安兹大人虽然那样说，但我觉得我们只要按照安兹大人的命令行事就够了……"

"真的非常厉害呀。能够整合所有无上至尊，果然不是浪得虚名呀。"

继头脑首屈一指的迪米乌哥斯之后，夏提雅也兴奋地如此称赞，而其他守护者们也全都点头表示认同。

安兹回到房间，往床上跳去。经过颇长的滞空时间后，他的身体才往床上一沉，然后——开始滚动。

往右滚，再往左滚。

正因为床够大，他才有办法这么滚。

虽然豪华的长袍已经皱巴巴，但完全不在意的安兹继续带着微微笑声左右滚动。安兹会做出这种孩子般的举动，当然是因为这个房间除了他以外，没有其他人。

不久，安兹童心未泯地享受完柔软的床铺，就这样躺着望向天花板。

"唉，好累啊……啊，好想尽情畅饮，喝个烂醉……虽然都办不到就是了。"

安兹发完牢骚，大大叹了一口气——不过安兹没有呼吸，所以只是假装叹气的样子。

因为是不死者，所以肉体和精神上的疲惫都与安兹无缘。不过，如果以人类的形容方式来说，最近这一个月他天天都过得心力交瘁。如果胃还在，绝对会把胃搞坏。

安兹目前充满了压力。

飞飞这名战士打倒了银发吸血鬼——夏提雅。对于毫不知情的人来说，或许只会觉得很厉害而已，但对于向夏提雅使用世界级道具的神秘人物来说，则具有其他意义。对方应该很可能因此盯上安兹，或前来接触。

所以安兹全天候保持警戒，也准备了许多付费道具以便随时逃亡。空闲时，他除了保持警戒之外，还在脑中进行角色扮演——或者说妄想的练习——想象对方前来时，自己一边谨慎检视是否能够逃掉，一边又努力收集情报的模样。

如此胆战心惊的每一天虽然对安兹·乌尔·恭完全没有影响，但却会让残存的人类部分——铃木悟这个人格身心俱疲。他会在进入可以独自放松的空间时，抛开纳萨力克统治者应有的态度，展现童心未泯的模样，应该也是因为安兹底下那个被逼得很紧的铃木悟想要那么做吧。

"记忆中不曾这样不眠不休工作过……不知道这个月的加班费会有多少？"

可能是铃木悟这个人格压过了安兹，才会发出这样的牢骚。

"纳萨力克地下大坟墓……不对，安兹·乌尔·恭……不是股份公司。合资公司是良心企业，应该会保证全额支付员工的加班费……"

如此嘟嘟囔囔后，安兹皱起不存在的眉毛。

"嗯？该不会因为有职位津贴，我就没有加班费可领了？哇啊……"

安兹再次左右滚动，来回滚了五六次后，就突然停止不动。

"好了……无聊的胡思乱想就到此为止……话说回来，科塞特斯还真厉害呢，竟然能够说出那种话。"

出乎意料。科塞特斯竟然会对蜥蜴人心怀慈悲。

科塞特斯那番行动，是让安兹非常伤脑筋的行为。

铃木悟是那种在做简报时，会事先充分准备数据，然后照本宣科的个性。因此，他不擅长应付意料外的问题。不过，只要数据上写了，就能按照数据应付。换言之，对铃木悟来说，简报成功的关键在于能够调查与应付到何种程度。这样的男人非常不擅长需要随机应变的场合，甚至到了讨厌的地步。

总不能把数据带进王座之厅里面，还说"那么，请看下一页"吧。所以，安兹早已把这次在王座之厅的一连串流程，在脑海中演练过十次以上了。心中还祈祷着，中间不会有人出现意料外的举动。

而这个小小愿望却被科塞特斯打破。

他非常担心科塞特斯想说什么，但也觉得开心。

因为他也同时具有类似家长的喜悦——仿佛家中从来不会任性的小孩，第一次发表自己意见的感觉。最重要的是，对方的成长可以说是远远超乎安兹的想象。

安兹之前回到纳萨力克之际，曾经让一位女仆做过菜。他请女仆做的是排餐。如果考虑到熟度等各种重点，或许还需要一些练习，但安兹要求的排餐等级并没有那么高。他也不是想要像YGGDRASIL游戏中的料理那样，能得到什么特别奖励。只要做出一道能够下咽的菜就没问题。

但做出来的成品只能说是一块黑炭。

即使那个女仆不断重复练习，做出来的除了碳化的肉块之外，还是碳化的肉块。

在接受女仆衷心道歉的同时，安兹也非常能够接受这种预期中的结果。这和安兹之前在衣物间装备巨剑的情况没什么两样。

在YGGDRASIL中，需要专业的特殊技能才能做菜。因为饮食具有暂时提升战斗能力的额外奖励，所以需要专业的特殊技能也是理所当然。不过，那位女仆并没有做菜的特殊技能。

也就是说，即使想做需要特殊技能，自己却没有该技能的那些事，最后也会以失败告终。

关于科塞特斯的这件事是安兹的目的，也算是一项实验，要测试已经定型的安兹等人是否还能够得到新的东西。这项实验关系到一项证明，那就是如果学会战术和战略等知识后，安兹等人是否还能成长。让科塞特斯指挥弱小不死者，也是因为他单纯觉得或许失败能够得到更多。

最后得出了让安兹感到满意的结果。科塞特斯让安兹看到了成长的可能性。

当然，动手学习技术和用脑学习知识有很大的不同。

安兹将来的目的是把这个世界特有的魔法体系学到炉火纯青——如果真有那种魔法的话。目前，安兹的心中依然存在着魔法到底属于技术还是知识的疑问。不过，这次的实验是在证明知识方面是否能够成长。

科塞特斯证明了知识有成长的可能。他表现得非常好。

安兹心想。

没有成长就等于停滞不前。即使现在算是强者，也总有一天会被超越。

就算拥有领先一百年的军事技术，但若是不再进步，总有一天还是会失去最强的地位。目前在邻近国家中可能算是强国，但如果认为永远都能保持强国地位，不再追求进步，那简直是愚蠢到极点。

"想是这么想……但为小孩成长感到开心的同时，也会很担心自己是否是一个值得让他们尽忠的统治者呢……"

如此喃喃自语的安兹望着天花板。

"啊啊，我好怕，好害怕……"

铃木悟这个残余人格再次因为新的不安而哀号。

成长即代表变化，那么，又有谁能够保证现在的绝对忠心不会改变呢？即使不会改变，还是担心有一天会被认为不配担任光荣的纳萨力克统治者，担心被烙上公会会长失职的烙印。

"我得成为一个值得让守护者尽忠的统治者才行啊……有没有什么人可以教我帝王学啊……"

纳萨力克内应该没有设定上这么方便的人物。

陷入沉思的安兹脑中浮现两个人的身影。那是极恶五人组的两人，分别是有公爵爵位的恐怖公，和称号有个王字的饿食狐虫王。仔细思考是否可以向那两人请教的安兹，直接以简短的一句话回答自己。

"驳回。"

除非走投无路，否则他不想请教那两人。

"算了……只要行动时不捅出什么大娄子，应该暂时不会要我隐居才对。另外……对了，两脚羊呢……"

安兹早已察觉两脚羊的真正身份，才没有详细追问两脚羊的外形。那是曾经在 YGGDRASIL 见过的魔物。

"拥有狮子和山羊的头，还有蛇的尾巴，手是狮子，脚是山羊。应该不会错了，就是混种魔兽……"

在 YGGDRASIL 中，混种魔兽是以两只羊脚站立行走，以狮子脚当作手臂来进行攻击，身上同时生长着狮子头和山羊头的魔物。这是因为这种魔物流用了巴弗灭的外观组成数据。

那迪米乌哥斯为什么不直接说是混种魔兽？虽然有这种疑问，但安兹已经有了自己的答案。

"也就是说，那也有可能是混种魔兽的亚种。是这样吧，迪米乌哥斯？"

安兹呵呵一笑，接着在迪米乌哥斯的评价中加上了一个备注：取名字的品位还真是意外地差呢。

"在 YGGDRASIL 中也有像混种魔兽王那种外观有点……不对，鱼的混种魔兽外观还诡异到令人觉得恶心。两脚羊会是新品种的混种魔兽……圣王国混种魔兽吗……让人带一只到纳萨力克也不坏呢。另外还有威克提姆……呢。"

他的外观和记忆中的一样，不过，只有一个地方令人在意。

"他使用的语言……真的是被称为天使语言的以诺语吗？感觉像是在说另一种不同的语言……"

因为已经被翻译过，所以安兹不知道是在讲哪一种语言，但他就是觉得有点怪怪的。当然，也很可能只是因为安兹本来就不懂以诺语。

"算了，就不计较了。好了，也差不多得准备出战了……"

安兹意犹未尽地再次左右滚动。他停下动作，趴着以后，开始确认从刚才就一直有点在意的事情。

他把头埋进床里，深吸一口气。

安兹没有肺，当然只是装装样子，但不可思议的是，他可以闻到味道。

"这是花的香味……床上也喷了香水吗？难道有钱人的床都是这样？若是如此，那还真是惊人呢……或许假装有钱人时也该留意一下这个部分？唔嗯……"

3

有一种能力叫作危险感应能力。

在冒险者中，盗贼等具有探知系技能者最重视的那个能力，就如字面上所示，是能够感应危险的能力。

这种能力分为两种，一种是不靠推理和观察，只靠感觉来瞬间察觉，另一种是靠经验的推理和观察来察觉。如果根据第六感这种内心直觉的是前者，那么从周围环境的微小变化——微弱的味道和声音来判读的，就是后者。

后者有时候在上战场或独自旅行时，即使不特意锻炼，也会自然而然地学会。这是从身处在危险环境的经验中得来的。

而蜥蜴人这种生物在这方面的能力比人类优越，这是因为生物能力——感觉器官比较敏锐，也是因为身处严峻环境的缘故。若是人类的话，应该都会居住在远离魔物的安全场所，不过蜥蜴人却是与魔物比邻而居。

对身为旅行者、经常独自旅行的萨留斯来说，更是能够敏锐地掌握外在环境的气氛变化。

　　萨留斯感觉到空气中传来的紧张感，睁开眼睛。

　　眼前是熟悉的房间——虽然只住过几天。人类即使仔细凝视，也看不清楚这个没有灯光的房间，但对蜥蜴人来说就没那么困难。

　　房间内并无异状。

　　环顾四周，确认没有异状的萨留斯安心地吁了一口气，同时坐起身子。

　　萨留斯是杰出的战士，所以即使他刚才还在睡眠，现在也已经和平常一样清醒。别说睡眼惺忪了，他甚至精神奕奕到可以马上进入战斗。

　　这也和蜥蜴人这种种族的浅睡习性有关。

　　不过，睡在萨留斯身旁的蔻儿修并没有醒来的迹象。

　　失去萨留斯温暖的蔻儿修，只是在浅眠中稍微发出不满的哼叫。

　　若是平常的话，蔻儿修应该也会感受到气氛变化，从睡梦中醒来。但这次似乎无法察觉。

　　萨留斯有些后悔，是不是让蔻儿修承受了过重的负担。

　　萨留斯回想起昨晚，觉得蔻儿修的负担或许真的比较大。在打倒死者大魔法师那个强敌的过程中，雌性的蔻儿修似乎比雄性的萨留斯承受了更大的负担。

他自己是希望她能够继续睡，但仔细倾听，可以听到家门外有许多蜥蜴人匆匆忙忙的声音。在这种已经发生了紧急状况的时候，不叫醒她反而比较危险吧。

"蔻儿修，蔻儿修。"

萨留斯有些用力地摇了蔻儿修数次。

"嗯，嗯……"

蔻儿修扭了扭尾巴后，立刻露出她的红色眼眸。

"嗯？嗯呜……"

"好像有事情发生了。"

这句话令还没睡醒的蔻儿修马上睁大双眼。萨留斯拿起旁边的冻牙之痛后立刻站起，不久蔻儿修也跟着起床。

两人走到外面，立刻了解了造成骚动的原因。

他们看到村落上方被一大片厚厚的乌云覆盖。

往远方一看，就能瞬间了解那片乌云和普通的乌云完全不同，因为其他地方是万里无云的大晴天。

也就是说，这代表——

"又……来了吗？"

敌人再次来袭的信号——

"好像是呢。"

蔻儿修同意这个意见。一起并肩作战的五大部族的蜥蜴人们也都看到空中的乌云，议论纷纷。不过，每个人的脸上都毫无惧色。

因为在之前的战斗中——在绝对不利的状况下取得的胜利，使大家都变得更加坚强。

两人朝着村落正门奔去，发出啪嗒啪嗒的踏水声。他们经过几名正在进行战斗准备的蜥蜴人身旁，没耗费多少时间就来到了正门。

正门已经聚集了许多战士级蜥蜴人，大家都在仔细向外窥探，其中包括熟悉的同伴，也是一起出生入死的蜥蜴人任倍尔，还有他身旁的"小牙"族族长。

任倍尔对踩着巨大水声而来的两人挥手致意后，立刻以下巴指向门外。

萨留斯和蔻儿修站在任倍尔旁边，从正门观察外面。

在对面岸边，算是湿地和森林边界处，有一支列队的骷髅军。

"竟然又来了啊。"

"嗯……"

萨留斯回答任倍尔后，咂了一下舌头。

这是预料中的事，但未免来得太快。原以为折损得那么严重，多少得花一些时间才能重整军备，没想到却完全估计错误。对方竟然拥有足以再次动员如此大军的能力。

"不过，应该比那个死者大魔法师召唤出来的骷髅还弱吧。"

这句话别有含意。那就是任倍尔认为目前列队的骷髅，比之前入侵的那些骷髅更强。

萨留斯也目不转睛地观察在对岸列队的骷髅。这是为了确实掌握对方实力，以便做出适当的防备。

的确，全都是骷髅，但和上次的骷髅截然不同。

就外观来说，最大的不同是武装。之前的骷髅只装备生锈的剑，但这次骷髅的武装却相当完备。而且，体格看起来也比上次的好了一点。那些骷髅似乎有三种不同武装。

数量最多的骷髅身穿精良胸甲，一手拿倒三角形盾牌——鸢盾，另一只手则拿着各式各样的武器。背上还背着箭筒和合成长弓，是攻守兼具、远近皆宜的武装骷髅。

接下来是身穿同样胸甲，披着破烂的红色披风，手持圆盾和变形剑，头戴头盔的骷髅。

最后则是数量最少、武装最为完备的骷髅。他们穿着闪亮华丽的金黄全身铠，手握亮晶晶的长枪。那耀眼的鲜红披风看起来没有半点污损。

萨留斯观察至此，发现了一个事实。他不禁怀疑是不是自己看错，揉了好几次眼睛。不过，那依然是件事实。

"咦……不会吧……"

"怎、怎么可能……"

在蔻儿修惊呼的同时，发现相同事实的萨留斯也不禁痛苦地低声说道。这时，任倍尔开口回应：

"哦，你们也发现了啊。"

任倍尔的声音听来也非常痛苦。

"嗯……"萨留斯说完，就没再说话。他不想说，因为一说出口就会感到害怕，但也不能不说："那些武器好像是魔法武器。"

蔻儿修在旁边频频点头。

骷髅军身上的各式武器，都带有魔法力量。有些骷髅手持火焰剑，有些手持蓝色闪雷锤，也有骷髅拿着枪尖笼罩绿光的长枪，又或是带有紫色黏稠液体的镰刀。

"看来不只如此，你们也仔细看看铠甲和盾牌，那些……都是魔法防具。"

听到任倍尔这句话，萨留斯立刻仔细观察。

接着他不禁发出呻吟，因为萨留斯发现，那些闪亮的铠甲和盾牌简直像本身就会发亮，一点也不像是反射日光所造成的。

到底是什么样的当权者，才可以让如此数量的骷髅士兵都装备魔法道具？若只是单纯提高锐利度的魔法武器，萨留斯听说过的大国确实有可能通过长期计划集齐这样的数量。不过，要让每一把魔法武器都具有属性——而且种类还这么多，就另当别论了。

萨留斯想起几天前任倍尔说过的矮人。

矮人是一种山地种族，拥有相当优秀的冶金技术。那些矮人在酒席中说起过一些英雄传说——建立起矮人大帝国的帝王、身穿精钢铠甲的英雄、单枪匹马打倒龙的人，以及过去十三英雄之一的"魔法工"。连那些矮人的传说故事中，都没有提到像这样魔法武装齐备——超过五千个装备——的军团。

那么，萨留斯现在看到的景象是什么？

"那是神话军团吗？"

如果这不是人类的故事，那一定是神话故事的境界。

萨留斯全身剧烈一颤。因为他发现自己招惹到超乎预料，且绝对不能招惹的敌人。

不过，自己原本就是带着全灭的觉悟聚集大家到这里，发起这个离谱作战的自己又怎么可以害怕？已经了解对手是超乎想象的强敌了，重点在于该怎么应对。

"不可能，那应该是幻影吧。"

在场的所有人听到这句话，全都短暂露出"你在说什么傻话"的表情。对方确实是静止不动，但他们的存在感相当明了，还散发出令人毛骨悚然的气势，绝不可能只是单纯的幻影。

不过，这话会令人疑惑，就是因为如此断定的人是"小牙"族的族长。他绝对不可能因为发了疯，才说出这种话。

"你这么说有何根据？"

面对萨留斯的问题，"小牙"族族长很有自信地回答：

"我们轮流派出侦察员，但没有人看过那样的不死者。数量那么多的话，绝对不可能没有发现，当然，轮流派出的侦察员全都平安归来。"

"原来如此……不过，我还是不认为那是幻影。"

"可是……不，或许不是幻影呢。若不是幻影，可以想到的就是利用挖掘地道等手段过来。如果有地道，就能解释他们为什么可以不被发现地来到这里。"

"不管是挖地道过来还是从天上飞来都无所谓啦，我们该怎么办啊？虽然他们看起来似乎还不想开打，但感觉也不像是要来交涉。"

"好像如此……不过，想想之前的状况，我觉得对方应该会采取某些行动……"

萨留斯瞪着骷髅军。

他想要找出应该在阵中的敌方指挥官——这时候，一阵刺骨寒风突然吹过。不是只有一次，寒风不断吹来。

如此突然又异常刺骨的寒风，绝非自然现象，可以确信那一定是魔法造成的。

"风？咦……不会吧！这又是不同的魔法吗……怎么可能……"

蔻儿修抱着自己的身体发抖。那实在不像纯粹感到冷而已，所以萨留斯开口发问：

"蔻儿修，这阵寒风到底是怎么回事……"

"或许你无法相信，但听我说，萨留斯。我原本认为之前的天气变化是由第四位阶魔法'云操控'所造成，但我错了。'云操控'虽然能够操控云，但无法产生这样的寒风。所以……这并非只是操控云，而是让天气或气象产生变化。也就是说，我认为对方发动的是第六位阶魔法……'天气操控'。"

不过，那种魔法属于自己没办法使用的领域，所以没什么自信就是——蔻儿修压低声音，以其他人听不见的声音说道。

　　萨留斯知道第六位阶魔法这个领域有多惊人。那魔法属于连萨留斯习武以来遇到的最强敌手伊格法都无法使用的领域，也被认为是这世界的最高位阶魔法。

　　"这就是……那个伟大至尊的力量吗？原来如此……这样就说得通了……"

　　如果能够使用第六位阶魔法，那么称其"伟大"的确不过分。

　　"喂喂喂，总觉得每个人看起来都很不妙呢。"

　　任倍尔的嘀咕明确点出了周围的气氛。

　　这个时期不可能出现这样的寒风——也就是说，这是超乎常理的自然环境变化。这让蜥蜴人的士气降到谷底。

　　上次只是出现云的程度，如果只是操控云，让祭司们架起巨大篝火举行仪式，还能办到。不过，蜥蜴人一感受到这种如秋天般的风，就知道对方拥有异常的力量，足以控制天气这种不可控的自然现象。

　　即使没有听到蔻儿修的话，不断吹来的寒风就足以说明即将迎战的敌人有多强大。

　　"啧，对方开始行动了。"

　　萨留斯咬紧牙关，靠意志力压抑住想要猛力甩动的尾巴。果然是在这时候出动吗——他如此心想。

　　井然有序的骷髅军踩着像是用尺子量过般的整齐步伐开始

前进后，周遭的战士级蜥蜴人立刻感到惊慌失措，也有人发出警告的低吼声。不过，观察着骷髅军动静的萨留斯却有不同见解。那并非开战企图。

正当萨留斯和任倍尔出声要求惊慌的蜥蜴人冷静下来时——

"冷静点！"

一道气吞山河、撼动空气的呐喊声响起。

所有人都朝同个方向望去，他们的视线汇集在夏斯留身上。

"我再说一次，冷静点。"

在万籁俱寂的空间中，只有充满自信与威严的声音萦绕耳里。

"还有，不要害怕，战士们。千万不要让你们背后的众多祖灵感到失望。"

夏斯留穿过回复冷静、安静无声的蜥蜴人群，来到萨留斯身边。

"弟弟，对方有什么动作？"

"嗯，哥哥，他们虽然开始移动……但似乎不是要准备战斗。"

"姆呜。"

开始移动的五百只骷髅排成十横排。

"他们想做什么啊？"

骷髅军仿佛在等待这个问题似的，再度开始行动。

那支队伍在分毫不差的完美指挥下，从中间往两边分开，就这样空出一个约二十只骷髅大小的空间，在那个空间中——有一个身影。

那身影没有很大，即使相距两百五十米，也可看出那身影比萨留斯娇小。

那人身穿一件漆黑长袍，散发出可怕的邪恶气息。身上的装扮和昨天战斗过的强敌死者大魔法师类似。所以，对方应该也是一位魔法吟唱者吧。

不过，两者有着决定性的不同，那就是实力。

看见那身影的萨留斯，背脊蹿起一股冷战。他的直觉告诉自己，此时现身的这个人和昨天的死者大魔法师相比，两者的实力差距就像是战士与婴儿。

即使距离这么远，还是可以感受到他全身散发出邪恶的冰冷气氛。不仅如此，对方身上的武装也是不同境界。

仿佛无法抗拒的死亡——绝对统治者的体现。

"死之统治者……吗？"

萨留斯不禁脱口说出最适合形容这怪物的一句话，而这句话完全命中核心。

那人正是支配死亡的王者。

"哦哦！"

死之统治者到底有什么企图？

紧张望着死之统治者的蜥蜴人们，一起发出慌张的声音。这时候，一个长达十米的巨大半球形魔法阵，以那个魔法吟唱者为中心向外展开。

魔法阵上面浮现散发蓝白光芒、像是文字又像符号的半透明图案，那半透明图案瞬息万变，浮现的文字没有一瞬间相同。

清澈蓝光不断变换形状，照耀四周的模样看起来如梦似幻，如果这不是敌人所为，蜥蜴早就看得入迷了吧。但现在的他们实在没心情那么做。

无法理解眼前状况的萨留斯感到困惑。

魔法吟唱者在施展魔法时，并不会在空中投射那样的魔法阵。敌人目前的举动已经超出萨留斯的知识范围。因此，萨留斯向这里最懂魔法的母蜥蜴人发问。

"那到底是什么？"

"不、不知道，我也不晓得那到底是什么……"

蔻儿修回答得有些害怕。看来就是因为懂魔法，才更加害怕这种无法理解的行为。

正当萨留斯打算安抚她的下个瞬间，不晓得魔法是不是发动了，魔法阵破裂，变成无数的光粒飞向天空，接着便一口气——像是爆炸般在空中扩散开来。

湖面——冻结了。

没有人可以理解到底发生了什么事。

族长资质出类拔萃的夏斯留，祭司能力杰出非凡的蔻儿修，以及见多识广的旅行者萨留斯，连这些在蜥蜴人史上都可以说是拥有绝世奇才的人都无法立刻理解现在的情况。

无法理解自己的脚为什么会在冰里面。

不久——历经一段足以让脑袋接受眼前情况的时间后，惨叫声响起——

每个蜥蜴人，没错——大家都发出哀号。

即使是萨留斯也一样。蔻儿修和夏斯留，甚至堪称最有胆识的任倍尔也不例外。仿佛从灵魂深处蹿出的惧意，让大家不由得放声尖叫。

眼前的事实太恐怖。绝对不会冻结的湖，自从出生之后从来没冻结过的湖，竟然被冻结起来。

蜥蜴人们急忙抬起脚，幸运的是，冰本身并没有结得很厚，立刻破裂，但破裂的地方马上就冻结起来。冰下冒出的刺骨寒气，证明眼前的景象不是幻觉。

萨留斯仓皇爬上泥墙后，立刻环顾四周，然后为所见的夸张光景目瞪口呆。

视野范围内的一切完全冻结。

的确无法想象如此巨大的湖泊会整个冻结，不过，触目所及全覆盖着闪亮的寒冰也是事实。

萨留斯的内心一角也担心起鱼塘的状况，但现在不是担心那种事的时候。

"不会吧……"

爬上来的蔻儿修环顾四周，和萨留斯一样瞠目结舌，张大的口中发出了失魂落魄的声音。

她和萨留斯一样，不敢相信自己看见的光景。

"怪物！"

他的大声咒骂，同时希望借由咒骂，多少缓和一下心中的恐惧。

"快点上来！"

哥哥夏斯留的怒吼响起。

几名蜥蜴人已经无力地倒下。还能动的战士级蜥蜴人通力合作，一起将倒下的同伴从冻结的沼地拉上来。

被拉上来的蜥蜴人个个脸色惨白不停颤抖，可能是冒出的冻气剥夺了他们的生命力吧。

"哥哥，我去巡视一圈！"

持有冻牙之痛的萨留斯，不会受到这种程度的冻气影响。

"不行……别去！"

"为什么，哥哥？"

"敌人应该等一下就会行动，不准你离开这里！掌握全局，不要漏掉任何情报！这是闯荡过世界、累积了各种知识的你才能胜任的事！"

夏斯留的目光离开萨留斯，向周围的战士级蜥蜴人说话。

"现在我要对你们施展防御冻气的魔法'冰属性防御'，快去通知村落中的每个人，不要接触这些冰。"

"我也来施展魔法。"

"麻烦你了！那么，蔻儿修你和我分头进行，发现情况危急的人就立刻施展治疗魔法！"

蔻儿修和夏斯留开始对平安无事的蜥蜴人施展防御魔法。

萨留斯仍待在泥墙上，目光锐利地望向敌方阵地，彻底掌握对手的一举一动。必须完美执行哥哥交付的任务。

"嘿咻。"

爬到身旁的任倍尔优哉地眺望敌方阵地。

"你稍微放轻松一点啦，你哥哥是在期望你的智慧对吧？即使漏看了什么，也不会挨骂啦。更重要的是，你可不要因为太过专注而缩小视野喔。"

任倍尔优哉的声音，给了萨留斯一记当头棒喝。

就像和那个死者大魔法师战斗时一样，让大家分工合作，再由自己统一管理即可。

萨留斯环顾四周，发现战士级蜥蜴人也都爬到泥墙上，观察敌人。没错，自己并非一个人单打独斗，而是和大家并肩作战。

看来，自己似乎是因为见识到那压倒性的力量——魔法，而乱了方寸。

萨留斯吐出一口气，像是要把心中累积的秽气完全吐出。

"抱歉。"

"没什么好抱歉啦。"

"说得也是，因为任倍尔你也在嘛。"

"哈，动脑的事可别期待我喔。"

两人相视一笑，继续观察敌人的动静。

"不过，那还真是如假包换的怪物呢。"

"是啊，根本是完全不同的等级……"

死之王以不可一世的王者之姿，威风凛凛地眺望萨留斯他们的村落。理应相当渺小的身体，看起来却庞大得像是膨胀了数十倍。

"他应该就是那个叫什么伟大至尊的人。"

"八九不离十吧。而且，我也不希望能用魔法冻结湖水的人有两个以上。"

"就是说啊，我也这么希望。看在那种能够冻结湖水的怪物眼里，我们蜥蜴人不过像蝼蚁吧，啊！可恶，可恶！我们大概就和小虫没两样。话说……有动静了喔。"

冻结湖水的魔法吟唱者，举起没有拿手杖的手，朝向村落一挥。是在下达指示吧——萨留斯的这个直觉，在下个瞬间便以可怕的形式获得证实。

"哦哦哦哦！"

声音从村落的各个角落传出。

"那是……什么啊！那到底是怎么回事啊！"

原本深信自己应该不会再感到吃惊的萨留斯，看到眼前的光景后，还是反射性地发出哀号般的声音。

出现在眼前的是一个有着双手双脚，像是石头雕刻出来的巨大雕像。

厚实的胸部岩盘部位还闪动着如心跳般的红光。手粗腿胖的矮胖体形甚至有点可爱，如果身高没有超过三十米的话。

这样的巨大石像突然就出现在森林中，说它是幻影反而还比较能令人接受。

石像慢慢动了起来，不知从何处拿出并举起一颗巨石。

然后，丢了出去。

萨留斯不禁蒙住双眼，被巨石砸中的人绝对必死无疑。

在黑暗世界中，惊人的地动声和巨响袭向了萨留斯。泥墙也剧烈摇晃起来。

随着激烈雨声——弹起的砂石掉落水里的声音响起，村落中也传来大人和小孩的惊呼。

虽然已经视死如归，但还是忍受不了这种超乎想象的恐怖。刚才的震撼教育，甚至让撑过那场战役的人都像小孩一样惊声尖叫。

小命还在让萨留斯松了一口气。他战战兢兢地睁开眼睛后，映入眼帘的是接着开始行动的不死者军团，以及不见踪影的巨大石像。

两军正中间的湿地有着到刚才为止都不存在的巨石，不死者军团靠近那颗石头，然后将扁平的盾牌往上平举，蹲了下来。其他骷髅跳上那些骷髅举起的盾牌，灵活地保持平衡后，也和底下的骷髅一样举起自己的盾牌。

明白对方在做什么的瞬间，萨留斯就仿佛遭到雷击般，全身颤抖。

"该不会是……楼梯吧？竟然将这些堪称传说的军队当作楼梯！"

骷髅以异常迅猛的速度靠近巨石——由不死者军团组成的楼梯终于成形。

接下来，其他的不死者士兵也开始行动，这些比刚才的骷髅更加精良的不死者，约有百只。手持悬挂着一面布的枪，像是枪骑兵会拿的那种。

鲜红的布——他们的枪旗上，全都绣着一个徽章。

那些不死者披着随风飘扬的披风，以一丝不乱的动作踏入湿地。他们一边踏碎脚下的冰块，一边默默前进。然后，同样以整齐划一的动作保持间隔、进入湿地的另一组骷髅，将手上的枪和对面战士的枪相交。

相交的枪，形成一条通往巨石的道路。

"是王者之路吗？"

任倍尔说得没错。

"死"之魔法吟唱者踏上由不死者组成的道路，后面还跟着不知何时出现的数道人影。

走在前方的是实力深不可测的魔法吟唱者。

其身上披着一件宛如截取一小片黑暗制成的漆黑长袍，手上的手杖散发出赤黑光芒。那光芒化作人类的痛苦表情，接着溃散，最后消失。连衣帽底下是一个骷髅头，空洞的眼窝中，闪烁着小小的鲜红色光芒。

对方穿戴着无数——而且也是萨留斯绝对无法理解的——魔法饰品，踏着具有王者风范的脚步阔步前进。

有名肤色白皙的女性跟随在死之王身后。虽然容貌有如人类，但有个地方和人类截然不同，那就是她腰间的翅膀。

"她该不会是恶魔……吧？"

恶魔。

以暴力带来破坏的魔鬼，以智慧带来堕落的魔人，这类异界存在统称为恶魔。据说那是穷凶极恶的魔物，是为了消灭所有具有理智的善良者而存在，也就是所谓邪恶的代名词。

萨留斯曾经在旅行时耳闻过恶魔的大名。

他听说过恶魔是多么可怕。据说在两百多年前，一个堪称恶魔之王的怪物——魔神，曾经率领旗下的恶魔，差点征服整个世界。

魔神最后被十三英雄消灭，目前还能在某些地方看到那场战役的遗迹。

如果说不死者是憎恨生者的魔物，那恶魔就是折磨生者的魔物。

恶魔后面跟着一对黑暗精灵双胞胎，再后面是一位银发少女。不仅如此，还有一个在空中滑行的诡异怪物，最后则是一位长着尾巴、像是人类的男性。

虽然只有诡异的怪物感觉不是很强，但其他每一位都是光看一眼，就会让尾巴前端发起抖来的强敌。野性的直觉正强烈警告自己，必须快点全力逃跑。

一行人默默前进，从枪旗底下穿过，爬上通往巨石的楼梯。他们毫不迟疑地践踏不死者士兵，仿佛王者般站在巨石之上。走在前头的死者之王伸手一挥。

瞬间，一张散发黑色光芒的高背王座出现，死者之王直接坐了上去。

走在后方、看似亲信的人物排成一列，像是在等待什么一样望向村落。不过，除此之外，他们并没有做出其他行动。

这到底是什么情况？

几名蜥蜴人不安地面面相觑，最后决定让在场最聪明的人进行判断。

"请、请问，我们应该怎么办，萨留斯先生？准备逃跑吗？"

这段声音中毫无斗志。无力下垂的尾巴让内心的想法不言而喻。

"不，没有那个必要。想想之前的那个死者大魔法师，对方可是远胜于那个死者大魔法师的魔法吟唱者，要在这种距离下发动攻击应该是易如反掌。恐怕是……有什么话想告诉我们吧。"

蜥蜴人露出认同的表情。

在这段时间中，萨留斯的目光依然紧盯着迎面而来的一行人，他就像是平民仰望国王般，不断观察着站在巨石上的强大怪物。

他这是为了不错失任何情报。

距离如此接近后，已经可以相当仔细地观察，彼此的视线甚至能够交会。

坐在王座上的死之王是在观察蜥蜴人吗？黑暗精灵意外地没什么敌意，银发少女面露嘲笑表情，恶魔的温柔模样反而令人毛骨悚然，诡异的怪物则完全看不出来什么名堂，长着尾巴的男子眼中没有任何情感。

彼此互相观察了一会儿后，死之王再次将没拿手杖的那只手轻举至胸前。几名蜥蜴人看见这个动作，尾巴随即剧烈摆动起来。

"不要怕，别在对手面前露出丢人现眼的模样。"

萨留斯如利刃般锐利的斥责声，让在场的所有蜥蜴人全都立刻抬头挺胸。

死之王面前出现数团黑雾——大约有二十团。那些黑雾不断旋转，越来越大，变成直径约一百五十厘米的黑雾。不久，黑雾中浮现许多恐怖脸孔。

"那是……"

萨留斯想起那是以使者身份来到村落的魔物，也是自己在旅行中见过的不死者魔物。

虽然在蔻儿修的村落中大致说明过了，但除非使用具有魔法的武器、特殊金属打造的武器、魔法或是特殊武术，否则很难伤害这类非实体的魔物。

蜥蜴人所有部族加起来也只有少数魔法武器。也就是说，应该连打倒一只都很困难。

对方竟然随手就召唤出二十只那样的魔物。

"原来，说能够控制死亡，就是这么回事啊。"

对方的确是能够让强大的死者大魔法师誓死效忠的超强怪物——萨留斯内心如此绝望地思考。

死之统治者不知道嘀咕了一些什么后，就像是要大家进攻般伸手一挥。接着，魔物们飞过来包围村落，开始齐声合唱。

"在此传达伟大至尊的旨意。"

"伟大至尊要求对话，代表者请立即出列。"

"浪费我们的时间，只会触怒伟大至尊。"

单方面宣告完毕后，非实体的不死者就回到主人身边。

"啥？不会吧……这样就没了？"

萨留斯露出一脸蠢样开口说道。

（居然只为了传达这点话，就派出那么强大的不死者？）

不过，更令人无法置信的是随侍在后方的银发少女收到死之统治者指示后，双手用力一拍时发生的事。

拍手的瞬间——那些不死者就被消灭了。

"什么！"

大吃一惊的萨留斯不禁叫了出来。

竟然不是让召唤出来的魔物回去，而是消灭他们。

神官可以消灭不死者。虽然通常能够驱逐他们就已经很不容易，但如果两者的实力悬殊，就可以不只是驱逐，而是直接消灭。不过，要同时消灭众多不死者可说是难如登天。

也就是说，银发少女是实力足以和死之王匹敌的随从。既然如此，旁边的其他随从恐怕也是一样。

"哈哈哈哈——"

萨留斯无法止住自己的笑意。

这是理所当然的。这时候除了笑还能怎么办。实力如此悬殊——

"弟弟！"

"啊，哥哥！"

萨留斯响应泥墙底下传来的呼唤一看，发现夏斯留和蔻儿修都来到了墙下。两人爬上泥墙，眺望魔法吟唱者一行人。

蔻儿修硬是钻进任倍尔和萨留斯之间，差点儿让任倍尔跌落。不过，这应该算在可以原谅的范围内吧。

"那就是敌人的主将吗？气势强到光看就令人毛骨悚然。虽然外表和你们打倒的死者大魔法师相似……但两者的实力大概无法相比吧……"

"哥哥，你那边已经结束了吗？"

"姆鸣，大致告一段落。我和蔻儿修的魔力都已消耗殆尽。而且听了那使者的话……也觉得我们必须先解决这件事才行。关于那使者说的事……萨留斯，你愿意一起来吗？"

萨留斯默默看了夏斯留一会儿后，重重点头。夏斯留短暂露出难过神色，但又马上回复原样，迅速得没有人发现他那样的表情。

"抱歉。"

"别在意，哥哥。"

夏斯留只说了抱歉就跳下泥墙，踏破湿地上的薄冰，发出水声。

"那么，我过去了。"

"小心点。"

萨留斯紧紧抱住蔻儿修后，也跟着夏斯留跳下湿地。

萨留斯和夏斯留踏碎湖面上的薄冰，一起前进。走出大门后，萨留斯感觉死之王一行人注视他们两人的目光，仿佛带着实实在在的压力。他也感觉到了后方传来的不安目光，当中最为担心的视线应该来自蔻儿修吧。萨留斯拼命忍住不想离开的强烈心情。

这时候夏斯留冒出一句话。

"对不起。"

"对不起什么，哥哥？"

"如果谈判破裂，对方或许会杀死我们以儆效尤。"

萨留斯早有这种心理准备了。正因如此，他才会先紧抱了一下蔻儿修。

"考虑到对方的人数，我不能让哥哥你独自前往。如果只有一人前往，对方大概也会认为我们瞧不起他们。"

在蜥蜴人之中，萨留斯的确是名号响亮的人物，非常适合参加谈判，不过，他的身份是旅行者，就算牺牲也不会影响到蜥蜴人的团结。从这点来看，应该也不令人遗憾。

即使英雄杀身成仁，只要还有其他族长在，就能继续战斗下去。可惜的是手中的冻牙之痛，如果没有它，便无法抵挡冰湖传来的寒气。

两人默默前进，一步一步接近死亡。

他们来到通往王座的不死者阶梯前，扯开嗓门。如果王座位于更后面的地方，也可以选择爬上楼梯，但对方站在边缘处，就表示应该是不想让己方爬上去。

王者必须位于高处。

蜥蜴人虽然没有这种规矩，但很多种族都有这种上位者应该居高临下的习惯。当然，如果是以对谈的名义前来，这种应对方式算是相当失礼。

亦即表面上说是对谈，却一点也不想要平等对谈。

然而要求平等对谈是不自量力。萨留斯他们确实赢得了之前的战斗，不过看到巨石上那排敌方干部，即使再不愿意，也会被迫理解那次的胜利没有任何意义。一切只是一场儿戏。

"我方已到！我是代表蜥蜴人的夏斯留·夏夏，至于这位则是蜥蜴人的最强英雄！"

"我是萨留斯·夏夏！"

即使如此，铿锵有力的声音中依然没有任何谄媚。他们知道这是愚蠢的举动，但这是仅存的尊严。或许之前那场战争看在对方眼里只是场儿戏，但也绝不能辜负在那场战役中牺牲的战士们的尊严。

没有回应。坐在王座上的死之王只是像在品头论足般，毫不客气地上下打量，完全看不出有想要采取行动的意思。

回答的是腰间长着一对黑色翅膀的恶魔。

"我们的主人认为你们还没有做出恭听的姿势。"

"什么？"

女子听见疑惑的声音后，呼唤身旁一位长着尾巴、像是人类的男子。

"迪米乌哥斯。"

"叩拜吧。"

萨留斯和夏斯留突然跪了下来，头甚至陷入湿地中。他们的行为看起来就像两人觉得这么做是理所当然的那样。

冰冷的泥水沾上两人的身体，破裂的冰块立刻再次冻结起来。

无法站起来。即使全身再怎么出力，也纹丝不动。仿佛有一只看不见的大手从上面压住似的，两人的身体完全失去自由。

"不要抵抗。"

当再次发出的声音传进耳里的瞬间，萨留斯和夏斯留感觉身体好像多生出了一个脑袋——接收他人命令的器官，身体就好像顺从着那器官在动。

看到失去力气的两人狼狈跪趴在泥地后，女恶魔似乎感到很满意，开口向主人报告：

"安兹大人，已经做好恭听姿势了。"

"辛苦了——抬起头吧。"

"允许抬头。"

萨留斯和夏斯留转动唯一能够自由活动的头，仿佛谒见国王般向上仰望。

"我是……纳萨力克地下大坟墓的主人，安兹·乌尔·恭。先感谢你们帮助我完成实验。"

（实验？夺走我们那么多同伴的生命，竟然还敢说是实验？）

厌恶让他们心中燃起熊熊怒火，不过，还是忍了下来。因为现在还不是翻脸的时候。

"那么，就直接进入主题……接受我的统治吧。"

魔法吟唱者安兹的手轻轻一举，制止有话想说的夏斯留。

知道硬是说话也非明智之举的夏斯留只好乖乖闭嘴。

"不过你们才刚打赢我们，也不愿意接受我的统治吧。所以四小时后，我们会再度进攻。如果你们还能获胜，我绝对不再对你们出手，甚至保证会支付你们合理的赔偿金。"

"可以请问一下吗？"

"没问题，尽管问。"

"进攻的人是……恭阁下吗？"

随侍在后的银发少女稍微皱起眉头，女恶魔则加深了微笑。可能是对"阁下"这个称呼不太满意吧。不过，她们并没有做出特别的行动，或许是因为主人没有多说什么吧。

安兹不理会那两人，继续说话。

"怎么可能，我才不会出手。进攻的是我的亲信……而且只会派一个人，他叫科塞特斯。"

听到这句话的萨留斯，感受到一股有如世界末日般的深沉绝望。

如果是大军进攻，或许蜥蜴人也有胜利的可能。也就是说，他原本认为这次也有可能是延续昨天那场令人不快、被称为实验的战争。若是那样，应该还有微小的取胜机会。

不过，这次并不派大军进攻。

进攻的只有一人。

曾经战败的军队再次摆出这种大阵仗，却只派一个人进攻。除非是惩罚，否则隐藏在这句话背后的意义，肯定是他对那个人抱有绝对的信任。

拥有超强实力的死之王所信之人。那么，答案只有一个，就是那人也拥有超强实力，而且是可让蜥蜴人毫无胜算的实力。

"我们选择投降……"

"不战而降未免太无趣了，稍微战斗一下嘛，我们也想稍微品尝一下胜利的美酒。"

安兹打断夏斯留，不让他继续说下去。

总之就是想杀鸡儆猴，这个王八蛋。

萨留斯在心中如此咒骂。

以强者的杀戮来洗刷败北的事实。

也就是说，对方等一下要进行的是一场活祭仪式，根本是一出彻底铲除蜥蜴人反叛之心的蹂躏戏码。

"我想说的就只有这些。那么，四小时后就尽情享受吧。"

"请等一下——这些冰会融化吗？"

不管输赢如何，在湖泊结冻的情况下，蜥蜴人实在很难生活。

"啊，差点儿忘了。"

说自己忘记这件事的安兹态度轻浮地回答。

"我只是不想走在湿地被污泥弄脏而已，回到岸边后就解除魔法效果。"

"什么！"

萨留斯和夏斯留惊讶得说不出话，怀疑自己是不是听错了。

（不想被污泥弄脏就冻结湖水？）

这已经不是难以置信的等级了。对方的力量实在太过惊人，连自然力量都能轻易改变，而且，还只是因为那种无聊的理由。

原来自己是在跟如此强大的人物作对——萨留斯和夏斯留都感受到一种小孩孤身一人时会有的恐惧。

"那么，后会有期了，蜥蜴人——传送门。"

觉得该说的话都已经说完的安兹，伸手轻轻一挥，王座前就产生了半球形的黑暗，接着他便跳入那黑暗当中。

"再会了，蜥蜴人。"

"再见，蜥蜴人先生。"

"再见呀，蜥蜴人。"

随侍的两女一少男，带着仿佛失去兴趣的态度告别后，也跟着跳进黑暗之中。

"呃、呃、那、那么，再见，多多保重。"

"卵青绿，丹黑炭辰砂黄绿白（那么，再见了）。"

继黑暗精灵少女之后，诡异怪物也跟着没入黑暗中。

"'可以自由了'。那么，尽情享受吧，蜥蜴人。"

最后那位长着尾巴的男子跳入黑暗的瞬间，响起一道温柔的声音，同时束缚两人的重量也随之消失得无影无踪。

被遗留在原地的萨留斯和夏斯留都趴在泥土中不动，已经没有起身的力气。

他们甚至已经不为不断传来的冰冷寒气感到痛苦，因为内心受到的冲击远远超过身体受到的痛苦。

"畜生……"

不像夏斯留风格的低声咒骂中，混杂着众多的情感。

迎接两人的是为了躲避寒气而爬到泥墙上的各部族族长，四周没有其他蜥蜴人。

可能早已想到有事需要保密商量才会这么安排吧。夏斯留大概是觉得既然如此，也不需要多加隐瞒，他将刚才那说不上是谈判的谈判过程，一五一十地直接告诉在场的所有人。

对于夏斯留沉重的说明，大家都没有产生太大反应，只是稍感吃惊而已。大概是早已料想到谈判结果才会如此吧。

"了解了……那冰会融化吗？如果不会融化，想要战也战不成喔。"

"没问题，对方说会解除魔法。"

"是用谈判换来的吗？"

对于"小牙"族族长的询问，夏斯留并没有回答，只是轻轻一笑。看见那反应，了解那代表什么意思的"小牙"族族长无奈地摇摇头。

"在你们前往谈判时，我们稍微调查了一下……发现湖里面有敌踪，好像是骷髅士兵，恐怕是以包围我们阵型的架势在那里待命。"

"不觉得……对方……想放过我们。"

"对方相当认真，这就表示……"

"就是猜想的那样吧。"

没有参与谈判的四人长叹一声。他们得到的结论，也是认为接下来要进行的是一场活祭仪式。

"那么，要怎么办？"

"动员所有战士级蜥蜴人，以及……在场的……"

"哥哥……可以只让五个人参与吗？"

萨留斯以眼角余光看着露出不解神情的蔻儿修，向包括哥哥在内的所有公蜥蜴人恳求。

"如果对方的目的是要展示自己的强大实力，应该就不会将蜥蜴人赶尽杀绝。那么，我们就必须有一位可以带领幸存蜥蜴人的中心人物。在场的所有人如果全都牺牲，对蜥蝎人的将来实在是一大损失。"

"言之有理，对吧，夏斯留。"

"嗯，萨留斯说……得对。"

两位族长交互看看萨留斯和蔻儿修之后，表示同意。

"没什么不妥吧，我也赞成。"

得到最后一位族长任倍尔的赞同后，夏斯留也找不到理由可以拒绝弟弟的请求了。

"那就这么决定吧。我也想过，必须要有人活下来带领团结起来的部族——蔻儿修应该很适合胜任这份职责吧。她的白化症或许有些影响，但她的祭司能力依旧不可或缺。"

"等一下，我也要一起作战！"

蔻儿修大声高喊，抗议为什么事到如今才将自己排除在外。

"而且要留一个人下来的话，留下夏斯留不是比较好吗！在我们之中，他是最受人信赖的族长啊！"

"就是因为那样，才不能留下他。对方的目的是要展示压倒性的实力，大概是希望让我们感到绝望，好容易统治吧。不过，若是幸存的蜥蝎人中，还有那种能够带来希望的人，对方怎么会允许……对吧？"

"而……在场的族长中，评价最低的人就是蔻儿修。"

蔻儿修哑口无言，因为白化症的她声望最低是不争的事实。

知道无法说服众人的蔻儿修，注视着萨留斯。

"我也要一起去。你把我叫来这里时，已经让我下定决心，为何现在还要说那种话？"

"那时候大家很可能都会牺牲，现在却有相当大的机会让一个人存活。"

"开什么玩笑！"

空气仿佛在呼应着蔻儿修的怒气，微微颤动。现场响起数次拍打泥墙的声音，因为激动的情绪让蔻儿修的尾巴不受控制地疯狂翻腾。

"萨留斯，你来说服她。四小时后再见。"

夏斯留只丢下这句话就迈步离开，接着，便传来冰块碎裂声和溅水声。三位族长跳下泥墙，跟在夏斯留后面离开。任倍尔也背对着两人轻轻挥手致意。

目送众人的背影离去后，萨留斯转身面向蔻儿修。

"蔻儿修，请你谅解我们。"

"谁能谅解啊！而且还不一定会输！如果有我的祭司力量帮助，或许能打赢啊！"

不晓得这句话听来究竟有多空洞，连说出这话的蔻儿修自己都不相信。

"我不希望自己喜欢的母蜥蜴人牺牲，你就成全我这个愚蠢公蜥蜴人的愿望吧。"

蔻儿修露出悲痛的表情，抱住萨留斯。

"你太自私了！"

"抱歉……"

"你很可能会没命喔。"

"嗯……"

没错，存活的可能性极低。不对，应该可以断定没有存活的可能吧。

"才短短一周，你就已经紧紧抓住我的心，却叫这样的我眼睁睁看着你牺牲？"

"嗯……"

"能够和你相遇是我的幸福，也是我的不幸。"

抱住萨留斯身体的蔻儿修，加强了双手的力道，仿佛一点也不想放开。

萨留斯不发一言。

该说什么才好？

说些什么才好？

思绪一直在同样的问题中打转。

经过一段时间后，蔻儿修抬起头，表情中充满了坚定。

萨留斯的心中涌现不安，觉得蔻儿修一定会硬跟上来。这时候，蔻儿修简洁有力地向萨留斯抛出一句话。

"我怀孕了。"

"啥？"

"快来啦！"

5章 冰冻的武神

第五章 | 冰冻的武神

1

　　安兹军队的大本营所在地，是科塞特斯昨天还来过——现在正由亚乌菈建设中的要塞。如果仔细聆听，可以听见远方传来的微小施工声。

　　一进入房间，一直静静跟在后面的威克提姆就突然向安兹说话。

　　"卯青绿牡丹绯灰代赭丹青紫，素色山吹橙青绿绯砥绯砥卯栗素色象牙乳白桑染丹茶卯绯山吹练青紫代赭（那么安兹大人，我在此先行告退）。"

　　"辛苦了。在我们回去之前，先替我守好纳萨力克第一层吧。"

　　"象牙橙绯砥青紫卯之花青紫橙山吹（遵命）。"

　　"传送门。"

　　威克提姆跳进安兹变出的黑暗之门——目的地是纳萨力克地下大坟墓的第一层。

　　目送着可以利用死亡来发动强力阻挡系特殊技能的守护者背影离去后，安兹便将目光移向室内。同时，他也感觉到亚乌菈在后面低着头。

　　看来她大概是想尽了办法处理房间装潢以迎接安兹吧。房间的各个角落都可以看到令人感动的努力痕迹，不过，和纳萨力克相比还是简陋许多。亚乌菈可能是因此而觉得惭愧。

（其实看起来也没有那么差啊……）

对原本就是普通人的安兹来说，房间装潢并不会让他特别在意。纳萨力克的主人房不差，但太过豪华，有时候还会觉得不自在。这里反倒可以放松一点，感觉还不错。

（好想要十几平米的房间。看要不要在哪里偷偷准备一间吧。啊，要好好赞赏一下部下，把我很满意亚乌菈的努力这件事给说出口才行。）

人必须带着感谢注视、信赖他人的努力，否则不会成功。

安兹想起到某家公司跑业务时，裱在社长室里的一句话。虽然不知道是谁说的，但实在是一句名言，令人觉得理想的上司就该如此。

（要把心里的感谢说出口才行，如果不称赞，人就不会努力……的样子？）

"硬把你留在这里真的很不好意思，亚乌菈。我没有任何不满。我很满意你的努力，也因为这是你为我装潢的房间，这里已经足以媲美纳萨力克了。"

"是。"

亚乌菈稍微睁大她的双眼。安兹不知道这样算不算安慰，但他已经想不到更好的说法，只好再次环顾四周敷衍过去。

房间中还残留着木材的味道。

本来，与其留在这个几乎毫无防御力的地方，不如回到纳萨力克还比较安全。因为这里没有施加防御魔法，等于是一间纸糊的房子。不过反过来想，如果想以自己当诱饵来钓大鱼，就很适合利用这里。

这里离湖泊相当远，所以能够追到这里的人——如果有的话，也只会是 YGGDRASIL 的玩家，或是实力相当的人。

也就是说，建造这里的目的是要借由遭受袭击来找出敌对势力。

这种做法当然很危险，但安兹的想法是不入虎穴焉得虎子。

（还没来呢。还是说……这次的作战也失败了？不过……那东西到底是什么？）

"亚乌菈，我问你一件事，那个是什么？"

安兹的目光停留在房间内的一张白色椅子上。椅背相当高，结构相当扎实。因为太过精美，说它是艺术品也不为过。如果不去注意那个唯一的问题点的话。

"虽然有点朴素，但这是特意为您准备的王座。"

随侍在后的部下——迪米乌哥斯充满自信地代为回答这个问题。觉得不出所料的安兹继续发问：

"那是用什么骨头做的？"

"各种动物的骨头。我挑选了鹫狮和飞龙等动物的优质骨头。"

"原来如……是吗？"

使用许多骨头制成的那张王座，并非从纳萨力克带来的家具，所以应该是迪米乌哥斯外出打造好之后带来的。而且，那张王座还用了许多怎么看都是人类或是亚人类的头骨。虽然椅子没有沾染任何血或肉，完全以纯白骨头组成，但总觉得好像会闻到腥臭味。

觉得有点恶心的安兹，有点犹豫是不是要坐上那张王座。不过，放着部下特意替自己打造的椅子不坐，也有点说不过去。若是有什么正当理由可以拒绝，就另当别论了。

安兹思考过各种方法后，突然双手一拍。

"夏提雅，之前好像说过要惩罚你呢，我现在就在这里给予你惩罚。没错……要给你一些羞辱。"

"是！"

突然被点到的夏提雅似乎有点吃惊。

"跪在那里低下头，趴在地上。"

"是！"

一脸莫名其妙的夏提雅来到安兹指示的地方——房间的正中央后，做出安兹所要求的姿势。

安兹来到夏提雅旁边后，立刻坐上她的纤细背部。

"安、安兹大人！"

夏提雅发出听起来像是"鼾兹大人"的走音惊叫声。她相当慌张，却一动也不敢动，这都是因为安兹正坐在她的背上。

"你在这里当椅子，知道吗？"

"是！"

安兹的目光从声音听来异常愉快的夏提雅身上，转向迪米乌哥斯。

"抱歉，迪米乌哥斯，就是这样了。"

"原来如此！太了不起了！竟然想到要坐在守护者身上！这的确是没人可以打造出来的椅子，换句话说，这才是真正符合无上至尊身份的椅子！真不愧是安兹大人，完全让人出乎意料！"

"是、是吗……"

迪米乌哥斯露出灿烂神情，表现出对主人所抱持的敬意。安兹不懂他为何面带如此灿烂的笑容，不安地转过头去，接着，一位美女突然笑容满面地对安兹说话。

"对不起，安兹大人，我可以暂时退下吗？很快就会回来。"

"怎么了，雅儿贝德？算了，无妨。你去吧。"

雅儿贝德说了声谢谢后，便离开房间。之后，外面立刻传来"唔喔——"的女子叫声和墙壁受到猛烈撞击的声音，房子也跟着剧烈摇晃。

大约一分钟后，雅儿贝德就带着一如往常的温柔笑容，走回被沉默笼罩的房间。

"我回来了，安兹大人。对了，亚乌菈，我刚才离开房间时，不小心撞到了墙壁，好像有些损坏，等会儿可以帮忙修一下吗？真的很对不起。"

"啊，嗯，好的……我会去修。"

安兹叹了一口气，吞回许多想说的话。他将差点儿飘到空中的目光收回，直盯着散发出邪恶灵气的手杖。

他不可能将真的安兹·乌尔·恭之杖拿到危险的地方，这是在仿制公会武器的过程中制造出来的实验品。装上放在宝物殿中用于实验特效的道具后，外观已经接近完美，算是虚有其表的纸老虎。

如果公会武器毁坏，公会就会瓦解，因此不能随便将之带着走，目前将其寄放在第八层樱花圣域的领域守护者那边。

（虽然也有想过戒指被夺走时的防御对策，不过实在没办法随便找个地方……进行实验……）

安兹想着这些事情时，夏提雅的身体突然蠕动起来。那动作就像是在调整位置，以便让安兹好坐一点。奇妙的不自在感让安兹不由得望向夏提雅的后脑勺。

她的气息紊乱。

大概是太重了吧。安兹屁股底下的夏提雅，背部大概和十四岁的小女生差不多，相当纤细。一个大人竟坐在少女如此纤细的背上。安兹深深觉得这种行为实在太过变态、羞耻、残酷，认为自己有点得寸进尺了。

夏提雅是过去同伴所创造出来的NPC，佩罗罗奇诺应该没想过夏提雅会被这样糟蹋吧。这也等于是污辱过去同伴的行为，所以，安兹认为这也算是对自己的一种惩罚，但他现在发现这想法实在太愚蠢了。

（我竟然如此折磨夏提雅……实在是无药可救了。）

"夏提雅，很难受吗？"

如果觉得难受，就停止惩罚吧——夏提雅转过头来，注视着想要如此说下去的安兹。她的脸色泛红，眼中尽是煽情神色。

"完全不难受！不仅如此，我还觉得这简直是奖励！"

她的嘴巴不断吐出累积在体内的异常热气，迷蒙的眼中映照着安兹的脸庞。闪闪发亮的红舌舔过嘴唇，在唇上留下了妖艳的反光。微微蠕动身躯的模样，看起来也像是一条蛇。

不管怎么看，她都是欲火焚身的状态。

"哇啊……"

实在令人退避三舍。

安兹差点儿忍不住站起来。

（不行，这种事怎么可能干得下去？！）

这是给夏提雅的惩罚，而夏提雅会犯错是因为安兹的失误。那么，忍住想要离开的情绪就是对自己的一种处罚。

安兹粉碎掉心中涌现的复杂情绪，拼命忍耐底下那张气息紊乱、不断扭动的椅子。即使如此，他还是无法不产生"佩罗罗奇诺到底把她设定得多变态啊"的想法。

"那么，就认真地来聊聊正题吧。蜥蜴人他们惊吓的程度有如预期吗？"

"非常完美，安兹大人。"

"完全没错呀，看看那些蜥蜴人的脸。"

听到守护者们的回应后，安兹放心地笑了笑。因为他其实几乎看不出蜥蜴人的表情变化。虽然比起爬虫类，蜥蜴人更像是人类，但表情变化却和人类完全不同。

"是吗？那么，科塞特斯期望的下马威，在第一阶段已经算是成功了吧。"

安兹松了一口气。

不愧是一天只能使用四次的超位阶魔法。安兹特地使用了其中的"天地改变"魔法，如果毫不吃惊，那就只有一个惨字可以形容了。

"那么，迪米乌哥斯，湖水结冰范围的详细数据何时可以统计完毕？"

"目前正在统计中，不过结冰范围比想象中大，所以稍微遇到了一点困难。如果方便的话，希望能够再给一些时间。"

安兹伸手制止想要跪下的迪米乌哥斯，然后用他的骷髅手捂住自己的嘴巴，沉思起来。看来魔法施展的范围比想象中来得大，但以魔法实验的角度来看，应该算是成功吧。

"天地改变"是可以改变场景特效的超位阶魔法。在YGGDRASIL中的话，通常会用来防御火山地带的热气，或是用来抑制冰冻地带的寒气。

其实，不使用超位阶魔法也能给对方下马威。

但这次还是用了，是因为要顺便实验规模——效果范围可以大到什么程度。"天地改变"在YGGDRASIL中是效果范围相当大的魔法，在安兹于纳萨力克做的实验中，效果可以遍及八个楼层的所有区域，但不知道在外面会有怎样的结果。

在 YGGDRASIL 中，效果范围是一个区域，但他想知道在这个世界中的话，有效果的区域到底有多大。如果在平原发动，范围可以遍及整座平原的话，那就太大了。

如果这次的效果范围也是整座湖泊，那就太大了。看来在使用超位阶魔法时必须十分小心才行。

"那么，亚乌菈，警戒网的情况如何？"

"是！现在已经派遣从安兹大人那边借用的不死者，对两公里的范围进行警戒，但目前并没有什么特别的东西入侵。另外，我也派出手下一些擅长侦察的魔兽，对方圆四公里的区域进行警戒，但并没有收到发现可疑者的报告。"

"是吗……对方有可能采用完全无法察觉的方式接近，关于这方面的防范做得如何？"

"没有问题，有夏提雅加以协助，所以也派出了擅长侦察的不死者。"

"很好。"

被安兹称赞后，亚乌菈露出开心的笑容。刚才的消沉已经消失得无影无踪。

"不过，我们都已经露出这么大的破绽了，对夏提雅使用世界级道具的人还是没有任何行动吗？"

在所有人的注视下，安兹重复发问，但他并没有针对任何人。

"对方为什么不对纳萨力克和这里进行监视呢？"

"对方会不会是使用了一般的警戒网无法发现的世界级道具，来进行监视？"

对于迪米乌哥斯的反问，安兹疑惑地歪起头来。

"就是也考虑到了那种假设，才会利用飞飞……如果对方使用世界级道具进行监视的话，就无法监视一样拥有世界级道具的飞飞。因此，我一直以为对方会改以一些能够利用肉眼等物理……虽然也有可能是魔法，总之就是以那一类的手段来进行监视……"

安兹发现周围的守护者有些疑问，察觉到自己的解释不够清楚。

"这个嘛……该怎么说才好呢……过去我们曾私下拥有能够产出稀有金属的矿山，也因为是我们独占，市场价格就跟着飞涨，所以就有人计划出手抢夺。那时候，对方使用的是永劫蛇戒。那是过去号称'二十'的其中一项世界级道具。"

安兹眯起眼睛。

当时虽然非常气愤，但现在回想起来，那也算是一段美好的回忆，即使想起遭到追杀，还掉了不少稀有道具的经历。

"什么！竟然有人敢夺走无上至尊们统治的土地？无法原谅！请立即下达夺回命令！"

见雅儿贝德如此愤怒，安兹急忙转动目光。

他看到所有守护者都露出强烈的杀气与敌意，甚至连沉着冷静的迪米乌哥斯都露出狰狞表情。不仅如此，马雷那畏缩的表情上也隐约可见他想动手的决心。顺道一提，因为夏提雅变成椅子，有点看不到她的表情，但是她僵硬起来的身体，将她的坚定意志透过屁股传给安兹。

"冷静点！那已经是过去的事了。"

安兹举起手命令守护者们冷静。虽然看起来稍微冷静下来了，但还属于底下有岩浆在流动的不稳定状态。安兹也为了改变话题，急忙接续刚才的话题。

"对方使用永劫蛇戒，让我们无法进入矿山所在的那个世界。对方大概是趁这段时间进行探索，从而找到矿山的吧。等封印解除，我们可以进入时，矿山就已经遭到侵占了。"

当时鲁莽的夺回作战中，几乎有一大半公会成员都死过一次，但安兹将这件事忍住不说。

"那么，接下来才是我想说的重点。虽然我说过世界遭到封印，但那时候，拥有世界级道具的人还是能进入那个世界。因此，即使对方使用世界级道具监视，也应该无法发现我们。"

安兹听着属下们恍然大悟的响应，心里却在怀疑是否真是如此。

虽然可能性很大，但并无证据可以证明这种行为绝对无法发现。

当使用"五行相克"这个和永劫蛇戒一样同为"二十"的世界级道具时，游戏公司会向拥有世界级道具的人发出讯息，除了道歉之外，还送了一件道具当作赔礼。当时的道歉内容是这样的："拥有世界级道具的各位，原本应该不会受到世界改变的影响，但我们得知，只让各位的数据维持原样，在系统上来说是非常困难的一件事，因此，我们只好当成特例，进行修改。"

因此，无法断定绝对能够防御。不过，那件事也算是例外吧。

尤其，保护纳萨力克地下大坟墓的世界级道具效果之一，是可以防御情报系魔法。如果无法防御世界级道具的监视，那就没有意义了。

"所以，我才认为对方会企图接近飞飞……但接近的都是那些抱着刚出生婴儿的母亲或冒险者。"

前来的净是要求摸摸小孩的头，希望小孩茁壮成长的人，或是要求打自己或和自己握手，希望变强的人，没有任何一个要求私下谈话。

因此，安兹才会像这次这样，故意造成许多破绽，等待对方行动。

没有让科塞特斯带着世界级道具也是计划中的一环。安兹企图以他为诱饵，将对手逼出来。正因为不知敌人真面目，才会觉得可怕，那么，只要能够确认对手底细，应该就能以正确的方法应付。

"关于这件事……可以允许我发表愚见吗？"

"怎么了，雅儿贝德？"

"是，如同刚才所言，安兹大人的方针是要揭开对方底细，那么，敌人是否也会认为正因为自己尚未曝光，所以才不愿接近呢？"

（啊。）

"没……问题，雅儿贝德，这点我也有想过。"

怎么可能想过！安兹早已先入为主地认为敌人跟自己一样，想揭开对方底细。

（真是失策，该不会从一开始就已经全盘皆错了？）

"失礼了，另外……"

雅儿贝德，可不可以不要再说了——安兹无法如此泣诉。这感觉就像是在考完重要考试后，重看一遍考卷时，发现答案栏上的答案全都写错了一格一样。

"关于对外宣称是以道具打倒夏提雅的这件事……"

"是啊，我是向公会这样报告的，那是为了避免让别人因为飞飞实力过于强大而感到害怕。封魔水晶在这里似乎是一种非常稀有的道具，要破坏水晶来进行实验应该是件难事。所以，让封魔水晶失控——使用道具来打倒的说法就会比较具有说服力，飞飞也不会被过于提防。"

"的确如您所说。对于认为封魔水晶是稀有道具的人来说，那算是一个不错的办法。"

雅儿贝德这个有所保留的微妙说法，让安兹感到强烈不安。

"不过，如果对方和安兹大人一样拥有复数水晶，那情况又是如何呢？"

"嗯？啊，你是这个意思啊。"

虽然表现出恍然大悟的样子，但安兹并没有理解话中之意。

即使对方拥有复数水晶，那又如何？在这个世界中，封魔水晶非常有价值是事实。雅儿贝德是在担心可能会因为实验而破坏了水晶吗？

但感觉不像是那样。

安兹的心中掠过一股强烈的不祥预感。虽然安兹想要她细说分明，但现在的他很怨恨刚刚假装知道的自己。

（话说回来，由我来当统治者，并决定纳萨力克的行动方针，没问题吗？会不会发生明明在控制船，回过神来已经在爬山的状况啊？）

他很想要一走了之，逃之夭夭。

安兹无法忍受至今体验过数次的统治者重担——失败时会觉得更加沉重——在心中不断哭诉。

不过，绝对不能一走了之。既然已经自称安兹·乌尔·恭，就不能抛下同伴们创造出来的事物——NPC和地下大坟墓中的宝物。最重要的是，他完全不想成为一个抛弃小孩的父亲。

（我也担心你们会不会背叛、抛弃，或是放弃我，不过，更重要的是我必须扮演好你们期望及相信的安兹·乌尔·恭。）

所以，安兹表现出气定神闲的态度，做出在镜子前练习过、充满统治者自信的姿势。

"没问题，不过，我非常了解你的不安。"

这时候，安兹望向四周。

"雅儿贝德……也把你的担忧说给其他守护者听吧。"

"啊，是！如果对方和安兹大人一样，都是拥有复数水晶……熟知水晶性能的人，应该会看穿那个消息是假的。也就是说，会认为夏提雅并非被水晶打败——虽然对方不知道夏提雅是否以全力应战，但使用世界级道具的人，应该会认为夏提雅和飞飞的实力相当。因此，应该会觉得接近突然出现在耶·兰提尔的神秘战士飞飞是一件危险的事吧？而且，对方也有可能怀疑飞飞和夏提雅的关系……"

"雅儿贝德以及所有守护者，你们认为敌人下一步会采取什么样的行动？"

"那么，请恕我失礼。我认为，如果对方打算与安兹大人为敌，不管有没有证据，都会散播飞飞和吸血鬼狼狈为奸的谣言，并加以抨击。对方应该不希望飞飞这个人越来越声名远播。"

呜啊——安兹在心中发出呻吟。

原本前往耶·兰提尔的目的包括取得情报，但主要目的是要提升飞飞这个角色的名声——也包括一点想要逃走的想法。原本计划是等到大英雄诞生后，再公开飞飞的真面目，把他累积的声誉全都变成安兹·乌尔·恭所有，扬名世界。

而且，原本也可以表现出过去的PK公会在这个世界改头换面，以飞飞这个名字行侠仗义的形象。但现在那些计划或许会成为泡影，就此消失。

"唔？迪米乌哥斯，我问你，那样的话，不是等飞飞的名声变大之后，再来散播狼狈为奸的谣言，伤害会更大吗？"

"亚乌菈，有时那么做会是一步劣棋。如果安兹大人的名声已经够大，大家或许会认为那不过是一种恶意中伤的谣言。必须在壮大起来、广为人知之前铲除才行。"

"非常精辟的见解，迪米乌哥斯。"

迪米乌哥斯低头响应后，安兹从容地点点头，假装自己好像也是那么想的一样。

"那么，我再问一个问题。若是如此，敌人为什么没有散播谣言？"

听到安兹的问题后，迪米乌哥斯竖起一根指头。

"第一，对方还没有将飞飞大人的情报调查完毕。这是如果飞飞大人真的是在正面交锋下打败夏提雅，就不想遭到怨恨，或者是想要拉拢成为同伴的情况。第二——"

他又竖起一根手指。

"如果对方只是偶然遇到夏提雅呢？或者只是为了其他目的而刚好遇到，根本是毫无关系的第三者。"

"不可能偶尔遇到吧，迪米乌哥斯。那概率得有多低啊……"

虽然嘴巴上这么说，但安兹这才发现，那种情况并非不无可能。

安兹完全认定那是锁定夏提雅——也可能是锁定纳萨力克地下大坟墓的人发动的攻击，不过，夏提雅是在传送后的不久遭到攻击。在那种情况下，对方还能正确锁定夏提雅，也令人觉得那攻击异常准确。

自己太过惧怕那只看不见的黑手了吗？

安兹眯起眼睛——眼窝中的红光闪烁。

结果，问题还是在于情报不够、人手实在不足，还需要更大的力量。

（总之，最大问题就是布下的情报网还不够广大吧。）

虽然也命令了塞巴斯他们做这类工作，不过，少数情报员搜集的情报依然有限。最初只是觉得获得这世界的基本知识即可，但现在已经不是光得到那些情报就能解决问题的状况。

只靠冒险者和商人的管家无法搜集到想要的情报，就像一般人和政府高层能得到的情报和重要度完全不同一样。

而且，也想不到有什么人能够将搜集回来的情报进行多角度分析，判断哪一条情报重要或不重要。

"哎，总之，最大的问题就是情报不足呢。我们必须小心提防看不见的敌人，所以行动才会缩手缩脚……"

听到安兹的嘀咕声，迪米乌哥斯露出一个身怀妙计的犀利笑容。

"这样的话，找个国家投靠您看如何？"

在一阵短暂的沉默后，雅儿贝德发出"哦哦"的声音，表示理解。不久，安兹也发出相同的声音。

"原来如此，迪米乌哥斯，你是这个意思啊。"

不过，剩余的三名守护者还是一头雾水地歪起头来。接着，亚乌菈老实地吐露出自己的疑问。

"安兹大人，这是为什么呢？"

面对如此发问的亚乌菈，安兹为自己不会有任何表情感到松了口气。

"哎呀呀……马雷、夏提雅，你们知道迪米乌哥斯话中的含意吗？"

两人很有默契地同时摇摇头。

"这样啊，那就没办法了，迪米乌哥斯你告诉他们吧。"

"是的，遵命。那么，各位，安兹大人担心有底细不明的强敌存在，我觉得，假使遇到那个强敌，陷入敌对状况时，就需要有一个可以在交涉时用来解决问题的突破点。"

老师，我听不懂——三名学生外加一名大人的脸上就好像浮现了那样的文字。迪米乌哥斯老师好像也知道自己的解释太难懂，便配合学生的认知程度继续说明。

"如果安兹大人受到世界级道具控制的话，你们会怎么做？"

"我会杀了控制安兹大人的那个家伙。"

"不对，我不是那个意思，亚乌菈。我的意思是说，你不觉得遭到控制这个理由，已经足以成为突破点了吗？实际上真的有人能够使用世界级道具控制对手，所以安兹大人受到世界级道具控制这种话，应该也有一定程度的说服力。"

副班导雅儿贝德老师接着在迪米乌哥斯老师后面补充说明：

"也就是说，假装投靠其他国家，今后纳萨力克在行动时就可制造借口。只要说是受到那国家命令，不得已才会那样做，那么，假使有同等级的敌人存在，也可以稍微转嫁责任，对吧？而且，如果对方不想正面冲突，应该也会加以忍耐。"

"原来如此呀……即使有人对我们做的事感到不满，只要有理由的话，我们还能拉拢第三者成为同伴……就是这么回事吧，真不愧是安兹大人……"

安兹伸手抚摸担任椅子的夏提雅的头，那动作就像是黑帮老大抚摸着抱在膝上的暹罗猫一样。

"想出这个妙计的是迪米乌哥斯，不是我，所以你们应该称赞的人是他。"

"不，没这回事。安兹大人看起来也像是早已想到相同的答案。"

"啊，唔……嗯。好像抢了你的功劳一样，不好意思。而且……我想想，投靠他国，也比较容易获得情报吧。"

如果是国家，应该已经拥有他们正在拼命建构的情报网了。那么，光是让纳萨力克的人混进去，应该就能获得远比目前更加有用的情报。

觉得自己的意见能够用在安兹大人刚才还在烦恼的事上，以及听到安兹大人像是在确认两位智者意见的发言，让迪米乌哥斯露出微笑。

"您说得完全没错。"

安兹知道这句话背后隐藏着"您果然也发现了"的意思。

"啊，原来如此，真不愧是安兹大人，竟然想得这么透彻……这样啊……人类这种低等生物也意外地能派上用场呢。"

继雅儿贝德之后，其他守护者——包括成为椅子的夏提雅——都对安兹露出充满纯粹敬意的闪亮眼神。

安兹感到相当不自在，但姑且得到了两人的赞同，让他为自己没说错话感到放心。

"那么……就找一个国家潜入吧。"

"如果考虑周围国家，有王国、帝国和教国呢。"

"选、选偏远国家如何呢？例如，评议国、圣王国之类的。"

"我想尽量不选偏远国家，而且在有教国的充分情报前，我也暂时不想接触教国。这样就只剩王国和帝国了……从塞巴斯的情报来看，王国不怎么吸引我，不过……关于这部分还需要再研究。"

安兹说了句"话说回来"中断对话，把手伸向镜子。

"已经给蜥蜴人一点时间了，让我来看看有没有发生什么意料外的事吧。"

远程透视镜上慢慢浮现蜥蜴人村落的鸟瞰景象，上面有一颗一颗的小点动来动去。

安兹把手朝向镜子，稍微动了动手，让镜子上的景象产生变化。

首先，当然是放大。

如此一来，蜥蜴人们努力准备战争的模样就毫无保留地完全呈现出来。

"真是白费工夫。"

迪米乌哥斯温柔地对蜥蜴人们嘀咕着。

（我来看看，到底在哪里呢。蜥蜴人的差异还真是难以分辨。）

安兹寻找着在影像上看过的那六个人，皱起眉头。

（喔——发现铠甲了。这是那个丢石块的家伙吗？然后，拿巨剑的是在这里。差异果然很微妙呢。如果颜色、装备，或外表有明显差异的话，倒是蛮好分辨的……发现其中一只手很醒目的那家伙了。）

安兹观察到这里，便困惑地不断移动镜子里的景象。

"没有看到那个白蜥蜴人和拿魔法武器的蜥蜴人呢。"

"嗯……是不是叫萨留斯？"

"啊，没错，就是叫那个名字。"

听到亚乌拉的提醒后，安兹便想起前来交涉的那个蜥蜴人的名字。

"会不会是待在家里？"

"或许吧。"

远程透视镜还没有厉害到连家中都可以透视。不过，那是以一般情况来说。

"迪米乌哥斯，替我拿无限背袋过来。"

"遵命。"

一鞠躬后，迪米乌哥斯便从被移到房间角落的桌子上拿起无限背袋，恭敬地递给安兹。安兹从背袋中取出一幅卷轴。

接着，发动卷轴中的魔法。

魔法变出了一个隐形且非实体的感觉器官。如果遇到魔法类的障碍，感觉器官还是无法入侵，但如果是一般墙壁，不管多厚都能穿透。假使无法入侵，那就表示该处有不能掉以轻心的强敌。

将感觉器官和远程透视镜连接，让守护者也能看到安兹眼中的光景后，安兹开始移动飘浮在空中、类似眼球的感觉器官。

"先进入这间房子看看吧。"

安兹随便选了一间最近的破旧房子，让感觉器官进入里面。即使房内阴暗，透过感觉器官入侵的话，视野也会像白昼一样。

在那间房子里面，白蜥蜴人被压在下方，尾巴被抬起，身上还骑着一个黑蜥蜴人。

一头雾水。

一开始是不晓得那到底是怎么一回事，下个瞬间，则是无法理解为什么会在这种时候做那档事。

然后，安兹便默默将感觉器官移动到外面。

……

感到无限郁闷的安兹按住自己的脑袋。随侍在侧的守护者们也不知道该说什么才好，一脸伤脑筋地面面相觑。

"真是一群令人不愉快的家伙。科塞特斯不久之后就要进攻了，居然还有那种闲情雅致！"

"就是说啊！"

"呃、啊，那、那个……"

"迪米乌哥斯说得没错呀，应该让那两个家伙尝点苦头！"

"好羡慕喔……"

安兹的手轻轻一举，使守护者们停下话语。

"算了，他们不久后就要死了。我曾经在电影上看过，遇到这种情况时，会激起延续种族的本能。"

安兹点点头，肯定自己的意见。

"您说得没错！"

"只是那样而已，应该原谅他们。"

"完全没错！"

"呃、啊，那、那个……"

"我也同意安兹大人……"

"你们住嘴。"

守护者全都闭上嘴巴后，安兹叹了一口气。

"感觉有点没劲了呢，算了，蜥蜴人村落中应该没什么人需要提防了吧。不过，还是不能大意，因为或许有人正前往我们这里。亚乌菈……"

安兹突然停下动作，看向两名小孩。

（糟糕！这该怎么办！他们两人还不到接受性教育的年纪……不对，还太早了！）

安兹觉得自己似乎可以体会一个老爸在一家团圆时，正好看到电视上演着激烈缠绵镜头时的心情。

（世上的爸爸、妈妈被问到婴儿是从哪里来的，会怎么回答呢？不妙！竟然让泡泡茶壶的两个小孩看到这种事——唔，应该不要紧吧。雅儿贝德不考虑，迪米乌哥斯……感觉他会从医学角度教导……当作备案吧。夏提雅……好像也不坏。总之，暂时把这件事当作日后的课题吧。）

安兹将问题置之脑后，接着咳了一下，说：

"如果警戒网发现任何踪迹，包含我在内，所有守护者都要一起出动。"

如果有其他玩家存在，他就不打算遵守放过蜥蜴人村落的约定。对方若无法成为同伴，就必须尽力消灭，以防情报走漏。到时候，就算要用上第八楼层的所有战力，也要消灭村子。

安兹甩开想要违背和科塞特斯之间约定的罪恶感。如果是为了最重要的事，稍微说点谎也会比较好办事。

"那么，接下来，就等好戏上演后……再来慢慢欣赏科塞特斯的战斗英姿吧。"

2

四小时转瞬即逝。

战士级蜥蜴人在已经融冰的湿地——村落正门集结。经过前几天的激烈战争后，能存活下来参加本次战斗的战士级蜥蜴人已经为数不多。

总共有三百一十六名。

战士级以外的蜥蜴人没有参战，主要是因为夏斯留提出"敌人数量不多，我方多人应战反而会碍事"的意见所致。

乍听之下似乎颇有道理，但事实上当然并非如此。

萨留斯站在离蜥蜴人稍远的地方，眺望集结的战士级蜥蜴人。

所有人身上都画着代表祖灵附身的图腾，脸上显现出如钢铁般坚定的意志，看起来仿佛大家都不觉得自己会败战。

四周的蜥蜴人给出征战士加油打气。在这群人中，倒是可以看到不少人脸上难掩不安神色。

萨留斯为了不让内心的不安表现在脸上，努力装出若无其事的表情，不让其他蜥蜴人察觉这是一场向死之王献上活祭的战争。

这是场死之王向蜥蜴人展示战力的战争，是要完全粉碎蜥蜴人反抗意志的战争。打从一开始就毫无胜算，而其实刚才夏斯留说的那句话，背后还隐藏着"希望能将牺牲降到最低"的意思。

萨留斯的目光离开蜥蜴人，眼神锐利地瞪向敌方阵地。

骷髅军依然留在原地，没有移动半步。其中并没有看到像是科塞特斯那名怪物的身影。应该不可能是其中一只骷髅吧，他可是死之王的亲信，怎么可能是那种小喽啰级的怪物。绝对是只要看一眼，就会连尾巴末端都能理解其实力的人物。

忧心忡忡的萨留斯后方传来一阵巨型生物踩踏湿地时特有的水声——

"嘿，萨留斯。"

任倍尔一如往常地轻松打招呼。就算即将奔赴死地，任倍尔还是平常的那个他。

"感觉士气正处于最高峰呢。"

"是啊，如果面对科塞特斯那个强敌，还能维持这样的士气就好了……"

"就是啊。哦？时间已经到了吗？"

夏斯留出现在正门，所有蜥蜴人的目光都聚集在夏斯留和他身旁的两只湿地精灵上。

蔻儿修不在这里是因为她耗用魔力在召唤湿地精灵上。她先对萨留斯施加了好几个长效型防御魔法，接着又召唤精灵，耗用这么多魔力让她几乎无法动弹。其实，在两人离开房间时，蔻儿修就说过她应该会因为使用魔力而失去意识，所以已经无法再相见了。

身旁没人相伴的萨留斯，落寞地望向蔻儿修所在的方向。

离别时蔻儿修的表情，让萨留斯感觉心如刀割。

"战士们，出发吧！"

夏斯留振奋士气的口号，将四周蜥蜴人的斗志激发到极限，充满慷慨激昂的气氛。

要把思考转换回战士才行。萨留斯收拾起心中的混乱思绪。

蜥蜴人们在夏斯留和两只湿地精灵的带领下，缓缓前进。

远离村落是为了不让村落受到波及。

萨留斯和任倍尔殿后。

这时候，萨留斯突然回头看向村落。破旧泥墙、担心地目送队伍的蜥蜴人，以及——

萨留斯轻轻叹了一口气，抛开所有烦恼，迈步向前。他没有脱口说出已经来到嘴边的母蜥蜴人的名字。

蜥蜴人们行经湿地，在敌军骷髅和村落的中间地带布下阵来。

他们并没有想到什么阵型，只是像一盘散沙等待战斗到来。顶多只有各部族的族长和萨留斯，以及两只湿地精灵站在前方而已。

骷髅军大概在等待萨留斯他们的到来吧。他们敲打盾牌，踩出声响。

踏步时机稍有差池，听起来就只会像杂音的行军动作，在不死者的脚下却变成有着完美节奏的声音。若不是在这种场合，精彩的程度已经值得给予赞美的掌声。

正当所有蜥蜴人都被那行军声吸引时，骷髅军后方——森林里有几棵树木倒下。

粗大程度堪称巨木的树木倒下，理由只有一个，就是被人砍倒。

这在蜥蜴人之间引起一阵骚动。

因为还无法看见人影，可以想象应该是几个人合力砍倒。不过，若是如此，树木倒下的间隔未免也太过一致。看到刚才骷髅军那样整齐划一的动作，或许会认为原来几个人合作也可让树木倒成那样。不过，每个蜥蜴人都不那么觉得。

奇怪的预感在心中不断徘徊，觉得那一定是单独一人造成的结果。

因为树木倒下之前，完全没有听到刀刃砍进树干的声音。也就是说，虽然很不可思议，但可能是有一个力大无穷的人一刀就把树砍断了。

到底需要有多大的力量和武器，才能将巨木一刀两断？

树木倒下的撼地之声随着骷髅敲盾的声响，渐渐接近有段距离的蜥蜴人们。

浮躁的情绪涌现。这是理所当然的，在这种状况下，怎么可能有人不惊慌失措。即使是视死如归的任倍尔、萨留斯以及夏斯留也不例外，虽然掩饰得很好，还是不免为此动摇。

不久，从森林中开出一条路的人物终于现身。与此同时，骷髅军敲打盾牌的声音也戛然而止。

在异常宁静的空间中，出现在眼前的是一个平滑的蓝色光团。如果天空没有厚厚的云层，他的反光不知道会有多耀眼。

约莫两百五十厘米的庞大身躯看起来就像用双脚站立的昆虫。犹如蚂蚁或螳螂的长相，感觉就像个扭曲到极致的恶魔所产生的融合体吧。

一身坚硬的外骨骼笼罩着冰冷寒气，散发出钻石星尘般的璀璨光芒。

比身高长一倍以上的刚猛尾巴上长着无数尖刺，强而有力的下颚看起来似乎可以轻易咬断人的手臂。

他有着四只带有锐利爪子的手臂，四只手都戴着闪闪发亮的护手。脖子戴着圆盘形的金黄项链，脚踝套着银白脚环。

媲美死之王的绝对强者——登场。

他就是科塞特斯吗？

萨留斯的心脏剧烈跳动，不知不觉间呼吸已经变得急促。

没有一个蜥蜴人开口说话。大家的目光全被现身的怪物吸引，无法移开视线。因为他们即使害怕，也已经吓得无法转移目光了。

众人在不知不觉间开始往后退。不管是斗志高昂地来到此处的蜥蜴人，或是带着必死觉悟迎战的萨留斯等人，全都因绝对强者的登场感到震撼。

（我知道死之王他们并没有全力以赴，即使如此，我还是没想到有心想要战斗的强者，竟然这么可怕。）

　　即使被施加了能够消除恐惧的魔法，萨留斯心中还是不禁涌现想要逃走的冲动。毫无防御魔法加身的蜥蜴人竟然没有争先恐后地逃走，已经堪称奇迹。

　　科塞特斯慢慢逼近。

　　威风凛凛地进入湿地，穿过骷髅军——

　　科塞特斯在距离蜥蜴人三十米左右的地方停下脚步。之后，他细长脖子上的昆虫脸开始转动，那动作就像是在寻找什么人。

　　萨留斯觉得，对方的目光在自己身上停留了片刻。

　　"好了，安兹大人也在欣赏，就好好绽放一下你们的光彩吧。不过，在此之前，'冰柱'。"

　　随着对方发动魔法，两根冰柱从蜥蜴人和科塞特斯之间，相距大约二十米附近的水面冒出。

　　"虽然对于以战士身份带着必死觉悟前来的你们有点失礼，但我要让你们知道，从冰柱到我们这边，是你们的死地，只要超过那冰柱就只有死路一条。"

　　科塞特斯抱起两只胳臂，一副决定权在你们身上的态度。

　　"喂喂喂，看不出来这家伙人挺好的嘛……"

　　任倍尔脱口而出的这句话，让萨留斯也深表同意地点点头。

　　接着，踏出一步。任倍尔、夏斯留和两名族长也跟着前进。

　　夏斯留回过头，向想要跟着前进的战士们说：

　　"你们留在这里……不，回村落去，因为你们……会受到我们牵连而死。"

"什么！我们也要一起作战！虽然的确很可怕……但即使害怕，我们也要战斗！"

"撤退并非胆小，活着才是。"

"那么——"

"也有蜥蜴人无法就此撤退，就是这样。而且，身为族长的人，也不能接受没经过战斗就受人统治，对吧？"

"不过，族长，我们要战斗。"

"等一下！年轻人给我滚回去，剩下的是我们老人的工作！"

推开人群走到前方的蜥蜴人已经有一定的岁数，但还没有老到可以称为老人。为数五十七人，看到他们的表情后，其他蜥蜴人都说不出话来。

如果露出的表情是觉悟、放弃，或许会要求同行吧，但他们脸上的表情是恳求，恳求比自己年轻的人能活下去，继续歌颂生命。

无话可说的战士级蜥蜴人们，不甘心地往后退去。

夏斯留重新转向科塞特斯。

"久等了，科塞特斯。"

科塞特斯向蜥蜴人们伸出一只手，弯弯他那细长的手指，要对方放马过来。面对敌人的挑衅，夏斯留高声呐喊：

"进攻——"

"哦哦哦哦哦哦哦！"

做好心理准备的蜥蜴人们从内心深处发出响彻云霄的咆哮，冲向科塞特斯。

科塞特斯冷冷望着冲刺过来的战士们。

"虽然对你们这些战士有些不好意思，但先削减一下你们的人数吧。"

即使所有战士全都来到自己眼前，自己也不可能战败，不过，科塞特斯觉得需要筛选一下对手。

科塞特斯个人是想展现武士的敬意，希望在对手也能攻击得到的距离进行战斗。不过，他身受无以为报的恩宠，还让这些乌合之众和纳萨力克地下大坟墓的守护者交手，对观赏这一役的安兹大人太过失礼了。

科塞特斯解放封印的灵气。

冰雾国之夜等级的能力——"冰霜灵气"。这个特殊能力，会利用极寒冻气给予伤害，同时稍微降低对手的速度。如果全力发动，会让在旁边观战的蜥蜴人也进入灵气范围。而这并非科塞特斯所愿。

抑制力量，缩小范围，减低伤害。

"差不多这样吧……"

以科塞特斯为中心释放的极寒冻气，瞬间涵盖半径二十五米的范围。

受到极寒冻气影响，温度急速变化，使空气发出轰然哀号。

"呼，这样就够了吧。"

灵气收敛下来。

时间非常短，刚才还如狂风般猛烈的冻气，已经像幻觉般消失得无影无踪。不过，那绝非梦境或幻觉，倒在湿地上的五十七具蜥蜴人尸体就是最好的证明。

目前还能动的只剩下五人，不过，他们是蜥蜴人中最强的五人。五人不为科塞特斯的能力及同伴之死感到害怕或困惑，一同展开行动。

石块破空飞去。带头冲刺的是身穿铠甲的蜥蜴人，后面跟着两名蜥蜴人。另外，两只受到冻气攻击后全身龟裂的湿地精灵，因为动作较慢，所以慢吞吞地跟在两名蜥蜴人后面。最后的蜥蜴人则不断吟唱魔法。

第一击是石块，完全瞄准科塞特斯喉咙的一击。不过那攻击完全没有意义，因为——

"我们守护者身上的武装，全都具有抵御飞行道具的能力。"

他的身上仿佛有一道无形的防护罩，将石块弹开。

一马当先的蜥蜴人紧接而来，其身穿的铠甲是蜥蜴人代代相传的四大至宝之一——白龙骨铠，坚硬程度足以弹开同为四大至宝之一的冻牙之痛的攻击，是蜥蜴人的装备中硬度最高的皑甲。

与其对峙的科塞特斯从空中拔出一把刀，仿佛刀原本就藏在空中。

科塞特斯抽出的是一把大太刀——刀身长度少说超过

一百八十厘米，刀名斩神刀皇。在科塞特斯拥有的二十一件武器中，是锐利度最高的一件。

接着，他便朝向迎面而来的蜥蜴人——斩下。

划破空气的锐利刀法，让周遭空气发出哀号——平静的音色。若不是在这种场合，倒是会令人想仔细听听的清澈声音。

在那声音之后，族长的身体连同铠甲从上而下被一刀两断，往左右倒进湿地。

即使斩断蜥蜴人最硬的皑甲，斩神刀皇的刀刃也是毫发无伤。

两名蜥蜴人没有受到同伴惨死眼前的影响，举起武器，一左一右进行夹攻。

"喝啊！"

右边是发动钢铁天然武器和钢铁皮肤的任倍尔所挥出的手刀，全力朝着科塞特斯的脸部冲去。

"吼喔——"

左边是朝腹部突刺过来的冻牙之痛。

这次的攻击是依据肉搏战时长武器比较难以发挥的常理。

当然，这只适用于常人身上。

科塞特斯只是稍微闪身，以斩神刀皇的刀刃中央挡住任倍尔从旁攻来的手臂。动作出神入化，仿佛手上的长武器就是自己的手脚一样。

虽然任倍尔的皮肤在钢铁皮肤的加持下，硬度足以媲美钢铁，但刚才的铠甲已经证明斩神刀皇有多么锐利。

滑进任倍尔手臂的刀刃，像砍进水里般毫无窒碍地轻松砍断手臂。

"呜啊——"

任倍尔被砍断的右手臂喷出鲜血时，科塞特斯的另一只手已轻轻夹住朝腹部刺来的冻牙之痛。

"哦，原来如此，这把剑还不坏……"

"哇！"

萨留斯放弃将动也不动的冻牙之痛抽回来，立刻朝科塞特斯的膝盖踢出一脚。科塞特斯没有闪躲，直接承受了这一脚。结果反倒是踢中膝盖的萨留斯感受到剧痛。

就和用力往铜墙铁壁踢上一脚是一样的感觉。

"魔法上升·集体轻伤治疗。"

需要耗用庞大魔力，但可强行发动原本应该无法使用的高阶魔法——夏斯留吟唱出透过这种魔法强化发动的全体治疗魔法。

"哦……"

看见对方使出自己不知道的魔法强化，科塞特斯深感兴趣地注视着夏斯留，不过却有两只湿地精灵跑来挡住视线。湿地精灵来到在治疗魔法下断臂已经逐渐复原的任倍尔和科塞特斯之间，伸出触手般的手攻击科塞特斯。但攻击还没命中，科塞特斯就不耐地往湿地精灵身上砍去。

就在湿地精灵化作泥块溃散时，萨留斯的拳头击中科塞特斯的复眼、腹部与胸部。当然，受伤的人是萨留斯。拳头上的皮肤已经破裂，流出鲜血。

"真是碍事。"

科塞特斯大力甩起他那长满尖刺的尾巴，猛烈击打萨留斯的胸部。

"咕啊！"

发出咔啦咔啦断裂声的同时，萨留斯仿佛被球棒打中的球般，飞得又高又远，最后滚落湿地。他在湿地中滚了好几圈后才终于停下，但胸部的剧痛和口中冒出的鲜血让萨留斯难以呼吸。

断掉的骨头大概是刺穿了肺部，即使想要呼吸，也吸不进空气，好像身在水中一样。流入喉咙的温热液体，令人不禁作呕。往胸口一看，有如遭到利刃钻挖般的伤口也流出了大量鲜血。

光是一击，就让萨留斯这么凄惨。

拼命维持呼吸的萨留斯带着斗志未熄的眼神，瞪向可能乘胜追击的科塞特斯。

"还有斗志啊，那就还你吧。"

科塞特斯将手中夺来的冻牙之痛随手往滚落湿地的萨留斯身旁一丢后就不再理他，转向剩下的几名蜥蜴人。

夏斯留对已经长出手臂，但体力大幅耗损的任倍尔施展治疗魔法。

正当科塞特斯快要来到两人身边时，石块再度飞来，企图转移注意力——但完全没有作用，被轻松弹开。

"真是烦人。"

科塞特斯唠叨了一句后，对"小牙"族长随意地伸出手。

"穿刺冰弹。"

数十根像人类手臂那样粗的锐利冰柱，大范围地展开攻击。

有一名蜥蜴人位于攻击范围内，瞬间遭到冰柱刺穿。

胸部一根、腹部两根、右大腿一根，每根冰柱都轻松贯穿蜥蜴人的躯体。

"小牙"族长——拥有最佳游击能力的蜥蜴人，像断线的傀儡般摇晃着身体跌落湿地，就此断气。

"唔喔——"

"魔法上升·集体轻伤治疗！"

任倍尔往前冲刺，夏斯留也再度施展治疗魔法。任倍尔的行动是要为萨留斯争取疗伤的时间。

他知道这是相当鲁莽的举动，也知道自己的力量在科塞特斯面前是多么微不足道，不过，任倍尔还是毫不犹豫地向前冲刺。

科塞特斯对进入攻击范围的任倍尔，轻松挥出手中的斩神刀皇。

那一挥，超越任倍尔的视觉反应速度——

那速度，远远凌驾任倍尔的敏捷——

那一刀，轻松斩断任倍尔的躯体——

身首异处的任倍尔，鲜血如喷泉般涌出，身体就这样瘫软地倒卧湿地。不久，头颅才跟着掉落湿地。

"那么，就只剩下两人了……虽然从安兹大人那里听说过你们的实力，不过，留到最后的果然是你们两个。"

自战斗开始就没移动过一步的科塞特斯注视着剩下的两人，把刀一挥。仿佛冒着白烟的刀身上，已经看不到任何鲜血与油脂。那动作美得仿佛一挥就能将所有一切甩落。

体力回复到勉强可以站起的萨留斯和拔出巨剑的夏斯留以前后包夹的方式与科塞特斯对峙。萨留斯捧起胸口不断流出的鲜血，涂在脸上。

以血涂成的模样，看起来也像是用来召唤祖灵附身的图腾。

"弟弟啊，你的伤势如何？"

"很不乐观，伤口还是不断传来钝痛，不过，还能再挥个几剑。"

"是吗……那应该够了吧？其实，我的魔力已经几乎耗尽，稍微不小心或许就会倒下。"

夏斯留的牙齿发出碰撞声，可能是在笑吧。听到这句话的萨留斯，表情有了些微变化。

"是吗，哥哥你也在勉强自己啊。"

轻轻一笑的萨留斯吁了一口气，放松肩膀力道。持剑的手就这样垂了下来。

胸口附近蹿起一股剧痛，但萨留斯努力忽视那股疼痛。

不到最后绝不放弃——萨留斯打算战斗到最后一刻。

打从一开始，就非常清楚毫无胜算。

被打败也是没办法的事，但还是无法接受战败。

因为这样等于欺骗了无数的生命，欺骗他们说自己能战胜。有人相信那样的大骗子，既然如此，就不可能有办法接受战败的事实。

直到最后一刻都要全力——

"挥舞手中的剑！"

萨留斯的咆哮响彻四周。

科塞特斯从上颚长到外面的牙齿传来咬合的咔嚓声。

"相当不错的咆哮声——"

科塞特斯大概是在笑吧。但那并非强者轻视弱者的笑声，而是对同等地位的战士发出的笑声。

"很好，弟弟，就是这样。我也和你一起战斗到最后一刻吧。"

夏斯留也跟着露出笑容。

"那么……久等了，科塞特斯阁下。"

听到夏斯留这句话后，科塞特斯耸了耸肩。

"无所谓，我还没有不解风情到会打扰兄弟诀别。做好必死的觉悟吧……不，抱歉，你们原本就已经做好必死觉悟了。"

面对踏出脚步的萨留斯和夏斯留，科塞特斯甩了一下斩神刀皇说道：

"报上名来吧。"

"夏斯留·夏夏。"

"萨留斯·夏夏。"

"我记住了，记住你们这两位战士的名字。另外，先跟你们道歉，本来我应该用所有手拿起武器应战……我并非瞧不起你们，但你们还没有强到需要让我那么做。"

"那还真是遗憾呢。"

"完全没错——要出招了喔！"

两人朝科塞特斯冲去，湿地传来啪嗒啪嗒的水声。

两者不同的进攻时机，让科塞特斯稍感不解。

两人并非同时进入攻击范围，就时机点来说是夏斯留较快。觉得对方似乎有所图谋的科塞特斯，满心期待地等待对方攻击。

先进入攻击范围的是夏斯留，科塞特斯仔细观察他的下一步。

夏斯留在科塞特斯的剑锋差一点就能触及的位置，停下脚步——

"大地束缚！"

发动魔法。

泥土形成的无数锁链朝科塞特斯飞去，萨留斯立刻趁机狂奔。为了让敌人无法测出攻击距离，他还将冻牙之痛藏在背后。

夏斯留所说的"魔力已经耗尽"，只不过是欺骗科塞特斯的诡计。上当的话，或许会遭到魔法锁链束缚，然后被后方冲刺而来的萨留斯攻击命中。

即使对方的外骨骼相当坚硬，但将全身力道注入剑锋的话，应该还是能够刺穿。萨留斯如此盘算而弃守为攻的这招突击，威力想必相当大。

（看来他对自己的剑颇有自信呢。）

科塞特斯非常能够体会他的心情，因为科塞特斯也和他一样，对自己的所有武器都抱有强烈情感，尤其对目前手上这把刀——创造者曾使用过的这把武器，抱有的情感更是强烈。因此，即使战力会因此变得更加悬殊，科塞特斯还是要用斩神刀皇应战，以对他们展示最大的敬意。

不过，他们错估了一件事，那就是他们的对手是纳萨力克地下大坟墓第五楼层守护者科塞特斯。

"等级不及我的人所发出的魔法，不可能突破我的防御。"

泥土锁链在接触到科塞特斯的前一刻就被弹开，变成一般泥土回归湿地。低阶魔法无法贯穿科塞特斯的魔法防御。

"冰结炸裂！"

随着背后的呐喊响起，科塞特斯四周出现白色冰雾气旋，将科塞特斯团团围住。

无谓的努力。

对冻气具有完全抗性的科塞特斯，感受着如微风吹拂般的极寒冻气，静静等待萨留斯和夏斯留进入攻击范围。

只经过一息的时间，他所等待的时机就来临了。但科塞特斯却产生短暂犹豫，心想只砍断头，真的就能停下对方的动作吗？

面对完全舍弃防御的萨留斯，实在不觉得只要砍断他的头，就能阻止他前行。他的脑中浮现无头身躯冲过来的画面。那么，就先把手砍断，再砍头吧。

（不好，那样不够干净利落，还是让他一刀毙命吧。）

萨留斯完全不考虑防御的全力冲刺，对科塞特斯来说还是太慢。

白雾中隐约可见的黑影——萨留斯刺出的剑，和刚才一样被科塞特斯的手指轻轻夹住。

科塞特斯没有从指尖的触感中感受到冻气，可能是因为萨留斯知道冻气对科塞特斯没用，才没发动吧。

突击速度明明那么快，却被自己轻松挡下，这让科塞特斯涌现疑问。不过，这疑问也是转瞬即逝，因为只要手上的斩神刀皇一挥，就可结束对方生命，所以也不需要多做思考。

这么一来，就只剩一人而已。

（原来只是毫无计划的突击吗……）

感到些许失望的科塞特斯正要挥刀时，想法出现了改变。

（原来如此……）

"哦哦哦哦！"

随着一道怒吼，一把巨剑穿过弥漫在四周的冻气挥砍下来。夏斯留的一击带着狂风，气势强如要劈开冰雾。

不管是"大地束缚"、萨留斯的突击，还是冰结炸裂，都只是诱饵。

虽然也需要提防萨留斯利用冻牙之痛的突刺，但夏斯留从高处斩下的巨剑伤害更大，所以，这招肯定才是对方的真正企图，不过——

"如果想要出其不意——就应该无声无息地出招。"

只要无法完全消除在湿地奔跑的水声，就不算出其不意。科塞特斯感到疑惑，这次行动值得让他们不惜承受冻气伤害吗？还是说，其实只是无谓的挣扎？

不过，敌人进到攻击范围内是事实。

被自己抓住唯一武器的萨留斯已经不足为惧，只是杀害的顺序改变了而已。如此判断的科塞特斯挥下手中的斩神刀皇。

一挥。

夏斯留连同巨剑被一分为二，飞出的身体还没掉到地面，科塞特斯就抽回刀，打算继续挥向萨留斯——

这时候，科塞特斯夹住剑的手指滑了一下。

大吃一惊的科塞特斯确认自己的手指，看看为什么被夹住的剑会往前滑动。

在弥漫的白雾中，科塞特斯的手指还有剑身上，都沾着红色液体。

科塞特斯瞬间理解造成手指滑掉的原因是什么。

血？

疑惑。

他思考着到底是在什么地方沾到的，然后在隔着雾气看到萨留斯的脸之后，恍然大悟。

他在自己脸上涂血并不是为了画图腾，而是要将血涂到剑上。

冰结炸裂也不是为了伤害科塞特斯，或者隐藏夏斯留的行迹，主要目的是为了隐藏剑上涂血这件事。把剑藏在背后也是一样的目的。

挡住萨留斯的攻击时，科塞特斯是以手指夹住。萨留斯记得这个抵挡方式，所以赌上或许下次还会以同样方式抵挡的些微可能性，费尽心思如此布局。这时候，一股电流在科塞特斯的脑中流窜。

（那时候！难怪那时候会觉得突袭的力道那么小！原来如此！在剑身上涂血润滑以直接贯穿的计谋，不可能每次都能得逞。原来是为了制造关键机会，让我误以为很容易就可夹住，才故意减缓力道啊！）

剑慢慢滑过来，逼近科塞特斯的淡蓝身体。即使是科塞特斯，也无法以两只沾血的滑溜手指挡住萨留斯连体重都用上的全力推挤。

如果夹住的距离稍微远一点，或许还有其他办法可用。但距离这么近，实在无计可施。

科塞特斯感动到全身发抖。

虽然也要靠一点运气，但这是一次每个环节的赌注都赌赢的攻击。最重要的是——如果没有夏斯留，绝对无法造成这样的状况。

夏斯留应该不了解萨留斯的计划吧，但一个哥哥完全信任弟弟，不惜牺牲了自己的性命。无意义的奇袭和呐喊，只是为了让科塞特斯可以将注意力稍微从弟弟身上转移。

只是一瞬间。

真的就是一瞬间的短暂时间中——萨留斯正使尽全力推挤冻牙之痛逼近时——科塞特斯的下颚动了一下。

"太精彩了——"

剑就这样刺中科塞特斯的身体，然后被轻松弹开。散发出淡蓝光芒的身体甚至连一点擦伤都没有。

这正是纳萨力克地下大坟墓最高阶NPC，和蜥蜴人之间无法填补的实力差距所造成的结果。

"不好意思，我身怀特殊技能，可以让低阶魔力的武器攻击暂时无效。只要发动这个技能，你们的攻击就毫无意义。"

这一击相当精彩，科塞特斯自己倒是觉得，留下一道伤痕当作对这位战士的敬意之证也无妨。不过，在无上至尊的注视下，身为守护者的自己绝不能那样做。

科塞特斯故意退后一步，湿地上的泥土因此溅起，弄脏蓝色的美丽身体。

只是退后一小步。

光是退后一步并没有任何意义，即使退后也不会造成什么影响。萨留斯注定一死，科塞特斯绝对会赢。

不过，退后一步，是绝对强者—— 科塞特斯，对弱者——萨留斯的赞赏表现。

萨留斯脸上浮现即使看透命运，也依然全力以赴的人才会出现的澄澈笑容。科塞特斯对这样的萨留斯挥下手中的斩神刀皇。

3

"这一仗打得相当精彩。"

安兹开口称赞低头跪在面前的科塞特斯。

"谢谢。"

"不过，我相信你也很清楚，这次给的是鞭子，但你今后必须给糖才行。不能采用恐怖统治。"

"我明白了。"

安兹点头后，看向室内的其他守护者。

"很好。那么，诸位守护者，听好了。之前在王座之厅已经说过，蜥蜴人村落将交由科塞特斯统治。如果科塞特斯有什么需要帮助的地方，请大家尽力协助。科塞特斯，我希望你让蜥蜴人对纳萨力克产生根深蒂固的忠诚之心，也希望能对他们实施精英教育，这部分交由你全权负责，需要升天羽翼等特别道具就说一声。另外也暂时把动力套装借给你吧。"

在 YGGDRASIL 这款游戏中，可以在中途变更种族，但这并非可以自由变更的意思。不仅需要一些条件才能变更，而且变更后就无法复原。

条件之一是道具。像是想变成死者大魔法师，就需要"死者之书"这个道具；想变成小恶魔的话，就需要"堕落种子"。至于安兹提到的"升天羽翼"，则是变成天使时需要用到的道具。

安兹觉得在这个世界里或许也能转换成异形种族，才不禁脱口说出这个想象。

"到时候再麻烦安兹大人了。那么，安兹大人，您要怎么处置那些蜥蜴人呢？"

"那些蜥蜴人？"

"是的，叫萨留斯和夏斯留的那两个蜥蜴人。"

（是战到最后的那两个蜥蜴人啊。尸体应该还躺在湿地。不过，提他们做什么？）

"这个嘛，将他们的尸体回收，在不使用我的特殊技能制造不死者时，把他们的尸体当成材料使用看看吧。"

"那样有点可惜。"

"哦，怎么说？他们那么有价值吗？"

安兹利用远程透视镜观战，他看到的应该是科塞特斯的压倒性胜利，并没有什么特别值得注意的地方。

"他们的确很弱，不过，我看到了他们无惧强者的战士光芒，把他们当成材料似乎有点可惜。我觉得，他们可能有办法变得更强，甚至超乎想象。安兹大人应该还没有做过复活死者的相关实验，不知是否可以拿他们做实验看看？"

（他该不会很喜欢那些蜥蜴吧？）

老实说，安兹听到战士光芒这个词，也无法想象是什么感觉。他倒是常在漫画或小说中看到杀气这个单词，但也觉得没什么大不了，就像安兹在警告娜贝拉尔时，她会说"啊，是这样啊，哦"的那种感觉一样。同样地，这种战士的共鸣，安兹完全无法理解。

这是因为，安兹现在虽然是这个模样，但原本只是一个单纯的社会人士。生在日本的普通人，如果对杀气或战士光芒这类单词深表同感，那才危险吧。如果说到优秀的业务员光芒，或许还能多少了解一点。

"原来如此……很可惜吗？"

但安兹的真正想法，其实是听到科塞特斯肯定蜥蜴人的说辞，还是会疑惑：就算你说可惜，我也不懂啊。

不过，冷静想想，科塞特斯的说法听起来非常有道理。

原本就想找个地方进行复活实验，安兹自己也觉得拿他们进行复活实验会有很大的好处。而且，和之前在王座之厅中不知所云的科塞特斯相比，现在的他已经能明确地提出有用的方案。如果这是进步的象征，那么他早已远远超过合格的标准。

短暂思考后，安兹想起自己还有优秀的部下。

想起这些站在四周，摆出臣子应有的态度——不发一语，且立正不动的部下。

"雅儿贝德，说说你的意见吧。"

"和安兹大人的想法一样。"

"迪米乌哥斯你觉得呢？"

"我认为安兹大人的话最正确。"

"夏提雅，你怎么看？"

"我和迪米乌哥斯一样，遵从安兹大人的判断呀。"

"亚乌菈。"

"是的，我也和大家的看法一样。"

"马雷。"

"那、那、那个，是的。我也这么认为。"

有回答跟没回答一样，让安兹感到头疼。

安兹左思右想，最后得到一个答案——或许站在守护者的立场来看，他们觉得没什么大问题。也就是说，不管决定如何，他们都觉得没什么大不了的好处或坏处吧。

当然，也要看守护者是站在什么立场。有时也可能因为立场不同而产生问题。

简单来说，当认为一百万是笔小数目的人说"那笔钱没什么大不了"时，就会出现那句话有多少可信度的问题。也就是不同价值观所产生的差异。

（简直是白问了……不过，这应该可以当作是让他们复活也没关系吧？我是打算三思而行啦，毕竟这阵子失误太多了。）

安兹不得已只好自己思考这件事的优缺点。

"现在是决定要统治蜥蜴人村落了，不过，有适合当村落代表的人选吗？他们有可以代表整个村落的组织吗？"

"没有，但有一个人适合当村落的代表。"

"喔？是什么人？"

"是没有参与战斗的白蜥蜴人，似乎拥有森林祭司的能力。"

"是她吗！嗯，的确可行……"

她的话，应该有利用价值——安兹如此盘算，也可以用来监视之类的。

不过，如果要执行安兹目前想到的点子，有可能会让接下来要进行统治的科塞特斯感到困扰。那么，该如何是好呢？想到此处的安兹突然灵光一闪。

（直接问不是比较快吗？虽然刚才没问到什么有用的答案……）

安兹向科塞特斯说明自己今后的打算，科塞特斯对此表示肯定。

虽然从科塞特斯的反应来看，无法断定那是不是顾虑到主人才那么说，不过，安兹斜眼瞄向迪米乌哥斯和雅儿贝德，都没有看到他们表现出异常举动，这让他放心地觉得应该是没什么问题。

"很好。那么要多少时间才能带她过来？"

"属下僭越，知道安兹大人可能会这么指示，已吩咐她到附近房间待命。"

安兹不禁看向迪米乌哥斯，看到他轻轻摇头。

（很不错嘛，没人指示就已经处理好了，也不像是别人的主意。）

安兹心想上司见到下属成长的感动大概就是这种感觉，满意地歪起头——因为是骷髅头，无法挤出表情。

"不不不，你做得很好，科塞特斯。浪费时间是愚蠢的行为，你的判断没错。很好，那就把她带来吧。"

"那个，请等一下！"

"怎么了，亚乌菈？"

"即使是归附的人，让对方在这种不起眼的地方拜见，还是有失安兹大人的身份。我觉得应该在纳萨力克的王座之厅接见。"

除了马雷之外，其他守护者都轻轻点头表示同意。

"非常抱歉，我没有想到这点，还请原谅！"

"嗯……"

我完全没考虑到这件事啊。如此心想的安兹开始思考该如何解决，这时候，他突然想起那时候的一句话。那么——

"亚乌菈。"

"在！"

"你不是曾经跟我说过，你用心打造的这个地方足以媲美纳萨力克？你说得没错。科塞特斯，带她过来，就在这里接见吧。"

"安、安兹大人！"

"亚乌菈，退下。"

"雅儿贝德！"

不解为何遭到阻止的亚乌菈满脸通红地向雅儿贝德抗议，但雅儿贝德只看了她一眼后就不予理会，直盯着大门。反倒是迪米乌哥斯回应了生气的亚乌菈。

　　"安兹大人说的话不会错，那么，安兹大人说这里和纳萨力克一样好，这句话同样也是——"

　　"——不会错呀。"

　　夏提雅接口说道。

　　（我不觉得我的话有那么正确，是不太希望他们这么认为……不过，他们这次能这么想倒是帮了我一个大忙。）

　　"亚乌菈，我再说一次。我认为，身为我最信赖的部下——守护者之一的你，正努力完成的这个地方和纳萨力克一样好，即使目前还在赶工中也一样……知道了吗？"

　　"安兹大人，谢谢您！"

　　亚乌菈感激地低头道谢，其他守护者们也一样低下头来。

　　（不需要……如此感动吧……这不是让人很难为情吗？）

　　"那么，科塞特斯，带她过来吧。"

　　"遵命！"

　　白蜥蜴人立刻被科塞特斯带进房间。

　　她来到安兹面前低头跪下。

　　"你叫什么名字？"

　　"是的，伟大的死之王至尊——安兹·乌尔·恭大人，我是蜥蜴人代表蔻儿修·露露。"

还真是夸张的称号。虽然有些郁闷不知道是谁想出的这个称号，但安兹还是装出符合王者风范的冷静态度。

　　"嗯，欢迎。"

　　"谢谢，恭大人，请务必接受我们蜥蜴人的誓死效忠。"

　　"嗯……"

　　安兹目不转睛地仔细打量蔻儿修。

　　怎么会有这么漂亮的鳞片。在魔法灯光的照射下，鳞片闪闪发亮。不知道摸起来的感觉如何——安兹心里冒出些许求知的好奇心。

　　正当安兹看得浑然忘我时，他发现蔻儿修的肩膀不断轻轻颤抖。科塞特斯散发冻气的特殊技能应该已经解除了才对。所以，发抖应该是其他原因造成的。

　　思考发抖原因的安兹终于发现，她会发抖其实非常理所当然。

　　只要安兹说一句不喜欢蜥蜴人，所有蜥蜴人都会人头落地，因此，蔻儿修必须仔细聆听安兹说的每一句话。对于如此提心吊胆的蔻儿修来说，安兹不自然的沉默，就是恐惧的根源吧。

　　安兹并没有戏弄弱者来取悦自己的兴趣。即使他可以为了纳萨力克地下大坟墓的利益变得极为残忍，他的精神状态也还没糟到会做出这类举动来。

　　"你们蜥蜴人从今以后就归附在我的旗下，不过，是由科塞特斯代替我统治你们，没有异议吧？"

　　"没有。"

"那么，就这样吧，你可以回去了。"

"咦？可以吗？"

低着头的蔻儿修发出有些惊讶的声音。原本以为会被要求达成天大难题的人，会出现的失控反应就像这样。

"你暂时可以先回去。蔻儿修·露露，你们蜥蜴人今后将会迎来兴盛时代。未来的蜥蜴人一定会衷心感谢你们今天归附到我旗下的决定。"

"太不敢当了。即使我们和恭大人这么伟大的人物为敌，您还是如此慈悲为怀，这已经让我们非常感激了。"

安兹慢慢从王座上站起，然后走到蔻儿修身旁，蹲下来，把手绕在她的肩膀上。

吃惊的蔻儿修身子一颤，震动传至安兹手上。

"另外，有件事想特别拜托你。"

"请问是什么事？若是恭大人忠心仆人的我能力所及，还请尽量吩咐……"

"这件事并不是我想拜托——但答应的话，报酬是让萨留斯复活。"

安兹说出从科塞特斯那里听来的名字后，蔻儿修猛然抬头，脸上露出惊愕的狰狞表情。

安兹洋洋得意地继续观察蔻儿修。她似乎想隐藏自己的心情，但表情却瞬息万变。蜥蜴人和人类的表情大不相同，因此安兹无法清楚判断蔻儿修表现出来的是什么情绪，但至少有喜怒哀这三种吧。

"有可能做到……那种事吗？"

"我甚至能够操控生死，死对我来说不过是一种状态罢了。"

听到蔻儿修几不可闻的声音后，安兹继续响应：

"那不过和中毒或生病一样，但寿命就没办法控制了。"

虽然使用一般方法无法控制寿命，但利用超位阶魔法"向星星许愿"，或许还办得到……但他不会在这时说出这种话。

"那么，您想对我这个忠心的奴隶要求些什么呢……我的身体吗？"

安兹语塞。

"不，那实在有点……"

下不了手啊，即使我有那么饥渴，也不可能染指爬虫类——安兹差点儿不小心将这句心里话说出来，但还是努力维持住自己的形象。附近传来的咬牙切齿声就先不管了。

"咳哼！当然不是。很简单，我要你仔细监视，看看有没有背叛我的蜥蜴人。"

"没有蜥蜴人会背叛您。"

听到蔻儿修如此断定后，安兹冷笑着回应：

"我没有笨到会相信这句话。的确，我还没有厉害到连蜥蜴人的思考方式都知道，但像是人类这种种族，背叛就是件司空见惯的事。所以，我希望有一个在暗地里监视的人。"

蔻儿修回复了原本的面无表情，让安兹感到心慌，觉得是不是自己的说法不好。虽然原本的方针就是要复活萨留斯，但安兹是想要让她自己恳求复活，卖个恩情将她绑住。若这时候被她拒绝，该如何是好？

（早知道就别那么贪心了……这就是所谓覆水难收啊。）

"现在，你的眼前有一个奇迹，但奇迹并不会永远存在。如果无法抓住这个瞬间，一切将就此结束。"

蔻儿修的脸仿佛痉挛般抽动。

"并不是要举行什么恐怖的仪式，这个世界不是也有复活的魔法吗？只要使用一下那种魔法即可。"

"那是传说中的……"

安兹继续装出傲慢的态度，温柔告诉欲言又止的蔻儿修。

"蔻儿修，我希望你想一想，对你而言，什么才是最重要的？"

安兹仔细观察眼神渐渐开始动摇的蔻儿修，觉得看到了跑业务时快要被自己成功说服的客户。

接下来，就必须让蔻儿修理解，安兹提供的奇迹并非免费。因为，免费的东西会让人感到怀疑，但若是需要支付合理的费用，人就会接受。

"我要你在内部偷偷监视同伴，根据情况，你可能也会面临困难的抉择。另外，为防止你背叛，我也会对复活的萨留斯施加特殊魔法。那是只要我认为你背叛，萨留斯便会立刻死亡的魔法。你或许会身受煎熬，但能够让萨留斯复活，应该相当值得吧？"

（其实没有那种特殊魔法就是了。）

安兹表现出该说的全都说完了的态度慢慢站起，然后张开双手。

蔻儿修以充斥苦恼的眼神注视着安兹。

"对了，萨留斯复活之后，我会告诉他，我是因为他有利用价值才帮他复活的。我可以向你保证，绝对不会提到你的名字。好了，蔻儿修·露露，做出抉择吧。这是让你心爱的萨留斯再次回到身边的最后机会，你要怎么做？要掌握这个机会，还是放弃？选一个吧。"

安兹慢慢向蔻儿修伸出手，同时叮嘱守护者们，说：

"如果她拒绝，你们也不准轻举妄动——那么，蔻儿修·露露，你的回答是？"

一种温柔的触感传遍全身。有一只手试图拉起位于深深水底的自己，但萨留斯却拨开了那只手。因为他从那只手的骇人触感中感受到一种令人厌恶的感觉。

经过一段不知是永远还是刹那的时间后，又感觉到那只手再次伸来，萨留斯想要再一次拨开，却迟疑了。因为他听到身旁有一道声音传来，并发现那是来自自己心爱的母蜥蜴人。

犹豫。

犹豫。

还是犹豫。

在不知时间是否存在的世界中，萨留斯经过不断犹豫后，虽然不情愿，却还是抓住了那只手。

然后，就被用力拉起，闯进白茫茫的世界。

全身无力。

就好像体内变成一团烂泥一样。

异常的疲惫感。即使是极度剧烈的运动过后，也不曾感到过这般疲累。

萨留斯努力睁开沉重的眼皮。

刺眼的光芒映入眼帘。蜥蜴人的眼睛能够自动修正光线亮度，但还是无法承受瞬间的光线。萨留斯眨了眨眼睛——

"萨留斯！"

有人紧紧抱住自己。

"蔻、蔻儿修？"

照理说应该再也听不到这个声音了，但这确实是他以为再也听不到的那个母蜥蜴人的声音。

眼睛终于适应光线的萨留斯，看着抱住自己的母蜥蜴人。

她果然是自己心爱的母蜥蜴人——蔻儿修·露露。

为什么？这到底是怎么回事？

萨留斯心中涌现无数的疑问与不安。最后的记忆是——自己的头掉落湿地的那个瞬间。自己应该已经被科塞特斯杀死了才对。

但为什么还活着？难道——

"蔻儿修，该不会连你也被杀了？"

"咦？"

萨留斯张开仿佛麻痹般难以控制的嘴巴，如此问道。

但他得到的响应却是蔻儿修一头雾水的表情。看到那表情的萨留斯稍微松了一口气，因为知道了蔻儿修并没有死。那么，为什么自己还活着？

旁边传来的声音给了提示。

"嗯……虽然复活了，但思考还很混乱啊，等级好像也消失了……这么看来，情况应该和在 YGGDRASIL 里的时候没太大差别。"

察觉到是谁在说话的萨留斯，吃惊地看向声音来源。

站在他眼前的是死之王，拥有超常力量的魔法吟唱者。

他手上拿着一根约三十厘米的短杖，短杖还散发着与死之王毫不相称的神圣气氛。那似乎是以白牙打造，前端部分装饰着黄金，握把上雕刻着符文，是把相当美丽的手杖。

虽然萨留斯不知道，但那根手杖正是复活短杖——让萨留斯起死回生的道具。通常无法使用神官系魔法的人，无法发动神官系魔法的道具，但这个系统的魔法道具是例外。

萨留斯的目光四处游移，发现这里是不久前自己身处的那个蜥蜴人村落。

地点是广场，有许多蜥蜴人跪成一圈。一动也不动的模样当中，令人感觉充满了异常的崇敬。

"到底是怎么回事……"

见识到那么强大的力量，会如此跪下也不无道理。不过，从周围蜥蜴人身上感觉到的不只有崇敬，还有更强烈的情感。蜥蜴人并无信仰的神，真要说的话，祖灵就是他们的信仰对象。但现在从周围蜥蜴人身上感受到的，却是对于神的信仰。

"嗯，退下吧，蜥蜴人，等有人叫你们再进村。"

没人出言反抗这个命令，不仅如此，大家还闷不吭声地接受。移动身体的声音和行走在湿地的水声响起，所有蜥蜴人就这样默默离开了村落。

大概是因为见识到那么强大的力量，自己的主张也跟着被粉碎了吧。虽然蜥蜴人屈服强者的习性也是原因之一。也就是说，事情全都按照对方的剧本在走。

"亚乌菈，都出去了吗？"

"是的，都出去了。"

应声的是一位黑暗精灵少女。她刚才一直站在安兹背后，这是萨留斯没有发现她存在的原因之一，但主要还是因为少女静默的程度相当惊人。

"是吗？那么，萨留斯·夏夏，先让我对你的复活说声恭喜吧。"

复活。

萨留斯需要一点时间才能理解复活这个词代表什么意思。就在他理解的瞬间，内心也同时涌现一股令他全身颤抖的激动。

复活——意思是他让我又活了过来吗？

他哑口无言，只发出类似喘息的声音。

"怎么了？蜥蜴人应该不会对复活感到太过厌恶吧？还是说，你忘了怎么说话？"

"复、复活……你、你能让死者起死回生吗……"

"没错。怎么，你以为我连起死回生都办不到吗？"

"是举行……大仪式复活的吗？"

"大仪式，那是什么？我一个人就能轻松让人起死回生了。"

听到这句话后，萨留斯已经无话可说了。复活魔法是传说中拥有龙王血统的蜥蜴人才能办到的神迹。

他竟然一个人就可办到。

是怪物吗？不对。

他们是拥有巨大力量的魔法吟唱者吗？也不对。

萨留斯已经完全理解。

率领神话兵团，还有恶魔相随。

也就是说——眼前这个人足以和神匹敌。

萨留斯摇摇晃晃站起，伏身跪在安兹面前。蔻儿修也连忙跟着跪了下来。

"伟大至尊。"

萨留斯感觉俯视的目光中掺杂着一点困惑，但他认为那只是自己的错觉。

"请让我誓死效忠。"

"很好，你有什么要求，我能以安兹·乌尔·恭这个名号向你保证。"

"请赐予蜥蜴人繁荣。"

"这点小事啊，我当然能保证归顺我旗下的人获得繁荣。"

"非常感谢。"

"话说回来，你现在讲话还不太顺畅呢，稍微休息之后，应该就会习惯了吧。现在先好好休息，之后还有许多事需要决定，当务之急是要好好戒备我旗下的这个村落……相关事宜，你就去找科塞特斯商量吧。"

安兹如此说完后，便准备离开。不过，萨留斯还有事想问——一定得现在问的事情。

"恳请您留步，任倍尔和我哥哥呢？"

"尸体应该在那附近。"

正要和亚乌菈一起离开的安兹停下脚步，随意地以下巴往村外的方向指了指。

"能够请您帮他们复活吗？"

"嗯……感觉没什么好处呢。"

"那么，为什么要让我复活？任倍尔和我哥哥很强，一定能够帮助您。"

安兹目不转睛地打量萨留斯后，耸了耸肩。

"我考虑考虑……先把他们的尸体保存下来，再研究看看吧。"

安兹扬起长袍迈步前进，表示言尽于此。亚乌菈和身旁的安兹说"那只多头水蛇真可爱"的声音渐渐远去。

萨留斯终于解除伏身的姿势，放松力量。

"存活下来……应该说复活了吗……"

不知道将面临怎样的统治，但若是能将蜥蜴人的有用之处展现出来，应该不至于有太糟的情况出现吧。

"蔻儿修，哥哥——"

"没事的，之后再来担心，好吗？现在就先好好休息，消除疲劳。没问题的，我还抱得动你。"

"嗯……麻烦了。"

萨留斯躺了下来，闭上双眼。深沉的睡意似乎在等着迎接那天过度操劳的身体，一股倦意在他闭上眼时袭来。

萨留斯感受着蔻儿修温柔抚摸自己的触感，意识再度落入黑暗之中。

角色介绍

萨留斯·夏夏 | 亚人类种族

zaryusu shasha

蜥蜴人最强战士

职位——旅行者。

住处——绿爪族村落的其中一间房子。

属性——善～中立——[正义值：100]

种族等级－蜥蜴人 Lizard man ——1 lv

职业等级－战士——10 lv

剑术专家——6 lv

游击兵——1 lv

贤者——2 lv

[种族等级]＋[职业等级]——合计20级

●种族等级　　　　　　职业等级●

总级数1级　　　　　　总级数19级

status

能力表

	0	50
HP [体力]	████	
MP [魔力]		
物理攻击	███	
物理防御	██	
敏捷	██	
魔法攻击		
魔法防御	██	
综合抗性	██	
特殊性	█	

[最大值为100时的比例]

14

蔻儿修·露露 | 亚人类种族

crusch lulu

白鳞美女

职位———朱瞳族长代理人。

住处———朱瞳族村落的其中一间房子。

属性———中立————————[正义值：50]
Lizard man awaken elder blood

种族等级—变种古种蜥蜴人—————————1lv

职业等级—森林祭司——————————————8lv

灵能师——————————————5lv

召唤师——————————————2lv

驯龙师——————————————1lv

[种族等级]+[职业等级]————合计17级
● 种族等级   职业等级 ●
总级数1级   总级数16级

status

能力表

[最大值为100时的比例]

项目	0	50	100
HP[体力]			
MP[魔力]			
物理攻击			
物理防御			
敏捷			
魔法攻击			
魔法防御			
综合抗性			
特殊性			

任倍尔·古古

亚人类种族

zenberu gugu

巨臂莽汉

职位———龙牙族族长兼旅行者。

住处———龙牙族族长家。

属性———中立————[正义值:50]

种族等级 – 蜥蜴人 Lizard man ————5 lv

职业等级 – 战士————————1 lv

修行僧————————10 lv

单击战士———————1 lv

气功专家———————1 lv

[种族等级]+[职业等级]————合计18级

● 种族等级　　　　　　　　　职业等级 ●

总级数5级　　　　　　　　　总级数13级

status

能力表

[最大值为100时的比例]

	0	50	100
HP[体力]			
MP[魔力]			
物理攻击			
物理防御			
敏捷			
魔法攻击			
魔法防御			
综合抗性			
特殊性			

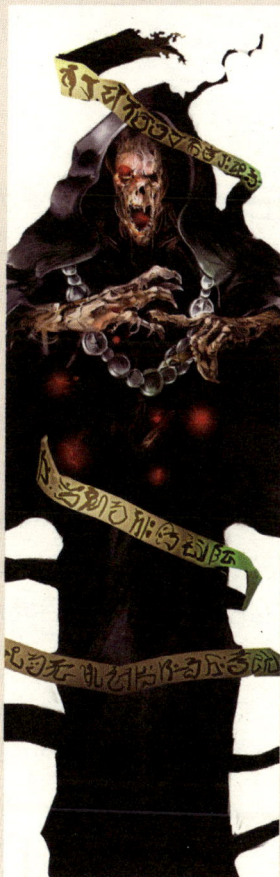

伊格法 =41

異形类种族

iguvua=4I

41 号实验体

职位———小白鼠。

住处———无。

属性———极恶———[正义值：-500]

种族等级－无。

> *不过身为魔物时的等级是 Lv22
> （使用特殊技能增加能力之前的初期等级）。

职业等级－无。

status 能力表	0	50	100
HP［体力］			
MP［魔力］			
物理攻击			
物理防御			
敏捷			
魔法攻击			
魔法防御			
综合抗性			
特殊性			

［最大值为100时的比例］

作者后记

想必没有读者是从这一部才开始阅读吧。所以，跟大家说声好久不见，我是丸山黄金。

那么就如同上一部后记中提到的一样，本部变成了整本都在写蜥蜴人故事的与众不同的小说。以轻小说来说，这样的故事也很少见吧？或许只是我不知道而已，但感觉很少有这种由主角单方面进攻和平村落的故事。

各位觉得这样的本作如何呢？

或许评价很两极，不过，今后在本系列中，还是很有可能会出现好几次强者蹂躏弱者的剧情。

《OVERLORD》的主角，并非那种只处理眼前状况或眼前危机的类型，而是会为了达成目的、追求利益而主动采取行动的人。也就是说，他不是听到女主角有难才去相救，而是会主动寻找受难女主角的肉食系类型……这样讲好像有点不对就是了。

因此，有在玩战略模拟游戏的读者应该知道，为了达成安兹扩充战力的目的，比起挑战强者，不断收服弱者来增加战力的行动就容易变得比较多。

　　所以，我想要将本作品写成比较少见的侵略者角度的故事，而非比较常见的那种被侵略者角度的故事。虽说如此，只是互相打打杀杀也不算侵略就是了。

　　接下来，请让我表达心中感谢。

　　so-bin大人，您画的蔻儿修真的很可爱——让我好兴奋啊。把书衣、书腰、海报都设计得酷到不行的Chord Design Studio。每次校正都相当巨细靡遗的大迫大人。以及给我各种协助的编辑F田大人。

　　谢谢你们。

　　帮忙修改的Honey，感谢每次的吐槽。收尾真的很花脑筋。

　　还有购买本书的各位读者，请让我表达衷心的谢意。真的非常感谢。

　　那么，希望下一部还能有幸跟大家见面。

　　下部见。

　　讲个题外话，其实每一部我都在其中的一个章节名称中放进"死"这个字，但差不多开始想不到怎么命名了，所以下一部或许不会出现这样的标题。因为这只是我的一点玩心，没有也不会造成什么困扰……不过，这部分要是没有一点取名品位的话，真的很困难呢！沮丧。

二○一三年七月　丸山黄金

カッ ガッ ガッ

寇儿修 做成模型玩偶吧。

そうびん

OVERLORD   Vol.4 The lizard man Heroes

©Kugane Maruyama 2013
First published in Japan in 2013 by KADOKAWA CORPORATION, Tokyo.
Simplified Chinese translation rights arranged with KADOKAWA CORPORATION, Tokyo.
through JAPAN UNI AGENCY, INC., Tokyo.
Simplified Chinese translation by Beijing Hongyue Scientific and Technical Co., Ltd.

著作权合同登记图字：01−2018−5185

图书在版编目（CIP）数据

OVERLORD. 2，蜥蜴人勇者／（日）丸山黄金著；晓峰译
. -- 北京：新星出版社，2018.7（2022.9重印）
ISBN 978-7-5133-3049-7

Ⅰ．①O… Ⅱ．①丸… ②晓… Ⅲ．①长篇小说－日本－现代 Ⅳ．① I313.45
中国版本图书馆 CIP 数据核字 (2018) 第 162910 号

鲜血的女武神·蜥蜴人勇者（OVERLORD.2）

[日] 丸山黄金 著　晓峰 译

策划统筹：贾 骥 宋 凯
责任编辑：汪 欣
特约编辑：张泰亚 王 凯
装帧绘图：so-bin
装帧设计：张恺珈 张 慧

出版发行：新星出版社
出 版 人：马汝军
社　　址：北京市西城区车公庄大街丙3号楼　　100044
网　　址：www.newstarpress.com
电　　话：010-88310888
传　　真：010-65270449
法律顾问：北京市岳成律师事务所

读者服务：010-88310811　　service@newstarpress.com
邮购地址：北京市西城区车公庄大街丙 3 号楼　　100044

印　　刷：北京美图印务有限公司
开　　本：780mm×1092mm　　1/32
印　　张：24.875
字　　数：456千字
版　　次：2018年7月第一版　　2022年9月第十一次印刷
书　　号：ISBN 978-7-5133-3049-7
定　　价：99.00元（全二册）

第 **5** 部

Volume
Five

大坟墓与王国这两
大阵营将会激荡出
什么样的火花？

谜团、管家与女仆
交织而成的

OVERLORD 5

王国好汉（上）

OVERLORD *Kugane Maruyama* | illustration by so-bin

丸山黄金

illustration ● so-bin

敬请期待
第5部

在安兹的命令下，塞巴斯一行人动身前往王国搜集邻近诸国的情报。在那里遇到的一位女性，成了让他们和强大秘密组织对峙的导火线。纳萨力克地下